重庆师范大学文学院"精是"文库

一般叙述学研究

伏飞雄 著

中国社会科学出版社

图书在版编目(CIP)数据

一般叙述学研究/伏飞雄著. —北京：中国社会科学出版社，2022.12

（重庆师范大学文学院"精是"文库）

ISBN 978-7-5227-0913-0

Ⅰ.①一⋯ Ⅱ.①伏⋯ Ⅲ.①叙述学—研究 Ⅳ.①I045

中国版本图书馆 CIP 数据核字（2022）第 184473 号

出 版 人	赵剑英
责任编辑	郭晓鸿
特约编辑	杜若佳
责任校对	师敏革
责任印制	戴 宽

出　　版	中国社会科学出版社
社　　址	北京鼓楼西大街甲 158 号
邮　　编	100720
网　　址	http://www.csspw.cn
发 行 部	010-84083685
门 市 部	010-84029450
经　　销	新华书店及其他书店
印　　刷	北京君升印刷有限公司
装　　订	廊坊市广阳区广增装订厂
版　　次	2022 年 12 月第 1 版
印　　次	2022 年 12 月第 1 次印刷
开　　本	710×1000　1/16
印　　张	16.25
插　　页	2
字　　数	229 千字
定　　价	89.00 元

凡购买中国社会科学出版社图书，如有质量问题请与本社营销中心联系调换
电话：010-84083683
版权所有　侵权必究

目 录

回到第一次拍击
　　——序伏飞雄《一般叙述学研究》 …………… 赵毅衡（1）

第一章　一般叙述学视域下的叙述定义与叙述分类 ………… (1)
　　第一节　西方现代叙述学叙述定义的局限 ………………… (3)
　　第二节　一般叙述学的叙述定义 …………………………… (17)
　　第三节　叙述分类与解释 …………………………………… (31)

第二章　故事演示文本之叙述判断及其叙述框架与叙述主体 …… (43)
　　第一节　故事演示文本之叙述判断的历史考察 ………… (44)
　　第二节　故事演示文本的叙述框架与叙述主体 ………… (65)

第三章　建立一种日常生活叙述诗学 ………………………… (78)
　　第一节　叙述与日常生活二元观念考察与初步解构 …… (80)
　　第二节　日常生活叙述诗学的建构 ……………………… (91)

第四章　"法布拉"与"休热特"的跨国流传及叙述分层 ……… (116)
　　第一节　"法布拉"与"休热特"的跨国流传与变异 ……… (116)
　　第二节　新的叙述分层：事件与叙述 …………………… (134)

第五章　一般叙述学理论框架中的叙述主体与主体声音 …………（142）
第一节　从口语文化的故事讲述者看文字虚构叙述的作者存在 ……（143）
第二节　叙述者、主体声音、副文本信息与虚构文本的解释 ……（159）

第六章　亚里士多德《诗学》中的模仿与"情节化" …………（183）
第一节　对《诗学》中的模仿的解释 ……（184）
第二节　《诗学》中的"情节化" ……（193）

附　录 ……………………………………（205）
附录一　汉语学界"叙述"与"叙事"术语选择再辨析 ……（205）
附录二　再现或表象：representation 汉译争论再思考 ……（226）

参考文献 ……………………………………（240）

后　记 ……………………………………（252）

回到第一次拍击

——序伏飞雄《一般叙述学研究》

赵毅衡

四川大学符号学—传媒学研究所名誉所长

20世纪80年代初，算来是整整40年前，我最早接触叙述学时，很兴奋，有点像中学时开始学平面几何那样，感觉这门学科非常有条理。我甚至兴奋地呼喊："叙述学实际上是一门难得的条理相当分明的学科。只要把头开准了，余下的几乎是欧几里得式的推导——从公理开始，可以步步为营地推及整个局面。在人文学科中，这样的好事几乎是绝无仅有"。

我明显是太幼稚了。这种误会造成的兴奋很快退潮，因为一旦思考深入，尤其当读到各位"权威"意见不一时，我这样跟着学的学子，就碰上礁石了。搁浅是小事，沉没式的从此放弃是大概率事件。要让这门学问"整齐如欧几里得"，首先，所谓"奠基公理"中的第一条，就一直没有弄清：叙述者究竟是什么？他是不可或缺的吗？所谓"第三人称小说"，或是戏剧那样的"演示叙述"，叙述者到哪里去找？

当我把早年笔记整理成《比较叙述学导论》的时候，我不得不在这些最基本点的辨明上打了折扣。尽管如此，此书的责任编辑在中国人民大学出版社的年终总结大会上，当众挨了训："有的编辑允许完全不通的书标题，显得我社编辑标准极不严谨，例如有本书竟然称为

《当说者被说的时候》！不通之甚"。我在学理上放低姿态的妥协，没有得到社长大人富于高度性的理解。我咎由自取，但为此事连累编辑受了大会批评，就很难堪了。

这是三十多年前的事了，社长不见得能记得此番训话，所以我放肆地把此事写在这里，也没有补上像样的检讨。问题在于：我自己没能想通这问题，我指学理上，不是社长敏感地指出的"怪异"上。我已经意识到叙述的起点，其复杂的程度远远超出一般的理解能力。就拿"说者"来说，他能说一切，天上地下过去未来，就是不能说这个行为自身，因为这个"说"，这个"说"的起始点，也就是叙述文本的形成点，而被形成不可能包裹形成。文本这个集合不可能包括文本之成形，因为文本成形不是任何文本自身能触及之集合点，就像一个再伟大的神童，也无法记得让他得到第一口呼吸的那个对他的屁股的第一次拍击。不管他有多大能耐，他的记忆必须在这一拍击完成之后才能开始。

甚至，整个叙述学系统，也远远"非欧几里得"。中国的叙述学是从《水浒》《三国》《西厢》的点评开始的，是从"草蛇灰线""灯影漏月"等具体观察开始的，正如西方（虽然晚了几百年）是从亨利·詹姆斯的"意识过滤""人物视角"的写法开始的。一切理论来自具体的叙述事件，哪怕起点非常形而下。创作在哪里都远远走在理论之前，现代学术再发达，理论依然严重滞后。

我自以为发现了纯思辨起源的乌托邦，结果是犯了大错。叙述学的研究必须倒过来走，必须认识到原理并不预先存在、公理并不预先存在，而是靠我们现在反向追溯，找出脉络，才能仔细弄清。

正是在这个求学问道的惨痛经验教训背景上，我读到了伏飞雄教授的《一般叙述学研究》，感受异常深刻。我知道伏飞雄是一位性格与学术风格都特征鲜明的青年学者，无论做事或做学问都特别认真，甚至可以说到了顶真的地步。当代青年大多比老年人更世故，伏飞雄的这种性格是比较鲜明的。但是伏飞雄做学问也如此，这就形成了

《一般叙述学研究》这本书特殊的整体风格：作者执着于他认为必须追溯清楚的概念，一问到底、一以贯之、紧追不放、锲而不舍。其他人或许可能满足于全局的大致"圆通无碍"，对概念"大而化之"。我们倾向于自己告慰"文科特色本来如此"，心安理得地告一段落。读了伏飞雄这本书的章节，我们就会明白他的这种做学问方式比较特殊，但是有效，的确抓到了其他人没有抓到的学识。

首先，伏飞雄紧紧追溯某些关键概念的历史渊源与演变过程，一直追到源头。此书首先让人感到惊奇的是所引文字之广：希腊文、拉丁文、俄文，当然也包括现代学界通用的英、德、法等语言。伏飞雄引用的希腊文和俄文，都是西里尔字母原文，以免转写中出现歧义。一般学者都只引英文术语，来对证这些汉语概念，可见其认真。既然语言的边界就是我们世界的边界，那么用各种语言中的原词，无疑扩展了我们的学术世界的边界。在这个问题上，伏飞雄的术语认证，再难也要追源头的研究精神，值得推崇，值得尊敬。

更深一层的是，伏飞雄对这些概念应用范围的追根究底。他讨论的好多问题上，有过不少曾经的发言者，往往已经被尊为权威前辈。如著有三大卷《时间与叙述》的利科，著有巨作《符号形式哲学》的卡西尔，细读之后，一旦伏飞雄发现疑问，就绝对要提出问题。哪怕是对于那些创建学科的"巨人"，如索绪尔、皮尔斯、胡塞尔等，伏飞雄也是爱真理胜于爱大师。至于当今中西学界，受到伏飞雄质疑的学者之多（曾经参与某些讨论的鄙人当然也不能免），他的这种为真理不看人脸的学术作风，有时让人倒吸一口凉气后，止不住的喝彩。

如今学界常见到"学问做到大师为止"，一篇洋洋大文列出各种可能，最后没有自己的结论，而是以"最权威"大师的言论作结。整篇文章读起来像是注经，这种研究当然有其好处，大师言论压得住阵脚，让编辑与挑剔的评审专家服气。但是学问还是应当设法推进，作者（哪怕青年作者）总得提出自己的观点，才算尽了学术的责任。

做学问特别认真，是伏飞雄此书的特色。越过大师，追求那给予生命的第一次拍击，他取得的成绩，也是如此精神的产物。我把伏飞雄看成以"直捣黄龙"为大战略，并且在每场小战役都坚持此方针的"学界拼命三郎"。坚持下去，必有所成。对比四十年前我开始学叙述学时的幼稚看法，以为叙述学靠演绎就能成功，伏飞雄的眼光显然更为出色：重新回到基础，从根子上重新思考。如此做的人多了，必然会让叙述学这棵大树重新枝繁叶茂，繁花灿然。

2022 年 6 月 10 日

第一章　一般叙述学视域下的叙述定义与叙述分类

建立一门一般叙述学，是20世纪60年代末西方现代叙述学初创时期一些理论家的理想。那时，梵·迪克（V. Dijk）对积极建立一门"广义叙事学"投以极大的热情，A. J. 格雷马斯（A. J. Greimas）则预言"一门一般叙述学已经在望"①。然而，时至21世纪第二个10年的当下，中西叙述理论界的一般叙述学研究，基本还处于探索建立基础概念与理论框架的阶段②。这种探索，也包括为叙述下一个能真正涵盖所有叙述类型的定义。

为叙述下一个能涵盖基本叙述类型的定义，似乎也是西方现代叙述学一些理论家的主观愿望，只是由于西方经典叙述学、"后经典叙述学"（narratologies，又译"新叙述学"或"多种叙述学"）两个阶段的研究范式、理论框架与批评实践的一些局限，未能真正走向、达成这个目标。所谓"多种叙述学"，其实就是一个"大拼盘"。一方面，它并不固守经典叙述学的结构主义语言学范式、形式论立场，不仅吸纳了其他西方文论思潮，还吸收了整个人文社会科学"叙述转

---

① 李幼蒸：《理论符号学导论》，中国人民大学出版社2007年版，第420页。
② 本书使用的"一般叙述学"与赵毅衡2008年提出的"广义叙述学"（2015年提出"符号叙述学"）基本同义。它不是简单扩大叙述定义的结果，强调完全突破西方"经典叙述学"的媒介视野局限。它与西方学者2003年提出的"跨媒介叙述"有相似也有差异——目前中西学术界对"跨媒介叙述"的理解纷乱，多侧重于一些主要媒介的叙述表达形式或相互借鉴的研究。

向"的诸多成果，引入了新的认识论、方法论。但另一方面，这个时期的理论家主要还是从事"门类叙述学"的研究，要么对经典叙述学进行明显局限的修正，要么试图建构新的理论模式，但总体上并未根本突破"文学叙述学"甚至"小说叙述学"的疆界——"后经典叙述学"。在认知叙述学方面的重要代表 D. 赫尔曼（David Herman）在总结时也作了近似的评价：现代叙述学自发端以来基本上是一种分析文学叙述的方法，除个别电影叙述研究外，经典叙述学在很大程度上从未真正跨出文学的部门①。而且，他们在对待西方"叙述转向"的成果上，存在不同程度的暧昧态度。因此，他们无法为涵盖各门类叙述学、各种叙述类型提供一套有效通用的理论框架、一套方法论及一套通用的术语。

与前两个阶段不同，一般叙述学的出发点，就是力图建立一个能解释所有叙述类型的一般叙述理论。这是它尤其不同于现代叙述学第二阶段即"多种叙述学"的根本所在。正因为如此，可把它视为现代叙述学发展历程中一个新的阶段，即第三阶段。这种理解，与 D. 赫尔曼、J. 费伦（J. Phelan）等西方叙述理论界代表人物对现代叙述学历史发展阶段的划分不同。D. 赫尔曼把自 20 世纪 60 年代以来的西方现代叙述学划分为"经典叙述学"与"多种叙述学"两个阶段②。J. 费伦则倾向于把西方现代叙述理论的演变划分为三种形态或三个不同的"主角"，即"作为形式系统的叙述""作为意识形态工具的叙述""作为修辞的叙述"③。J. 费伦并没有明确把这种划分看成三个阶段，但至少包括他在内的不少学者，把"作为修辞的叙述"视为代表了现代叙述学新的阶段的理论形态。

---

① David Herman, "Toward a Socionarratology: New Ways of Analyzing Natural-Language Narratives", David Herman, ed., *Narratologies: New Perspectives on Narrative Analysis*, Columbus: Ohio State University Press, 1996, p. 220.

② David Herman, "Introduction: Narratologies", David Herman, ed., *Narratologies: New Perspectives on Narrative Analysis*, Columbus: Ohio State University Press, 1996, pp. 1 – 30.

③ Robert Scholes, James Phelan and Robert Kellogg, *The Nature of Narrative* (fortieth anniversary edition, Revised and Expanded), New York: Oxford University Press, 2006, pp. 289 – 301.

一般叙述学，主要以赵毅衡为代表的中国学者开启与推动，发端于21世纪第一个10年，持续至今。从当代全球叙述实践与理论演变的内在逻辑来说，它会是未来一个时期叙述理论研究的一种主要模式。

本章首先从词源学的角度考察了西方现代叙述学常用于表达"叙述"含义的词的词源史，以此窥探西方叙述观念的演变，并试图指出这种词源学考察（包括词典释义）对于古已有之的叙述实践、当下一般叙述学叙述定义的局限。其次，对西方现代叙述理论界的叙述定义作了扼要回顾。通过回顾，既可辨析出西方现代叙述学对于叙述这一核心概念在定义上的理论自觉程度，又可大致厘清其理论框架的一些局限。这种回顾，旨在揭示一般叙述学叙述定义的必要性。在此基础上，对赵毅衡的广义叙述学的叙述定义作了深度解析与小调整。最后，对赵毅衡的广义叙述分类作了一些补充，深入讨论了记录性演示叙述在类型归属上的疑难，重新给出了自己的定性。这种重新定性，旨在提示新的研究方向。

第一节 西方现代叙述学叙述定义的局限

一 "叙述"概念的词源学考察及其限度

法国现代叙述理论界主要使用法语名词 Récit，narration，形容词 narrative（阳性形式为 narratif）表达"叙述"（讲述）的含义，较少使用近义动词 narrer。

表达"叙述、讲述或故事"含义的现代法语名词 Récit 与其拉丁词源并不表达"叙述"含义。它派生于法语动词 réciter。réciter 只指口语交流中的"朗诵、宣读"义，它源于同样指"朗诵、宣读"含义的拉丁名词 recitare，recitare，又派生于拉丁动词 recito[①]。

[①] 谢大任主编：《拉丁语汉语词典》，商务印书馆1988年版，第466页。

表达"叙述、叙述文"含义的现代法语名词 narration，源于表示"讲述、叙述、故事"含义的拉丁名词 narratio。narratio 又派生于拉丁及物动词 narro（叙述，讲述；宣称）①。就此而言，现代法国叙述理论家选择使用现代法语 narration 一词具有基于该词词义历史延续的合理性。而且，这个词与它的拉丁词源都暗示了书面与口头叙述的双重含义。

法国现代叙述理论家经常使用的形容词 narrative/narratif，属于中世纪法语，其基本含义为"叙述的"，中世纪英语 narrative 借自该词。

法语动词 narrer 源于拉丁动词 narrare②，narrare 为拉丁及物动词 narro 的不定式形式，narro 又派生于拉丁动词 gnaro（= gnarum facere）与 gnarum（gnārus 的目的分词形式），指"知悉""精通"之意，facere（faciō 的不定式形式）表"编撰""写作"等含义③。这个词源回溯，既充分解释了法国现代叙述理论家很少使用法语动词 narrer 的词义史原因，也解释了该法语动词非"叙述"的古时其他含义，即语言或文字早期（或初始）意指的"知悉"义，或特定历史时期的"编撰""写作"义。后面这一点，更体现在对现代英语中表"叙述"含义的词的溯源中。

在英语现代叙述理论界，理论家们多使用 narrative、narration、narrate、narrating 这四个词指称"叙述"概念。前三个词源自两个拉丁词 gnārus（knowing, expert, etc.）与 narrō（tell, relate）的合成，两个拉丁词合起来的意思，是"知悉""认知"并"讲述"；这两个拉丁词又源自梵语词根 gnâa，意为"知悉""认知"（know）；这个梵语词根产生了希腊词 γνώριμος，意思是"可认知的"（knowable, known）④。

---

① 谢大任主编：《拉丁语汉语词典》，商务印书馆1988年版，第361页。
② 薛建成等编译：《拉鲁斯法汉双解词典》，外语教学与研究出版社2001年版，第1309页。
③ 谢大任主编：《拉丁语汉语词典》，商务印书馆1988年版，第361、247、217页。
④ 参见 Haden White, *The Content of the Form: Narrative Discourse and Historical Representation*, Baltimore and London: The Johns Hopkins University Press, 1987, p. 215.

以上词源学考察至少表明三点。其一，现代法语、英语中表"叙述"含义的词，其词源及其含义经历了历史的演变，有的词的词源并不意指"叙述"；其二，现代法语、英语中表"叙述"含义的词的词源既可表示文字叙述，也可表示口头叙述，其"叙述"之"讲述故事"的含义，较早历史时期就大致确定；其三，现代法语、英语中表"叙述"含义的词的拉丁语、梵语与古希腊语词源，表达了语言"源初"的"知悉"或"认知"含义，这表明，先民很早就已认识到，叙述作为人类经验的一种表达模式，具有"认知"世界的功能。

不过，这种词源学考察对于了解人类叙述实践的历史发生与形态演化，即对理解叙述作为一个历经历史演化的文类、作为一种思维模式或经验表达范畴来说，对于本书尝试从一般叙述学视野进行叙述定义来说，作用还是极为有限的。后面这些问题的解答，远远超出了"叙述"语词本身的字面含义或词典释义。这一点，不分中西。为了弥补这个过于明显的局限，下文概述一下汉语文化较早时期的书面文字叙述情况——由于本书第二章在讨论"古希腊早期文化中故事与叙述的同义性"时需要对古希腊的故事观念与叙述实践进行历史考察，故在此略过。

相对于前述西方叙述概念的词源学回溯来说，对汉语叙述文化——尤其是早期情形的考察，基本不能简单锚定在"叙述"或"叙事"词源含义的回溯上，不能直接锚定在古汉字"叙"与"述"两字释义的层面。甲骨文出现了"叙"字，但其卜辞义或"本义"待考[1]。西周金文始有"述"字（会意兼形声字），但不表达"叙述"义，其意指"遵循"（"述，循也"[2]）。这是否表明殷商、西周早期还没有叙述思维与实践呢？显然不能。有学者认为，"汉字构型与叙事思维存在着深刻而必然的联系"[3]。的确，汉字字形多与先民所观之物与事（行

---

[1] 马如森编著：《殷墟甲骨文实用字典》，上海大学出版社2008年版，第83页。
[2] 王本兴编著：《金文字典》，北京工艺美术出版社2016年版，第165页；（东汉）许慎著，（宋）徐铉校定：《说文解字》，中华书局2013年版，第33页。
[3] 董乃斌主编：《中国文学叙事传统研究》，中华书局2012年版，第28页。

为、动作）的形象或形貌（物象、事象）有着非常直接的联系（不少虚词也往往从这些字形或在这些字形上增加指示符号等转借而来）①。正因为如此，有学者认为，"原始的汉字体系是以象形（物形）、象事、象意、象声四种写词法建成的"②。这与我们一般说的汉文化先民造字或象形、或会意、或指示、或假借、或几种模式配合，还是有些差异。甲骨文中的"事"字，尤其隐含了汉文化先民的叙述思维：这个"事"字，在甲骨卜辞中与"史"字同为一字，而"史"字的初文即以线形符号会意其所从事务的行为或动作貌（事象），徐中舒释"史"为人手持捕猎器具以搏取野兽，而"古以捕猎生产为事"③。在甲骨卜辞中，史又与"吏"同为一字④，而"使"字"从又持中"，"又"，像手形，中像"干"⑤形，即"上端有杈之捕兽器具"，因此其意为"会作事"（其卜辞中的含义为"令"或"出使"）⑥。简言之，"事""史""吏""使"初为一字，即为同源字。关键在于，徐中舒在解释"史"字时还指出，甲骨文中列在"史"名下的 ，实为"事"字的初文，它后来才分化孳乳出"史""吏""使"等字⑦。这分明是说，先有"事"字，然后再有"史""吏""使"等字。应该说，这较为符合先民的生存经验：要生存，捕猎生产为大事，才为事，日日所从，必有所察，并最终为造字字形所用。许慎解字，没有看到

---

① 这尤其可从甲骨文、金文的异体字看出来。这表明，不同地域环境、文化的人群对物象、事象有着不尽相同的领会与表现，因而，符号构形或图形不具有唯一性与确定性。这带来符号理据性更深入的思考。
② 孙常叙：《序》，载马如森编著《殷墟甲骨文实用字典》，上海大学出版社2008年版，第1页。
③ 徐中舒主编：《甲骨文字典》卷三，四川辞书出版社1989年版，第316—318页。
④ 徐中舒主编：《甲骨文字典》卷一，四川辞书出版社1989年版，第5页。
⑤ 徐中书对"干"字也作了考释，其含义不变，即先民狩猎工具（武器），只是对这种工具与字形演变作了更多、也略有差异的考释。"干"字初形为丫（甲骨文中无独立的丫形），后在丫两端缚石片成，后又于两歧缚重块而成 、 ，遂孳乳为"单"字（徐中舒主编：《甲骨文字典》卷三，四川辞书出版社1989年版，第209—210页）。许慎把"干"解为动词义"犯也"，应是吸收了后来衍义［（东汉）许慎著，（宋）徐铉校定：《说文解字》，中华书局2013年版，第44页］。
⑥ 徐中舒主编：《甲骨文字典》卷八，四川辞书出版社1989年版，第890—891页。
⑦ 徐中舒主编：《甲骨文字典》卷三，四川辞书出版社1989年版，第316页。

第一章　一般叙述学视域下的叙述定义与叙述分类

甲骨文有其局限,殷商之后的历史文化也会影响到他。因此,他解"史"为"记事者",解"吏"为"治人者"(徐中舒加了"治人亦是治事"断语),解"使"为"令"("伶"),多少有些殷商之后语言文字用法与衍义、历史文化影响的印记①。总之,说甲骨文的"史""吏""使"尤其"事"字的造字思维,深蕴着早期汉语文化——尤其是叙述文化的基因或"秘方",为整个汉语叙述文化奠定了基础,还是有一定根据的。事实上,后世中国叙述文体与记史近乎孪生的关系(这似乎是人类历史、文化的一种普遍现象,在古希腊语中,"叙述"与"历史""历史家""科学的观察""科学的"由相同词根构成同义词或近义词②),喜欢以事说理的论说模式,已证实了这一点。当然,更准确一些说,以"事""史"等字为基础的绝大多数甲骨文的造字思维,塑造了汉语叙述文化的基本取向。那么,能否由此说殷商、西周时代的叙述实践比较发达了呢?毕竟,从造字来说,语音文字基本上不具有这样的特征。至少,从书面文字叙述来说,还不能这么说。

严格说来,殷商、西周时代只是出现了书面文字叙述文体的雏形。学界普遍认为,殷商除龟甲、兽骨外,还有简策纪事("纪""通""记")。有册、有笔、有龟甲、兽骨、有刻刀,殷商书面媒介及记录技术还是达到了一定水平。但目前发现的殷墟甲骨卜辞中的所谓"纪事刻辞",不过是记载了某人、某时、某地做了某事,或某时、某地发生了某事,不涉及事件细节或具体过程,还很难说是严格的叙述,只能说是对所做之事作了极为简要的、说明性的记述。当然,这也表明了这种"纪事"具有了后来叙述文体的一些基本要素,如时间、地点、人物、"事情"(尽管仅止于概略性的"何事"层面)。不过,从

---

① (东汉)许慎著,(宋)徐铉校定:《说文解字》,中华书局2013年版,第59、1、163页。
② ἱστορέω,叙述所知的情况,原原本本叙述;ἱστορία,对打听到的情况的叙述,历史,科学的观察;ἱστρικός,科学的,有关历史的,历史家(名词)(罗念生、水建馥编:《古希腊语汉语词典》,商务印书馆2004年版,第408—409页)。荷兰历史哲学家F. R. 安克施密特(F. R. Ankersmit)说:"历史语言是所有叙述类型的原型:只有在人类获得了谈论其个人或集体的过去的能力以后,神话、诗歌和小说才成为可能。"([荷]F. R. 安克施密特:《叙述逻辑》,田平、原理译,大象出版社2012年版,第7页)

粗浅意义的记叙文文体（广义的叙述文体）来说，完整的卜辞内容记述倒是具有较完整的结构。它对占卜之事诸环节的记述非常完备，由前辞（又称叙辞，记有干支、地点、贞人名）、命辞（卜问之事）、占辞（或称果辞，据卜兆所作的判断）、决辞（占卜事项取用与否）、验辞（占卜结果应验与否）、序数（或称兆序，卜辞兆纹旁的数目字）、兆辞（或称兆记或兆语）七个部分（并非都需具备这七个部分，看辞式，有的只记前辞和问辞）①。可以说，它们构成了典型的"卜辞记叙文"体裁的结构。

晚商西周铜器铭文从1字到近500字不等，主要记述祭典、训诰、赏赐策命、战功、盟誓等，其"叙述"也属于典型的"简要纪事"。铭文主体主要记述作器或器物赏赐事由、器物作何用、赏赐人、受赏者、器物名称等，句型较格式化②。这里以大河口西周墓地叔骨父铜簋铭文和逑盘铭为例作简释。叔骨父铜簋铭文（M1034：17，西周晚期，35字）为："侯休乍（作）叔骨父庙。正月初吉，窨（馂），延（筵）侯，侯赐骨父贝朋、牛十，骨父扬，对侯休，用作宝簋，其永用。"③ 事件仅被概略提及而没有展开，但诸事件之间有一定的关联。逑盘铭（2003MYJ：9，西周晚期，373字，一说372字）主要以记言方式依次颂述西周诸王的拓土开疆、征伐战功等重大史实，然后颂赞天子册命和赏赐，说明为先祖、考铸作这个宝盘、供祭祀之用，并祈求祖、考赐予福、禄，愿子孙后代永用此盘奉祭祖先④。大体上说，这种铭文记叙文体与前文所说的卜辞记叙文体一样，事情之间连贯而完整，它们一起铸就了中国书面文字书写开始以来广为流传的记叙文体雏形模式。

既然只是叙述雏形，就不能求全责备。不过，也需要指出，殷商甲骨文与西周铜器铭文纪事如此简略，除了书写媒介与技术受限的原因外，其书写目的也许主要不在于展开事情本身，也是需要加以考虑

---

① 沈之瑜：《甲骨文讲疏》，上海书店出版社2002年版，第95—98页。
② 李珮瑜：《西周出土铜器铭文之组成类型研究》，万卷楼2018年版，第1—2页。
③ 黄益飞：《大河口西周墓地叔骨父簋铭文所见西周礼制考》，《中原文物》2020年第5期。
④ 刘源：《逑速盘铭文考释》，《中国史研究》2003年第4期。

的。问题还在于，殷商、西周时代"纪事"之"事"，不少恐怕只能算是汉文化中习惯泛指的"事情"，类似于英文中的 something。这样说，并不否定其中记载了不少大事（event）——即使现在看来一些属于日常琐碎或偶然之事（occurrence 或 happening），在那时很可能也属于大事或要事。其实，从现代叙述学来说，"事"之大小，是不是一个"事"，不是关键，是不是对"事"进行了"叙述化"，"叙述化"程度如何，如何"叙述化"，才是问题要害。就此而言，前文讨论典型的"卜辞记叙文"体裁时所说的"对占卜之事诸环节的记述非常完备"，只是从文体特征与文本结构来说的，它既不展开占卜诸事本身，诸事间的联系、诸事与人之意义关系的处理本身也相当淡薄，其"叙述化"程度是非常低的，它只是简略记述（提及性的记载）了有那么一个（些）事而已。这个结论，对于殷商、西周书面文献中的叙述形态的讨论，也基本适用。国内一些学者在讨论殷商、西周青铜铭文时提到其中的"叙述部分"，其叙述形态也大体如此[①]。另外还需指出，这里只提到了中国早期书面文字叙述的一些情况，显然不能全面反映汉文化先民的叙述形态、模式与水平。按照现代叙述观念来说，早期先民的叙述，主要还是以口述、仪式叙述等演示叙述的形态呈现。这一点，下文与其他章节会有所涉及。

至此，较全面、系统考察叙述实践与经验，探索一个有效的叙述定义，就是一个无法回避的问题。

二　西方现代叙述学叙述定义的局限

定义叙述，始终是叙述理论需要面对的基本问题。定义叙述，无非是要给出叙述文本（叙述话语）与非叙述文本（非叙述话语）的差异化特征。在英语中，"narrativity"（叙述性）一词就是对叙述文本之

[①] 杨坤：《器、名与治道——论商至西周早期铜器铭文内容的转变》，《出土文献》2020 年第 2 期。

叙述品质的强调。杰拉德·普林斯（Gerald Prince，1987）编纂的西方第一部叙述学词典就专门收了"narrativity"词条："一组能对叙述进行描述、使叙述与非叙述区别开来的特征；使叙述不同程度成为叙述的形式与语境特征。"① 西方经典叙述学初创时期，已有理论家对此异常关注。格雷马斯在《叙述语法的成分》（1969）一文讨论叙述性与符号学的关系时指出：从叙述的显现层次说，叙述通过语言表达，从叙述的内在层次说（即"深层结构"），叙述由某种主干性的共同结构构成；同时，叙述结构具有自主性，先于叙述显现，是巨大意义场的组织之地，应被纳入整个普通符号学理论，因为后者的目标正是要解释语义世界显现和分解的方式②。这表明，叙述性的讨论，既涉及深层的叙述结构，又关涉所谓表层的语言表达，即话语。刚好，也就在西方经典叙述学诞生前后，即20世纪70年代前后，话语分析（或"文本科学"）作为一门新兴学科，在英、美、德、法等国兴起。结构分析与话语分析或文本科学这两者在这个时期的合流情况，李幼蒸有着十分精要的概括：

　　20世纪60年代初，随着结构主义语言学的发展与文学结构主义的兴起，把篇章或文本从语言学角度重新加以考察，成为结构主义运动中一项突出的工作。特别是列维-斯特劳斯的神话文本的结构分析，开始成为各类文本分析的典范。于是语言的和非语言的（绘画的）或综合的（电影的）文本结构分析的兴起，成为文化研究中方法论的转折点。……60年代后期十分活跃的文学叙事研究使文本进一步成为专门研究对象。进入70年代后，叙事、文本、话语的研究发展到新的阶段，一门以文本或话语为对象的新学科正式出现了，其名称是"话语分析"（英美法）或

---

① Gerald Prince, *Dictionary of Narratology*, Aldershot: Scolar Press, 1987, p. 64.
② ［法］A. J. 格雷马斯：《论意义——符号学论文集》（上），吴泓缈、冯学俊译，百花文艺出版社2005年版，第166页。

第一章 一般叙述学视域下的叙述定义与叙述分类

"文本科学"（德法），……文本与话语两个词本来就是近义词，以二者为对象的研究基本相同，都企图超出传统上以句子为本位的语言学。不过，两种研究产生时的环境和面对的问题重心略有不同。70年代以来，文本语言学在德国开始发展，德国语言学家首先将这两个研究领域合并，统称为"文本科学"，因为德语中没有英法语中的话语（discourse）这个词。[①]

这个简要的历史回溯，也让我们明白了 G. 热奈特（Gérard Genette）以"叙述话语"命名其专著、表达"叙述文本"之意的学术背景。当然，在 T. 托多罗夫（Tzvetan Todorov）、S. 查特曼（Seymour Chatman）等理论家那里，"叙述话语"的含义与使用是较为混乱的，表达了叙述行为、叙述技巧、叙述形式等多种含义。然而，麻烦也随之出现，叙述研究领域出现了"泛叙述化"的现象。正因为如此，A. J. 格雷马斯同期发出了警告：叙述性被用来不加区别地解释各门类话语，导致凡话语皆"叙述"，叙述性被掏空了内涵[②]。

对于整个现代叙述理论来说——这里不涉及以亨利·詹姆斯（Henry James）、柏西·卢伯克（Percy Lubbock）、韦恩·布斯（Wayne C. Booth）、E. M. 福斯特（Edward M. Forster）等为代表的英美小说理论，对叙述的界定似乎一直主要在两个层面展开。一个层面，给出叙述文本的判断标准。另一个层面，主要在叙述文本内部区分叙述与描写、叙述与陈述等。这里只说第一个层面。

回顾现代叙述理论发展史会发现，"什么样的文本才是叙述文本"这个问题，在不同阶段有着不同的回答。甚至，不同阶段不同理论家对这个问题本身的自觉程度都不太一样。

经典叙述学时期，绝大多数理论家对叙述的定义并不自觉，他们

[①] 李幼蒸：《理论符号学导论》，中国人民大学出版社2007年版，第387页。
[②] ［法］A. J. 格雷马斯：《论意义——符号学论文集》（下），吴泓缈、冯学俊译，百花文艺出版社2005年版，第13页。

对叙述的理解多持"默认"状态。这个时期包括罗兰·巴尔特（Roland Barthes）在内的不少理论家，普遍意识到人类叙述现象的普遍性、叙述形式的多样性。但是，由于下述两个学术语境的原因，导致他们很少专门对叙述进行概念层面的定义。第一个原因，可称为研究惯性，或者叫作研究的"路径依赖"。作为对叙述文类研究的一种模式，经典叙述学的主要理论资源之一，是来自俄国文艺理论家普罗普（Vladimir Propp）的俄国民间故事形态学，以及同期（20世纪20、30年代）兴盛的俄国形式主义文论中的"情节诗学"。后者基本是对19世纪俄罗斯伟大小说艺术传统的形式论解释。至于前者，虽然研究对象只限于俄国民间故事，其情节、功能模式都较为简单，但并不妨碍作者把故事形态学，即按照角色的功能研究叙述体裁的方法，推演到其他故事样式甚至整个世界文学中所有叙述作品的雄心[1]。简言之，由于学术研究惯性的原因，小说依然成为这个时期的理论家从事叙述理论研究与叙述批评实践双向阐发的默认"文类"或"材料"。这种默认，隐含着这个时期的理论家这样一种心理：小说远比普罗普所研究的民间故事高级、复杂，对如此高级、复杂的小说这种典型的叙述形式的研究，可推演至其他叙述种类。第二个原因，可称为方法论或研究视野局限。同样，结构主义语言学范式、普罗普的故事形态学、列维-斯特劳斯（Lévi-Strauss）的结构主义人类学研究、俄国形式主义文论思想，以及新批评理论等，是经典叙述学研究的方法论基础，它们引领了这个时期叙述理论研究的方向或目标。发现或建构（深层的）叙述结构或叙述语法，研究叙述技巧，探索叙述逻辑，建立具有普遍应用价值的叙述模型，成为他们最高的研究目标。分类、描述、形式化，成为他们基本的方法（论）特征。凡此种种，加上他们对小说作为叙述的典型形态（甚至是叙述的当然形态）的默认，分散或制约了他们对叙述作为一个概念本身的特征的

---

[1] ［俄］普罗普：《故事形态学》，贾放译，中华书局2006年版，第182页。

自觉抽取与概括。

概观这个时期理论家对叙述的理解与定义，会发现如下一些特点。首先，对叙述的理解与解释，局限于从结构主义语言学的句法模式对叙述语法进行推演，因此，不可作为叙述的定义。罗兰·巴尔特这样解释叙述文本，"叙述文本是一个大句子，如同任何句子都是一个某种形式的小型叙述文本的雏形一样"[1]。格雷马斯通过烦琐、细腻的功能分析，把叙述形式化为"形象形式"与历时性的"一个考验序列"："叙事表现为形象形式：人或拟人化的角色在叙事中执行任务，经受考验，实现目标。"[2] 然而，无论是巴尔特还是格雷马斯，他们都有着建立一般叙述学的雄心壮志。这说明，其理论范式的局限，不可避免地制约了他们对叙述概念作一般理论意义上的抽象。

其次，以小说作为典型的叙述形态，对叙述（主要为小说）的基本构成要素，比如事件、故事、情节、人物、行动、时间、场景等保持默认状态，多数理论家根本没有考虑要对叙述进行定义，少数理论家有对研究对象的讨论，有对叙述概念或相关概念的辨析，但这种讨论与辨析，还不是对叙述的定义。个别理论家定义了叙述，但局限于书面文字文学虚构叙述。作为深受结构主义影响的文学批评家，托多罗夫早期并没有专注于叙述理论的建构，对叙述概念也不够理论自觉，其《〈十日谈〉语法》（1969）基本是语言句法的扩展式运用。C. 布雷蒙（C. Bremond）潜心推演叙述的逻辑，同样没有关注叙述定义。严格来说，热奈特早期也没有直接定义叙述。从他在《叙述话语》一书中指出的"叙述"三个含义中的第一含义，勉强可以归纳出他关于叙述的看法，即以口头的、书面的方式对一个事件或系列事件的叙述[3]。这

---

[1] ［法］罗兰·巴尔特：《叙事作品结构分析导论》，载赵毅衡编选《符号学文学论文集》，百花文艺出版社2004年版，第406页；参见 Roland Barthes, *Intrduction à l'analyse strucrale des récit*, Communications, 1966（8）。

[2] ［法］A. J. 格雷马斯：《论意义——符号学论文集》（上），吴泓缈、冯学俊译，百花文艺出版社2005年版，第174页。

[3] Gérard Genette, *Narrative Discourse: An Essay in Method*, trans. Jane E. Lewin, New York: Cornell University Press, 1980, p. 25.

明显属于传统的一般看法,显得过于简单与粗糙。S. 查特曼在《故事与话语》(1978)一书中明确认为,叙述理论的目标是确立最低叙述构成的特征,"通过确立最低叙述构成的特征以建立一张可能性之网"①。他不但给出了叙述构成要素图示,也给出了较为翔实完备的"叙述结构"示意图,但并没有给出叙述的定义。米克·巴尔(Mieke Bal)在《叙述学:叙事学导论》(1985)一书"导言"中强调对系统的叙述学及相应概念的阐述,从而获得描述每一种叙述文本构成方式的工具,而对这些概念的阐述中,并没有涉及叙述概念本身,涉及的是一些对叙述文本来说被默认的基础概念,如叙述文本、故事、素材、事件、行动等②。经典叙述学时期,里蒙-基南(Rimmon-Kenan)算是少有的对叙述定义表达主动关切的理论家,但是,她对叙述的定义,既局限于传播学——"叙述指由信息发出者通过语言媒介传递给信息接收者之间的交流过程",也局限于叙述虚构文本——"叙述一系列虚构事件的文本",因而,也无法成为叙述之完备意义的定义③。

再次,对从惯例角度、局限于文学表达的叙述定义进行反思,比如确认叙述形式与非叙述形式(比如模仿、描写、陈述等)之间的对立与联系,但最终也并未给予叙述以正面、完整的定义。热奈特在《叙述的界限》一文中对传统叙述定义进行了反思。在他看来,"叙述指用语言,尤其是书面语言对一件或一系列真实或虚构的事件的表现(representation)"④ 这个定义,忽视了对叙述行为的关注,也没有理解透彻叙述与模仿、描写等的差异与关联性等。该文最终也没有正面给

---

① Seymour Chatman, *Story and Discourse: Narrative Structure in Fiction and Film*, New York: Cornell University Press, 1978, p. 19.

② Mieke Bal, *Narratology: Introduction to the Theory of Narrative* (2nd ed.), Toronto: University of Toronto Press, 1997, pp. 3 – 12.

③ Shlomith Rimmon-Kenan, *Narrative Fiction: Contemporary Poetics* (2nd ed.), London and New York, Routledge, 2005, p. 2.

④ Gérard Genette, "Boundaries of Narrative", trans. Ann Levonas, *New Literary History*, Vol. 8, No. 1, Autumn 1976.

第一章 一般叙述学视域下的叙述定义与叙述分类

出他自己对于叙述的定义。

最后，直接给出叙述的定义，但局限明显。美国叙述理论家 G. 普林斯是较早明确给予叙述以概念层面定义的人。在《叙述学：叙述的形式与功能》（1982）一书中，他这样定义叙述："叙述是对于一种时间序列中至少两个真实或虚构的事件或情境的表述（representation），其中任何一个事件或情境都不假定或包含另一个事件或情境。"① 这个定义的局限表现为三点：没有排除自然界、物理界、动物界等非人格化世界发生的事件；不恰当地排除了一个事件的情况；正如作者所说，他主要聚焦于书面文字叙述，这自然大大缩减了叙述的范围。1987 年，普林斯出版了《叙述学词典》一书。在该词典中，他这样解释"narrative"："对一个或多个真实或虚构事件的重述（recounting），这种重述以一个或多个不同程度显现的叙述者向一个或多个不同程度显现的叙述接受者进行交流的方式展开，这种重述表现为产品与过程，对象与行为，结构与结构化。"② 这个解释已明确纳入了对一个事件进行叙述的情形。在该书 2003 年新版中，作者对该词条又作了一个小改动，把"recounting"（重述）改为"Communicate"（传达）③。按照赵毅衡的解释，这种改动"避开了欧美叙述学特有的'过去时'陷阱，没有'说的是已经过去的事'

---

① Gerald Prince, *Narratology: The Form and Functioning of Narrative*, Berlin: Walter de Gruyter Gmb H & Co. KG, 1982, p. 4. representation 一词在该上下文的含义为"描述""展示"，相当于 narration（Gerald Prince, *A Dictionary of Narratology*, 1987, p. 81）。但是，普林斯对 representation 一词的解释有些混乱。一方面，他把 representation 解释为 showing；另一方面又引用托多罗夫的说法，把 representation 对应于 narrative，把 showing 对应于 telling。查特曼沿袭了传统与现代的区分、叙述与模仿的区分、展示（showing）与讲述（telling）的区分（Seymour Chatman, *Story and Discourse: Narrative Structure in Fiction and Film*, New York: Cornell University Press, 1978, p. 32）。在卢伯克那里，展示指"将事件戏剧化"，讲述指"对事件进行描写或描绘"，并认为描写低于戏剧化，描绘低于场景展示；后来，布斯尊崇讲述而贬抑展示，"使讲述成为叙述的总体条件，使展示只成为讲述所产生的一种局部效果，确切地说，成为一种附带现象"（James Phelan and Peter J. Rabinowitz, ed., *A Companion to Narrative Theory*, Oxford: Blackwell publishing, 2005, p. 27）。

② Gerald Prince, *Dictionary of Narratology*, Aldershot: Scolar Press, 1987, p. 58.

③ Gerald Prince, *A Dictionary of Narratology* (Revised ed.), Nebraska: University of Nebraska Press, 2003, p. 58.

的意味"①。其实,问题还不仅仅在于这一点。这个"重述"一词,潜在地把叙述局限在语言叙述中,无论是口头语言的还是书面文字的。这样,非语言文字的叙述就被排除在外。这个局限,也潜在地体现在他在其他地方定义叙述时所使用的"表述"(representation)、"传达"等语词中。而且,如果深究这些语词的含义,尤其是联系作者基本的叙述观念,这些词语还潜在地表达了这样一个意思,叙述是一种"转述",即对发生事件的语言"转述"。在《叙述话语》中,他在谈到叙述的功能时说到,叙述并非传达命令等,而是(用语言)"转述"(法语 rapporter,英语 report,王文融准确译为"转述")真实的或虚构的事件②。于是,"现在时"的直接展示或呈现的演示叙述类型,比如戏剧表演,也被排除在外。他就直接说到,戏剧表演没有经过"重述",因而不是叙述③。应该说,这些局限不仅仅限于普林斯,它们几乎属于整个经典叙述学。这些问题,本书其他章节会有深入的讨论。另外,总的来说,普林斯的这些定义与解释,还主要属于语词词义的词典解释,无法全面、完整描述叙述的情形。进一步说,他的这种词典释义,主要是对叙述学理论家已有看法的梳理或整合,或对已有叙述实践并不全面的提炼,而并非对一般叙述学意义上的叙述本身的审视。应该说,这是词典释义共有的通病。

20 世纪 80 年代以来的"后经典叙述学"阶段,叙述理论研究呈现出跨学科、跨文类、跨媒介等特征。这个时期的理论家们忙于各门类叙述理论或批评模式与实践的探索,较少关心叙述的定义,更不用说给叙述一个具有普遍性的定义。21 世纪 10、20 年代以来的一般叙述学(广义叙述学或符号叙述学)阶段,有中国学者致力于在所有叙述类型的背景中为叙述给出基本定义,值得重视。

---

① 赵毅衡:《一本派用场的词典:代序》,载[美]杰拉德·普林斯《叙述学词典》(修订版),乔国强、李孝弟译,上海译文出版社 2011 年版,第Ⅲ—Ⅳ页。

② Gérard Genette, *Figures Ⅲ*, Paris: Ed. du Seuil, p. 183; Gérard Genette, *Narrative Discourse: An Essay in Method*, trans. Jane E. Lewin. New York: Cornell University Press, 1980, p. 161.

③ Gerald Prince, *A Dictionary of Narratology*, Aldershot: Scolar Press, 1987, p. 58.

第二节 一般叙述学的叙述定义

一 一般叙述学叙述定义的简要回顾

至少对汉语学术界一般叙述理论研究来说,赵毅衡是其最早、最主要的开拓者。2008 年,他首次从"广义叙述学"(即一般叙述学)视野出发提出了叙述的"最简定义",认为只要满足以下两个条件的"思维或言语行为",就是叙述。其一,"叙述主体把人物参与的事件组织进一个符号链";其二,"这个符号链可以被接受主体理解为具有内在的时间和意义向度"①。这个定义,明显不同于其他叙述理论家的地方,在于它的理论视野已经扩大到了远比叙述学广阔的符号学。这也算是回到了现代叙述学初创时期以格雷马斯等为代表的西方符号叙述学家的理论初心。格雷马斯一开始就倡导从普通符号学层面研究"符号系统如何以叙述方式来表达意义",并试图建立适用于不同叙述种类的叙述模型,他尤其强调普通符号学先于语言学,认为"叙述结构模型属于符号学总体经济内部的自主机制",它的"普遍性完全由其符号语言属性得以保证",认为"没有完整的符号学理论,就很难建立一套公理系统来支撑叙述结构"。② 罗兰·巴尔特尤为强调建立叙述模型对于研究不同符号叙述类型的重要性,强调叙述分析之演绎逻辑的必要性③。但是,正如前文所说,他们的结构主义语言学范式,基本以小说作为其理论试金石或批评对象,在文本内以形式论的立场讨论叙述语法、叙述技巧等的局限,使他们无法完成这一宏愿。赵毅

---

① 赵毅衡:《"叙述转向"之后:广义叙述学的可能性与必要性》,《江西社会科学》2008 年第 9 期。
② [法] A. J. 格雷马斯:《论意义:符号学论文集》(上),吴泓缈、冯学俊译,百花文艺出版社 2005 年版,第 165—170 页。
③ R. Barthes, *Image Music Text*, trans. Stephen Heath, London: Fontana Press, 1977, pp. 81 - 82.

衡的这个定义，其"思维或言语行为"这个限定表明，叙述或者是一种语言文字的行为，或者是一种思维行为。所谓思维性的叙述行为，在作者那里主要指心灵媒介类型的叙述体裁，比如白日梦、错觉、幻觉等。这类叙述体裁，是思维性的，但不一定经过语言媒介。这一点，明显是对现代叙述学狭隘研究范围的突破，即没有局限于口语叙述——尤其是文字书面叙述。思维可以不经过语言，已是当代学界共识。语言学家萨丕尔（Edward Sapir）就指出，"语言和思维不是严格同义的"①，现象学家梅洛-庞蒂（M. Merleau-Ponty）也强调，"思维并非语言的一个结果"②。

2013年，作者对这个定义做了两个小改动。第一个小改动，是把"符号链"修改为"符号文本"，即认为"一个叙述文本包含由特定主体进行的两个叙述化过程：1. 某个主体把有人物参与的事件组织进一个符号文本中；2. 此文本可以被接收者理解为具有时间和意义向度"③。这个小改动，是其符号学理论进一步成熟的结果。"符号链"只表示符号之间的联结，而"符号文本"则表明，它不是符号的任意联结，而是构成一个符号组合，构成一个"合一表意单元"④。另一个小改动，是删除了2008年那个定义之"思维或言语行为"这个限定，使叙述范围进一步扩大与明确，即所有叙述性的"符号文本"。无论如何，"思维"一词总是指意模糊。况且，"言语行为"也多少给人退回到过去叙述定义狭窄范围之嫌。这个"最简叙述定义"，是其"最简符号定义"的推演式细分："一些符号组织进一个文本中，此符号文本可以被接收者理解为具有时间和意义向度"⑤。

---

① ［美］爱德华·萨丕尔：《语言论》，陆卓元译，商务印书馆1985年版，第13页。
② M. Merleau-Ponty, *Phenomenology of Perception*, trans. Donald A. Landes, New York: Routledge, 2012, p. 198.
③ 赵毅衡：《广义叙述学》，四川大学出版社2013年版，第7页。
④ 赵毅衡：《符号学：原理与推演》，南京大学出版社2012年版，第41页。
⑤ 赵毅衡：《符号学：原理与推演》，南京大学出版社2012年版，第43页。

2014年，作者对这个定义又做了一点修改，"只要满足以下两个条件的符号文本，就是叙述，它包含两个'叙述化'过程：1. 有人物参与的变化，即情节，被组织进一个符号组合；2. 此符号组合可以被接收者理解为具有时间和意义向度"。① 相对于2013年那个定义，这个定义强调：这个符号文本，必须有能体现时间或事态变化的情节，因为"情节既是叙述文本符号组合方式的特点，也是叙述文本的接受理解方式"。鉴于作者对这个定义所涉及的基本因素都做了较为详细的解释，这里只从我们所关注的维度做一些不算多余的补充解释。首先，这个定义，突出了情节之于叙述的本质规定性，进一步把叙述明确为"卷入人物的情节"的广义符号叙述文本。其次，"卷入人物的情节，即故事"还要求：叙述所述故事，或卷入的事件，必须是人物参与的事件，至少是"人格化"的事件。这一点，格雷马斯早在经典叙述学开创时期就强调过。他在对叙述进程所做的形式化描述中，已经明确提出了形象形式，即行为者角色，必须是人、或人格化（拟人化）的角色②。对此，他稍早时所著的《结构语义学》一书有着较详尽的解释：

> 叙事被缩简为"考验"序列，后者在话语中显现为一个施动者模型，故在某种程度上使意义人格化，呈现为一连串人类（或拟人类）行为。我们已经知道，这些行为同时包含了一种时间上的连续（它既非邻接又非逻辑蕴涵）和一种连续自由，也就是说包含了人们习惯上据之定义历史的两个属性：不可逆性和选择性。我们还知道，这一不可逆选择（F在A之后）必有一个结果，从而使参与历史进程的人始终负有责任。所以，顾名思义，叙事的基本历史性序列包含了人类历史活动的全部属性，即不可逆转性、

---

① 赵毅衡：《论二次叙述》，《福建论坛》（人文社会科学版）2014年第1期。
② [法] A. J. 格雷马斯：《论意义——符号学论文集》（上），吴泓缈、冯学俊译，百花文艺出版社2005年版，第174—176页。

自由和责任。①

其表述可简化为：（1）形象形式或施动者模型：人类行为或拟人化行为→意义人格化；（2）叙述的历史性序列（人参与的历史进程）：时间上的连续及连续自由→不可逆转性、自由与责任。这个思考，已经不是我们对经典叙述学的通常理解了，即不能仅仅把它理解为受结构主义影响的纯形式论。当然，凡此两者，核心都在于作者把叙述进程形式化为"考验序列"。纯粹自然界、动物界、生物界、物理界、化学界等反映变化的事件进程或状态变化，不可能有所谓的"考验"一说。其逻辑，从本质上说，他把叙述现象纳入了符号意义视域、符号意义问题，必须对人而言，或者必须人格化。之所以强调这一点，是因为热奈特、普林斯等西方叙述学家在定义叙述时，都忽略了。热奈特曾这样定义叙述，"叙述指用语言，尤其是书面语言对一件或一系列真实或虚构的事件的表现"②，普林斯也认为，"叙述是对于一种时间序列中至少两个真实或虚构的事件或情境的表述，其中任何一个事件或情境都不假定或包含另一个事件或情境"③，等等。

再次，作者特别强调，"叙述文本携带的各种意义，需要接受者的理解和重构加以实现"，认为这是"判断各种意义活动是否为叙述的标准"④。这里所强调的——前面几次对叙述的定义都强调了这一点，是叙述信息的接收与解释。如果没有这一过程，叙述就只是单方面的，只是完成了叙述化过程的一半，因而无法最终成为叙述。这个看法，是其符号理论对皮尔斯符号三分之"解释项"强调的延伸。按照他的理解，符号意义之"存有"，只是符号接收的必要前提，符号

---

① [法] A. J. 格雷马斯：《结构语义学》，蒋梓骅译，百花文艺出版社2001年版，第312页。

② G. Genette, "Boundaries of Narrative", trans. Ann Levonas, *New Literary History*, Vol. 8, No. 1, Autumn 1976.

③ Gerald Prince, *Narratology*: *The Form and Functioning of Narrative*, Berlin: Walter de Gruyter Gmb H & Co. KG, 1982, p. 4.

④ 赵毅衡：《广义叙述学》，四川大学出版社2013年版，第7—8页。

发送者的意图意义，符号文本携带的意义，只是轮流在场，它们的在场最终被不在场的解释意义取消，最终在场的，就只有解释意义①。这种理解，并没有决然取消意图意义与符号文本携带的意义，只是说，这两种意义最终在与符号接收者的交流与解释中会合。当然，这一点不尽合理的潜在理论预设也会引发争论，下文将展开。另外，这个定义中使用的"组织"一词，完全避免了其他理论家使用的"叙述"，甚至"重述""转述"等术语所带来的理论尴尬，要么同语反复，导致循环定义，要么暗示了被叙事件及其发生的时间。在这个定义中，完全看不出人物参与的事件到底发生在过去、现在，还是将来。这自然避免了过去学术界定义叙述似乎只讲述过去发生的事件，甚至一定有一个原本发生的事件等着我们去叙述的陷阱，也避免了"转述""重述"概念所暗示的叙述必经语言文字的陷阱。

总的来说，这个叙述定义基本上达到了一般叙述学的目标，能涵括尽可能多的叙述类型。当然，与任何系统性理论创构探索一样，该定义也留下一些困惑。这些困惑，更多来自作者对这个定义所做的解释与具体运用。正是这些解释与运用，才使我们从根本上理解了该定义的内涵与外延。这些解释与具体运用，有时与该定义发生了龃龉。讨论这些龃龉，修正这个定义，将是下文的重点。

二 一般叙述学叙述定义的深度解析

赵毅衡在讨论心像叙述类型比如梦叙述时，特别说到回忆、想象不是叙述，因为虽然它们可能卷入了人物的事件，而且被"心像"媒介化，但它们属于"主体主动地有控制的行为"，且不符合叙述定义的第二条，"此文本可以被（另一个）主体理解为具有合一的时间和意义向度"，即它们只有一次叙述，没有二次叙述②。在判断心像叙述

---

① 赵毅衡：《符号学：原理与推演》，南京大学出版社2012年版，第50—51页。
② 赵毅衡：《广义叙述学》，四川大学出版社2013年版，第47页。

属于叙述时,他还这样说道,"它们是叙述:首先它们是媒介化(心像)的符号文本再现,而不是直接经验"。

应当说,这里真正触及赵毅衡关于叙述的问题意识。从哲学符号学这个更为原初、基础的理论视野思考叙述问题。归纳起来有两点:第一,叙述信息的产生与发送、接收与解释,似乎必须是不同的主体;第二,直接经验必须与符号文本区分,在此基础上,符号文本与叙述文本的区分。

先说第一个问题。按照赵毅衡在《论二次叙述》一文的表述,"首度叙述化发生在文本形成过程中,二次叙述化发生在文本接受过程中",只有"二次叙述才把这些因素真正'实例化'为一个叙述"。也就是说,联系上文所引,在他看来,回忆、想象之所以不属于叙述,乃是因为这两种行为只进行了叙述过程的一半,只有某主体对叙述文本的组织,而没有另外一个主体对这个文本的叙述接受与解释。这一点很难说得通。举例来说,某个人回忆他的初恋时光:一桩桩,一幕幕,或意象(物象),或事件细节,或情景(场景)画面(包括时间、空间),历历在目,回忆、品味、情伤、雾里看花式的美化等意识样式悉数在场。在这个过程中,必然涉及回忆主体对这些卷入人物的事件所作的情节化组织。如果这个人回忆时意识清醒,那么他的回忆性的叙述文本就显得较有逻辑,富于秩序化,尽管也包括不少情感化、甚至非秩序化的成分。此时,这个主体不就既是叙述文本的构建者,同时也是其接收者、解释者吗?换一种方式思考,如果这个主体以写日记的方式回忆这段恋情,自己一边写一边咀嚼,或者写好之后供自己阅读,或者再也不看,也不给别人看,直接烧毁它,凡此种种,这个人是否经历了一次完整的叙述过程,完成了一种叙述?答案是显然的。正如我们常说,作家往往是其作品的第一个读者,即使他写完之后再也不看自己的作品。

不过,从理论上说,这里依然有一些问题没有得到阐明。笔者认

第一章 一般叙述学视域下的叙述定义与叙述分类

为，赵毅衡所认为的这两种方式是以"心像"的方式"媒介化"的说法，只是说出了其媒介化的一种方式，而且是胡塞尔（Edmund Husserl）现象学所说的想象、回忆的方式。对想象与回忆的思考，在胡塞尔那里经历了较为漫长的过程，其间出现了不少摇摆与变化[①]。简单来说，广义的想象，本质上属于一种当下化的直观行为，根据是否具有存在设定信仰来说，可分为不设定的想象与设定的想象。前者称为单纯想象或单纯表象、单纯思维。后者在他的最终思考中，划分为回忆、期待、真实性想象或感知性想象。感知性想象与回忆，属于与感知（知觉）行为对立的行为样式。在感知行为中，对象直接显现，属于当下直观。感知性想象与回忆，属于感知的想象性变异（变更），对象以"心像"（心象、表象）的方式显现，是对对象感知的"再造"，属于当下化直观的行为（他也提到了"回忆图像"，但未对回忆表象作深入的描述）[②]。

胡塞尔这种关于想象与回忆的现象学分析，是否能直接运用到对日常生活中的想象与回忆体验的讨论上呢？换言之，日常生活中一个人的想象与回忆是否只以"心像"的形式存在呢？胡塞尔在讨论想象表象（心像）时，也把它们看成"图像符号"，它们作为想象的内容，在想象中被"立义"或赋予意义[③]。这似乎表明，这个过程属于符号性的行为。但从胡塞尔的符号意义理论来说，还不能这么看。他在这个时期还没有严格区分图像表象与想象表象。他认为对象以"图像"的方式显现于想象中，图像与对象具有绝对的、必然的相似性，因此其"图像符号"似乎还难以完全说是符号学意义上的符号——尽管他也认为，这种"图像符号"像指示性符号一样，是"对被标示之物的

[①] 倪梁康：《胡塞尔现象学概念通释》（修订版），生活·读书·新知三联书店2007年版，第356—359页。
[②] ［德］胡塞尔：《逻辑研究》第二卷第一部分，倪梁康译，商务印书馆2015年版，第861—871页。
[③] ［德］胡塞尔：《逻辑研究》第二卷第一部分，倪梁康译，商务印书馆2015年版，第861—871页。

表象"①。这种说法,有其意义理论的支撑。对胡塞尔来说,纯粹的知觉立义行为与言语表达含义行为是分割的,知觉立义行为"能独立于言语声音出现""不需要一点音声语言意义上的表达或任何类似于语言意指的东西"②。而言语表达的含义,源自知觉意向体验行为中所获得的意义,是现成的,"言语声音只能被称作一个表达,因为属于它的意义在表达着;表达行为原初地内在于它"③。从哲学符号学的立场来说,这种分割是有严重问题的。从知觉意义行为来说,似乎无须符号,因为事物直接向知觉主体显现,知觉对事物立义。但这并非一种真正的意义行为。真正的意义行为,必需意义载体即符号,哪怕符号载体就是意义发出者的身体行为,或者事物本身——也就在此时,行为或事物被看成了符号。没有符号载体,意义就无法外在化传与他人,他人无法接收、交流与确认。纯粹个体性的、单向的意义实在无从说起。简言之,意义必伴随符号,是由意义发生的主体间性或者说公共性决定的。因此,如果我们确认想象与回忆是一种意义性的行为,那么必然由符号或语言伴随。换言之,日常生活中一个人想象、回忆初恋,不可能只是"心像"式的体验,因为,日常生活经验已是一种符号意义行为。这一点,下文还会做详尽的解释。

另外,赵毅衡之所以把回忆、想象看成纯粹的"心像"行为,可能受到了胡塞尔"孤独心灵生活中的表达"思想的影响。胡塞尔认为,"在孤独的话语中,我们并不需要真实的语词,而只需要被表象的语词就够了。在想象中,一个被说出的或被印出的语词文字浮现在我们面前,实际上它根本不实存"④。从根本上说,胡塞尔不认为孤独

---

① [德] 胡塞尔:《逻辑研究》第二卷第一部分,倪梁康译,商务印书馆2015年版,第861—871页。
② [德] 胡塞尔:《纯粹现象学和现象学哲学的观念》第一卷,李幼蒸译,中国人民大学出版社2014年版,第219页。
③ [德] 胡塞尔:《纯粹现象学和现象学哲学的观念》第一卷,李幼蒸译,中国人民大学出版社2014年版,第219页。
④ [德] 胡塞尔:《逻辑研究》第二卷第一部分,倪梁康译,商务印书馆2015年版,第344页。

第一章　一般叙述学视域下的叙述定义与叙述分类

心灵中存在言语表达。在他看来，真正的、交往意义的表达，是主体间的。这当然是对孤独心灵话语与表达过分狭隘的理解。狭隘理解的根源，依然是前文提到的其分裂的意义观，即言语表达含义的行为与感知、想象、回忆等"立义"行为的完全分离。事实上，柏拉图的"心灵与它自己的无声对话"思想，并没有被后世哲学家完全驳倒与放弃。倪梁康认为，"对语言的使用常常也可以不带有交往的目的，例如出声的或无声的自言自语"。① 问题在于，一旦承认孤独心灵中一个主体的自言自语，即存在表达，也就承认了存在一个主体发出叙述信息并自己接收、解释这个叙述信息的情形。因此，不把日常生活中回忆、想象过去事件的现象看成完整的叙述过程，认为叙述信息的产生、发送与接收、解释，须是不同主体的看法，需要修正。这也说明，"二次叙述"至少不能对"是否为叙述文本"这个问题潜在预设不同主体这个条件。除此以外，"二次叙述"依然是一个非常有用的概念，因为它经常发生于人类的叙述实践中，只是需要注意其有效适用范围或层面。

上文对胡塞尔有关感知、想象、回忆等所作的现象学思考的讨论，已经涉及"直接经验与符号文本的区分"这个问题。对这个问题的澄清，涉及叙述的外延扩容，即涉及发生在日常生活的事件在什么情形下可能是一种叙述。

2013 年，赵毅衡对叙述作了一个"极简式"的定义："任何符号组合，只要再现卷入人物的情节，即故事，就是叙述。"② 这个定义，包括上文对作者判断心像叙述是否属于叙述的引述，两次出现了"再现"这一重要概念。在作者的解释中，所谓"再现"，是指"符号再现"。在他看来，对于人类经验来说，事物呈现表现为直接呈现，但它尚未媒介化为符号，因而无法传达意义。因此，事物要传达意义，必须经过符号再现："再现是用一种可感知的媒介携带意

---

① 倪梁康：《意识的向度：以胡塞尔为轴心的现象学问题研究》，北京大学出版社 2007 年版，第 285 页。
② 赵毅衡：《演示叙述：一个符号学分析》，《文学评论》2013 年第 1 期。

义，成为符号载体"，通过符号"媒介化"，再现就表现为事物的"重新呈现"——"用某种媒介再次呈现事物的形态"①。就叙述来说，它必须通过符号媒介，或者必须经由符号之"媒介化"过程，才能成为叙述。

应当说，作者也是在现象学的理论框架中理解"直接经验与符号文本"的区隔。对胡塞尔来说，人的知觉与事物的原初关系，是知觉朝向事物，事物直接向知觉呈现。此时，知觉与事物之间还没有建立一种意义关系，最多只是建立了一种"表象性"的关系，即"知觉表象"。康德的先验主体哲学，也大致这样看待这种关系。只是在他那里，感性中一些先天直观形式比如时间、空间形式介入了对经验对象的感知中，对象对主体成为"现象"，构成"感性表象"。人的知觉与事物建立的第二步关系，才是意义关系。在这个第二步骤中，知觉行为对杂多的知觉材料（事物向知觉显现的材料，它们成为意向性的意识感知体验的实项内容）赋予一种意义（立义），把事物统摄为一个意识对象，构成一种初级阶段的认识。对此，倪梁康这样解释道："在感知中，杂多的感性材料被统合、被统摄、被立义为一个统一的东西。在这里已经有最基本的认识形成，它可以说是初级阶段的认识。但我们一般还不会把它称为'认识'，而是至多称作'辨认'，就像我们不会说，'狮子把面前的一个动物认识为羚羊'。之所以如此，乃是因为，确切意义上的'认识'，一般是指在符号行为中进行的认知活动。"② 在康德那里，则是主体知性自发性的表象能力通过概念或范畴对杂多感性表象进行联结、思维、综合把握，从而达成对现象一定的认识。当然，正如前文多次指出的，这里所说的知觉对对象进行"符号立义"，已经不是胡塞尔认识论现象学的语言意义论立场，而是哲学符号学的符号意义论立场。

---

① 赵毅衡：《"表征"还是"再现"？——一个不能再"姑且"下去的重要概念区分》，《国际新闻界》2017年第8期。
② 倪梁康：《现象学的始基——对胡塞尔〈逻辑研究〉的理解与思考》，广东人民出版社2004年版，第196页。

如此看来，作者对直接经验与符号文本的区分（"区隔"），无疑有着坚实的、有效的哲学基础。但问题是，我们是否能直接运用这种哲学区分去判断日常生活中人们对过去事件的想象或回忆，或者去判断发生在日常生活中有着广义交流性质的事件是否属于叙述这样的问题呢？

应该说，胡塞尔对知觉意义过程所作的现象学区分，有其理论合理性。但这种区分，属于对意向意识行为进行共时性静态分析的结果。胡塞尔本人非常重视这种静态分析与（历时性的）动态分析的区别，认为在动态分析中，认识行为将各个关系环节联系在一起（在时间上则是相互分离的，这与其严格的现象学时间认识有关）①。简言之，对对象的知觉与"意指"，与意义的直观"充实"并不决然分离。这与符号哲学如下理解基本一致：对知觉对象直观与赋予意义呈现为一体化的过程。这也与康德对感性与知性在认识一个现象时的关系的理解一致："康德所谓感性与知性的'联合'（联结），就不能理解为好像两种要素各自都可以单独存在。并不是感性已经预先提供了个别对象，而后知性才从这个现成的对象出发运用概念去思维它；相反，感觉之成为表象、对象时就已经包含了知性的综合作用了，即使在意识或表象的最简单、最不确定的状态中，概念和直观都已经在共同起作用了。"② 这说明，直接经验与符号文本的区分，其有效性是有范围的。在胡塞尔那里，其有效性只能限定在对感知、想象、回忆等基础性的直观意识行为所作的静态分析中。在动态分析中，这种明显层次化的逻辑区分，也不再完全有效。同时，正如上文所指出，胡塞尔的这种区分本身，在意义理论方面还存在着严重局限。对于胡塞尔现象学的知觉意指观，利科早就提出了批评："现象学讨论的首要问题是能指意指什么，指出这一点是很重要的。不管后来知觉描述得到多么大的重视，现象学的出发点不是意识活动的无声特点，而是它借助各种符

---

① ［德］胡塞尔：《逻辑研究》第二卷第二部分，倪梁康译，商务印书馆2015年版，第911—912页。
② 邓晓芒：《〈纯粹理性批判〉讲演录》，商务印书馆2013年版，第100页。

号与事物产生的联系，比如像一个既定的文化所建立的联系。"① 另外，伽达默尔对胡塞尔经验思想的反思，也表达了类似的意思："胡塞尔给出了一个经验的系谱，以说明经验作为生命世界的经验在它被科学理想化之前就存在。不过，我认为他似乎仍被他所批判的片面性所支配。因为就他使知觉作为某种外在的、指向单纯物理现象的东西成为一切连续的经验的基础而言，他总是把精确科学经验的理想化世界投射进原始的世界经验之中。"② 他进一步指出："胡塞尔试图从意义起源学上返回到经验的起源地并克服科学所造成的理想化，他这一尝试显然必须以一种特别的方式与这样一种困难相斗争，即自我的纯粹先验主体性实际上并不是作为这样的东西被给予的，而总是存在于语言的理想化中，而这种语言的理想化在所有获得经验的过程中已经存在，并且造成个别自我对某个语言共同体的隶属性"③。其实，赵毅衡也严重质疑了胡塞尔把"直观行为"与"符号行为"分割开来的做法。这种质疑主要基于其符号意义观的符号哲学立场，即"意义必须用符号才能承载（发生、传达、理解），没有无须符号承载的意义"④。

从实质上说，利科与伽达默尔（也称加达默尔）的上述看法，无非想说，人类的日常生活经验本身，已经是一个符号意义化的世界。这一点，卡西尔（Ernst Cassirer）、本韦尼斯特（émile Benevniste）等理论家都有着异常直白的强调。卡西尔在对人与一般生物世界的比较中指出，人除了具有一切动物物种都具有的感受器系统和效应系统外，还具有符号系统这个处于上述两个系统之间的第三环节。正是这个环节，使人生活在远比动物更为宽广的实在之中，也是新的实在之维之中："人不再生活在一个单纯的物理宇宙之中，而是生活在一个符号

---

① ［法］保罗·利科：《论现象学流派》，蒋海燕译，南京大学出版社2010年版，第3—4页。
② ［德］汉斯-格奥尔格·加达默尔：《真理与方法——哲学诠释学的基本特征》，洪汉鼎译，上海译文出版社1999年版，第454页。
③ ［德］汉斯-格奥尔格·加达默尔：《真理与方法——哲学诠释学的基本特征》，洪汉鼎译，上海译文出版社1999年版，第454页。
④ 赵毅衡：《哲学符号学：意义世界的形成》，四川大学出版社2017年版，第62页。

宇宙之中。……人不再能直接地面对实在，他不可能仿佛是面对面直观实在了。……在某种意义上说，人是在不断地与自身打交道而不是在应付事物本身。他是如此地使自己被包围在语言的形式……以致除非凭借这些人为媒介物的中介，他就不可能看见或认识任何东西。"[1]对此，当代现象学新锐、丹麦哲学家丹·扎哈维（Dan Zahav）也明确给予了肯定[2]。本韦尼斯特也曾指出，人类的基本状况、一个基本事实是，"在人与世界之间或在一个人与另一个人之间不存在自然的、无中介的和直接的关系，中介者是必不可少的"[3]。这个中介，指的就是符号或语言。这种理解，更可从利科对晚期胡塞尔提出的"生活世界"观念的反思中得到强化。他认为，人类无法在直接的直观中抵近"生活世界"，而只能通过对符号或语言"迂回的沉思"间接地"回问"达到，因为，"我们一旦开始思考就会发现我们已经'在'并且'通过'各种再现的'世界'、各种空想的'世界'、各种标准的'世界'而生活了"[4]。"生活世界"为既定的世界，属于界限和他人的根基，同时也只能是一种理想或理论预设，无法完全还原，经验世界已经属于符号象征和规则的世界，已经被符号再现等所包围。简言之，人类已然生活在符号意义化的世界中。应当说，这是我们讨论日常生活经验的前提或基础。所有这些，其实也是作者在其符号学开山之作开篇第一句所强调的："人的精神，人的社会，整个人化的世界，浸泡在一种人们很少感觉到其存在却没有一刻能摆脱的东西里，这种东西叫符号"[5]。

至此，可以这样认为，我们不能直接运用胡塞尔现象学对直接经

---

[1] [德]恩斯特·卡西尔：《人论》，甘阳译，上海译文出版社2004年版，第35—36页。

[2] [丹麦]丹·扎哈维：《主体性和自身性——对第一人称视角的探究》，蔡文菁译，上海译文出版社2008年版，第113页。

[3] [英]L.约纳坦·柯亨：《语言学的认识论》，载[法]保罗·利科主编《哲学主要趋向》，李幼蒸、徐奕春译，商务印书馆2004年版，第354页。

[4] [法]保罗·利科：《论现象学流派》，蒋海燕译，南京大学出版社2010年版，第275、285页。

[5] 赵毅衡：《符号学：原理与推演》，南京大学出版社2012年版，第1页。

验与符号文本所作的静态区分去理解这两者的关系，更不能用此静态区分去判断日常生活中一个人对过去事件的想象或回忆，日常生活中所发生的处于人们广义交流状态的事件是否属于叙述这样的问题。就此而论，作者所说的"直接经验"，基本属于一个哲学用语，指认识论现象学对人的直观行为或者客体化行为，如感知、想象、回忆等所作静态考察的结果。它与人类在日常生活中符号意义化的生活体验并不相同。简言之，人的日常生活已经就是一种符号文本形式。而且，日常生活中发生的处于人们广义交流状态的那些事件，还属于一种叙述文本形式。所谓日常生活中发生的处于人们广义交流状态的事件，可以描述为如下一些事件样式：日常生活中发生的具有直接交往性质的事件行为，一个人自己体验自己解释不乏事件性、情节性的生活过程本身，或者一个人在日常生活中对他人生活事件（常态的、偶发的）的持续观看或观察，等等。人类社会的日常生活总是处于或隐或显、各种各样的交流中，发生在你我他身上的事件行为，总被自己或他者观看/观察与思索。这些叙述类型，到目前为止，都被世界主流叙述学界排除在外。当然，正是由于首次讨论这些事件是否属于叙述，其理论上论证的繁难不同一般，笔者会专文详论，这里只是简单提及，以服务于这里的叙述定义。

综上所述，笔者认为，相比于其他叙述定义，赵毅衡的如下叙述定义更具包容性，也更恰切一些："任何符号组合，只要再现卷入人物的情节，即故事，就是叙述。"只是从表述上，似可修改为：叙述，指以符号文本形式存在，以情节化方式所表达与交流的卷入人物的事件或人格化的事件。这个定义，明确了叙述的媒介形式即符号文本；明确了卷入人物、人格化的事件或事件系列；明确了事件被组织的方式，即情节化；也明确了叙述必须是交流的——因而没有特别强调叙述化过程之构造与接收、解释两端——哪怕是自我交流。广义的事件或系列事件，总是时间性的，没有事件不在时间中发生、变化，就如康德所说的时间与空间一样，它们总是人类经验认识的先天直观形式。

该定义没有特别提到"故事"一词，因为它已被该定义内在蕴含，事件或事件系列的情节化组织的结果就是故事。此时的故事，既有内容的性质，也有形式的性质，是内容与形式的综合体。这个定义，也适合一些日常生活叙述类型。

第三节 叙述分类与解释

一 基本叙述类型分类

赵毅衡在《广义叙述学》一书中首次对基本叙述类型作了划分（见表 1-1），这个分类对后续研究具体叙述类型奠定了基础[①]。

表 1-1　　　　　　　　　叙述体裁基本分类

时间向度	适用媒介	纪实型体裁	虚构型体裁
过去	纪录类：文字、言语、图像、雕塑	历史传记、新闻、日记、坦白、庭辩、情节壁画	小说、叙事诗、叙事歌词
过去/现在	记录演示类：胶卷与数字录制	纪录片、电视采访	故事片、演出录音录像
现在	演示类：身体、影像、实物、言语	（电视、广播的）现场直播、演说	戏剧、比赛、游戏、电子游戏
类现在	类演示类：心像、心感、心语	心传	梦、幻觉
未来	意动类	广告、预测、许诺、算命	

这个分类，结束了 20 世纪 80 年代以来西方"后经典叙述学"普遍缺乏广义叙述视野宏观观照及基本叙述类型特征总体把握、多埋头门类叙述（如口述、仪式、影视、歌剧、电影音乐、器乐等非文字叙述）特点研究的窘境。相比于近 20 年来西方兴起的"跨媒介叙述"研究对叙述不免有些散乱、较为简单的分类来说（如玛丽－劳尔·瑞安主编的《跨媒介叙述》一书中所作的分类：面对面叙述、静态图片、动态图片、

---

① 赵毅衡：《广义叙述学》，四川大学出版社 2013 年版，第 1 页。

音乐、数字媒介，或其在《叙述与数字文本的分裂条件》一文中所作的分类：讲述模式、模仿模式、参与模式、模拟模式等①），这个分类全面得多，也更合理一些。这个分类的标准多维度性，像一个网格，较好定位了具体的叙述类型。这些多维度性，无疑启发了研究者从多个维度对某一叙述类型进行全面、有效的定性分析。

这个分类，基本能涵盖已发现的主要叙述类型。不过，在这个分类中，一些过渡性或交叉性的叙述类型似乎没有得到体现，或者说一些叙述类型的交叉性没有得到体现。同时，任何分类总有例外，随着新的叙述实践的出现或被发现，随着叙述研究的不断深入或范式迁移，总会有一些新的叙述类型补充进来，其中一些叙述类型会得到调整与得到重新解释。对于这个分类，似还可以作以下一些调整。

首先，作一点说明，由于演示叙述类型综合使用了多种媒介，如身体、动作、物件、图像、口语、文字、光影等，因此在下文的描述中，会在某些演示叙述类型中标出"综合媒介"字样。

（1）基于中外戏剧、戏曲史实，戏剧、戏曲可分为供人阅读体验的书面文字戏剧、戏曲剧本与供观众现场观看的戏剧、戏曲舞台表演。前者归入"过去/文字/虚构型体裁"，后者归入"现在/综合媒介/虚构型体裁"。

（2）与戏剧表演起源密切相关的情节化仪式，属于人类最古老、最普遍且至今延续与兴盛的主要叙述类型，需重点纳入考察。这个种类的叙述类型的归属较为复杂，大的方面，可将其归入"现在/综合媒介/演示类"与"未来/综合媒介/意动类"两类，小的方面，其中一部分可归入"现在/综合媒介/纪实型体裁"（情节化仪式Ⅰ），一部分可归入"现在/综合媒介/虚构型体裁"（情节化仪式Ⅱ），还有一部分可归入"未来/综合媒介/纪实型体裁"（情节化仪式Ⅲ）。

---

① Marie-Laure Ryan, "Narrative and the Split Condition of Digital Textuality", Peter Gendolla, Jr-gen Schfer, eds. , *The Aesthetics of Net Literature*：*Writing, Reading and Playing in Programmable Media*, New York：Transaction Publishers, 2007, pp. 257 – 280.

（3）无论西方后现代理论语境中的"历史叙述哲学"如何强调历史叙述的文学叙述特征，历史叙述追求史实性或历史真实性的底线并没有改变——历史之所以是历史的预设也不可能改变，因此宜在"过去/文字/纪实型"中加入"历史叙述"这个类别。同时，由于这个类型与一般意义的传记有一些明显的区别，故再单独列出"个人传记"（严格意义上也属于历史书写，"个人传记"只属于亚类）。

（4）一些发生在日常生活状态下与时空间中的叙述类型，如生活小视频（分为记载类与现场直播类，分别用生活小视频Ⅰ、生活小视频Ⅱ表示）、日常生活事件演示叙述、即兴演示叙述、日常生活故事讲述或会话叙述等，也应纳入演示叙述研究的范围。日常生活故事讲述或会话，既源远流长又异常普遍，其中既有纪实型又有虚构型，本书用日常生活故事讲述或会话Ⅰ与日常生活故事讲述或会话Ⅱ表示。

（5）"非虚构叙述"（non-fiction narration）作为当代新闻或文学写作类型，既不同于传统的报告文学，也不同于传记（包括自传）、回忆录等，它不只是叙述方法等形式技巧上的新探索，而是叙述观念的改变，故本书单独列在"过去/文字/纪实型体裁"中。

（6）鉴于包括神话、史诗以及现代媒介催生的虚拟叙述如电子游戏、"元宇宙"等的归属介于纪实与虚构、生活现实与虚拟之间，或在二者之间滑动，本书增设了"纪实-虚构型体裁"一栏。由于远古史诗与后世史诗在传唱者/作者的意图意向上、读者接受的意愿上有较明显的区别，本书将它们单列，分别以史诗Ⅰ、史诗Ⅱ表示。

（7）鉴于梦与幻觉发生语境中"符号叙述"的特殊性，即不是使用一般意义的语言或言语，而是使用"类言语"之类的东西，故本书在"类演示类"一栏补充了"类言语"这样的表达以明确其媒介。关于无意识或梦的"类语言"或"前语言"现象，利科有着专门与深入的解释。这里提一下，他总是以隐喻或象征的方式看待弗洛伊德所描述的无意识领域中的现象，因为它们都不属于严格意义上语言学表达层面的东西：无意识领域中的本能不直接出现，而是以观念或情感的

"本能代表"的形式出现,它已经属于意指因素,但它的表象只是事物本身的表现,体现的是意象的秩序;梦的消解形式类似于"图像化表象"的机制;扭曲、疏远、移植、浓缩、替代等本能与欲望的运行机制,基本在既是能指又是所指的意象(或幻觉)秩序或层面上起作用,而不是在音位关联或语义关联的层面上起作用,它们本身并非通过语言达到;无意识中的能量,替代了不充分的意向与意义语言,处于欲望与语言的交叉点处,而欲望本身,亦不是纯粹的需要,只是一种类似请求进而类似语言的东西①。

其次,为了强调口语文化与书面文字文化的区别,本书在"使用媒介"一栏明确使用了"口语"这样的术语(包括"原生口语"与"次生口语"),以取代表意有些模糊的"言语"。当然,个别栏目也根据需要对"言语"媒介作了保留。另外,需要指出,无论是赵毅衡的分类表格还是调整后的表格,都暗示了跨媒介叙述的问题。从表格横向上看,不少叙述体裁,比如小说对应的"适用媒介"就是文字、图像等综合媒介。另外,本书认为影视等"记录演示类"的特征应该分别放在其发生的过去与现在时空中才能得到澄清,故在"时间向度"一栏用"过去/现在"表示。调整后的叙述形态分类如表1-2所示。

表1-2 叙述形态基本分类

时间向度	适用媒介	纪实型体裁	虚构型体裁	纪实-虚构型体裁
过去	纪录类:文字、口语、图像、雕塑	历史叙述、传记(回忆录)、报告文学、非虚构叙述、新闻、日记、坦白、庭辩、情节壁画、日常生活故事讲述或会话Ⅰ、史诗Ⅰ	小说、戏剧(戏曲)剧本、叙事诗、叙事歌词、日常生活故事讲述或会话Ⅱ	神话 史诗Ⅱ
过去/现在	记录演示类:胶卷与数字录制	纪录片、电视采访、生活小视频Ⅱ	故事影片演出录音录像	

---

① Paul Ricoeur, *Freud and Philosophy: An Essay on Interpretation*, trans. Denis Savage, New Haven: Yale University Press, 1970, pp. 398–406.

续表

时间向度	适用媒介	纪实型体裁	虚构型体裁	纪实-虚构型体裁
现在	演示类：身体、影像、实物、口语	情节化仪式Ⅰ、（电视、广播的）现场直播、演说、生活小视频Ⅰ、生活事件演示叙述	情节化仪式Ⅱ、戏剧表演、比赛、游戏即兴演示叙述	电子游戏、虚拟叙述（元宇宙）
类现在	类演示类：心像、心感、心语等类言语	心传	梦、幻觉	
未来	意动类	广告、预测、许诺、算命、情节化仪式Ⅲ		

二 影视等记录演示类的定性

在表1-2中，影视等记录演示叙述类的定性与解释最易引发争论。赵毅衡这样解释道：

> 现代媒介造成了一个非常令人恼火的叙述学混乱：现代媒介使演示叙述与记录叙述趋于同质……"新媒介"是人类文化中刚发生100多年的现象，不是人类文化的常态。新媒介承载的演示叙述，本质依然是演示叙述，只是添加了存储功能。录下的演示叙述，其叙述的"此地此刻"本质实际上没有变：哪怕被叙述的故事是过去的，哪怕叙述行为也已经过去，叙述行为与叙述文本的关联，依然是同时的。[①]

也就是说，作者把影视等记录演示叙述定性为演示叙述，而不是看成如书面文字记录的戏剧剧本那样的记录叙述，或者既看成记录叙

---

① 赵毅衡：《广义叙述学》，四川大学出版社2013年版，第39—40页。

述又看成演示叙述：观众在观看影片时，直觉上会认为记录演示叙述"此时此刻"展开，情节正在发生，而不是旧事记录。的确，这种理解有着西方电影符号学、电影叙述学的传统。

20世纪60年代初，法国电影理论家A.拉费（A. Laffay）在专论"电影时间"时指出，书面文字小说讲述的是无可挽回的过去的事件，但电影作为一门新颖的艺术，独创性就在于能够以无与伦比的力量呈现出其"现在时艺术"（art du présent）的效果，即"电影中的一切总是处于现在时，这是此在的时间"（que tout est toujours au présent au cinéma, ce qui est le temps même de l'existence）①。在他看来，电影这种不同于照片摄影这种视觉艺术的"三维艺术"（un art de la troisième dimension），其独创性在于：既在空间中展开，又在时间中展开（赋予时间节奏），它通过摄影的逼真性与运动的精确性将现实主义推得比任何一种艺术都要远②。尽管他也承认电影的目的是给人们制造一种幻觉，但又强调在严格的意义上不是这样，因为电影中的一切感觉起来是真实的③。

20世纪60年代中后期以来，法国电影符号学家克里斯蒂安·麦茨（Christian Metz）也表达了类似看法，"在影片中，一切都是现在时"。④ 在著名的《论电影中的真实印象》一文中，他做了较为详尽的探讨。从观众感知接受层面讲，"电影观众看到的不是'曾经'在此，而是活生生的此在"，这与照片摄影的"我们始终知道摄影呈现在我们面前的不是真正的'此在'"不同；从被感知客体即影片呈现层面讲，则是其"呈现在观众眼前的是事件发生时的外貌"；进一步的原因，则是影片影像的运动性。麦茨深入分析了影片影像的运动性与观众观看影片的现在时感受之间的关系。在他的理解中，这种现在时感受完全与影片影像运动带来的真实印象叠合在一起。感知行为始终以

---

① Albert Laffay, *Logique du Cinéma: Création et Spectacle*, Paris: Mason, 1964, pp. 18–22.
② Albert Laffay, *Logique du Cinéma: Création et Spectacle*, Paris: Mason, 1964, pp. 12–16.
③ Albert Laffay, *Logique du Cinéma: Création et Spectacle*, Paris: Mason, 1964, p. 17.
④ [法]克里斯蒂安·麦茨：《电影表意泛论》，崔君衍译，商务印书馆2018年版，第65页。

或多或少的现实化方式领会真实性的标记,相对于照片摄影来说,电影为真实性增添了或包含了完全真实的运动这种标记,正是影片影像运动的现实性造成了一种强烈的真实印象:运动赋予物像一种实体性与自主性,物像似乎"实体化"了,这样,影片中活动起来的影像作为一种真实的显现,与现实生活场景中的运动一样——"运动的真实性和形式的表象相结合,引来具体的生命感和对客观真实性的感知。形式把自己的客观结构赋予运动,运动使形式有了实体感"(麦茨引用埃德加·莫兰的话),要言之,"运动带来立体感,立体感带来生命"[①],从而"观众总是将运动作为当下现实来感知"(le spectateur perçoit toujours le mouvement comme actuel)[②]。综合来说,影片带来了时间、体积再现、视为生命同义的运动这样完全给人带来真实(现实)印象的标记。

不过,需要指出,麦茨这里所说的"观众总是将运动作为当下现实来感知",还只是一种"真实印象",而不是"真实感知"。这里的"运动",有着他自己的理解:"运动是'非物质性的',纵然可见,但无从触摸,所以运动不会分占可感真实的两个层面:'实物'和摹本。"[③] 他反对把触觉作为真实性判断的最高标准,反对把"真实性"混同于"可触性"。这种反对,基于他对现实世界实际场景这种现实(包括实物)与"故事体"即电影影片世界虚构故事的真实的严格区分。在文章的末尾,他点明了这种区分。

> 需要更加明确区分(包括术语,譬如"现实的"一词就够伤

[①] [法]克里斯蒂安·麦茨:《电影表意泛论》,崔君衍译,商务印书馆2018年版,第7—10页。

[②] François Jost, André Gaudreault, *Le récit cinématographique*: *film et séries télévisées*, Paris: Nathan, 2000, p.175. "Actuel"这个措辞很有意味,它既含有"当前的"意思(可意译为"现时的"),又含有"现实的"意思。目前汉语学界还有几种汉译:"观众总是将运动作为现时的来感知"([加]安德烈·戈德罗、[法]弗朗索瓦·若斯特:《什么是电影》,刘云舟译,商务印书馆2018年版,第135页),"观众看到的永远是此时此刻的现在式动作"([法]克里斯蒂安·梅茨:《电影的意义》,刘森尧译,江苏教育出版社2005年版,第8页);"观众看到的永远是现在时态的运动"([法]克里斯蒂安·麦茨:《电影表意泛论》,崔君衍译,商务印书馆2018年版,第10页)。

[③] [法]克里斯蒂安·麦茨:《电影表意泛论》,崔君衍译,商务印书馆2018年版,第10页。

脑筋了)两个不同的问题：一方面是故事体、虚构世界和每门艺术特有的"再现内容"引发的真实印象，另一方面是各门艺术用于再现形式的材质的真实性；一方面是真实印象，另一方面是对真实的感知，即真实性标记的所有问题，这些标记包含在每门再现艺术拥有的材质中。正是因为戏剧艺术使用的材质过于现实，所以就不容易相信故事体的真实性。而影片材质完全是不真实的，故事体反而可以获得一些真实性。①

他所肯定的，是影片这种再现艺术创造的"现实幻象"这种真实性，即"非现实化的现实化"，而不太认同戏剧表演艺术制造的幻象真实，因为它嵌入现实时空，让观众只能感觉到真实本身或实物，同时，具有过于明显的人为性。在他看来，影片创造的这种真实性，属于真正的艺术真实性。它类似于 J. 康拉德（J. Conrad）、M. 普鲁斯特（M. Proust）、W. 福克纳（W. Faulkner）的观点，他们都强调想象性真实高于经验性真实②。正因为如此，尽管麦茨也提到无论是照片摄影、绘画还是电影，都是由影像组成——观众的感知也仍然把它们感知为影像，不会把它与现实场景混淆③，他仍未能真正从现象学角度讨论影片叙述艺术与戏剧等演示叙述的差异与联系。而且，他的这种观念基本上是一贯的。在后来写的《当代电影理论问题》一文中，他在反驳让·米特（Jean Mitry）认为戏剧舞台表演由于每次重演都是当时完成，且时演时新，因而其现时感更强的说法时说到，戏剧表演几乎是重复同样内容，都是自身封闭的过去时表述，而影片却不一样：

    电影演员只演一次，他的表演是现在时的。影片或许是十五年前拍摄的，但是当时的现在时已固定在胶片上，如果说用"现

---

① ［法］克里斯蒂安·麦茨:《电影表意泛论》，崔君衍译，商务印书馆2018年版，第14页。
② Robert Scholes, James Phelan and Robert Kellogg, *The Nature of Narrative* (fortieth anniversary ed., rev. and expanded), New York: Oxford University Press, 2006, p. 263.
③ ［法］克里斯蒂安·麦茨:《电影表意泛论》，崔君衍译，商务印书馆2018年版，第15页。

映"（而不用"重演"一词）表示放映一部影片最为恰当，这是因为每次放映时，这个过去的"现在"都重新变为现在，重新呈现出现实形态。①

不过，麦茨也不得不承认，影片是过去拍摄的，但他没有充分重视这一点。也正是这一点，启发了其他电影理论家的进一步思考。戈德罗与若斯特在讨论"叙事的时间性与电影"时指出，从根本上说，电影的时间性针对两个层面，一个是"被拍摄之物"，一个是"影片的接受"：作为产品的影片是过去时的，因为它录制一个已经发生的行动；影片的画面是现在时的，因为它使观众感觉到"在现场"跟随这一行动。②他们并没有简单认同影片画面现在时这个流行看法，而是把它看成电影双重叙述的悖论。一方面，从法语"语式"（mode）看，电影画面对一个过程（运动）加以现时化的语式是直陈式，这种语式中的动词既可表达发生于现在的事件，也可表达发生于过去或将来的事件，其动词时态可为现在时、未完成过去时、简单过去时等八个种类。换言之，现在时并非过程（运动）现时化的特性。另一方面，从"语体"（style）来说，影片画面的特性更在于展现事物进展的未完成体，"无论人们是否认为影片画面反映现实的一个已经过去的时刻（录制的时间），首先引人注目的是它在我们眼前展现正在完成的叙事过程"。③于是，影片画面的"语式"与"语体"出现了一个不可避免的悖论："即使词语对我们述说已经完成的事件，画面却只能向我们展现它们正在进行。"④

---

① ［法］克里斯蒂安·麦茨：《电影表意泛论》，崔君衍译，商务印书馆2018年版，第302—303页。
② ［加］安德烈·戈德罗、［法］弗朗索瓦·若斯特：《什么是电影》，刘云舟译，商务印书馆2018年版，第135页。
③ ［加］安德烈·戈德罗、［法］弗朗索瓦·若斯特：《什么是电影》，刘云舟译，商务印书馆2018年版，第138页。
④ ［加］安德烈·戈德罗、［法］弗朗索瓦·若斯特：《什么是电影》，刘云舟译，商务印书馆2018年版，第138页。

其实，戈德罗与若斯特关于电影的时间性涉及两个层面的理解，实质性地触及了记录性影视艺术的双重性。

国内一些电影学者已经对影片叙述与电影表演的分离有所关注。电影叙述学学者兼电影导演刘云舟在评述麦茨关于叙述作为一种话语的定义时指出，话语与现实世界对立，现实要求现时在场，作为话语的叙述则只有在事件发生后才开始，这种情形也适用于电视直播与影片放映，"观看电视直播，其中的人和事也是在电视画面上展示的，不等于在现实的现场活动的人和事。在电影院放映的影片自然更远离事件发生的时空现场"。① 王志敏在为《想象的能指》汉译本写的"序言"中，直接点出了电影艺术与戏剧表演的一些基本差异。在戏剧中，演员和观众在同一场所同时在场，但在电影中，演员在观众不在（＝拍摄）时在场，观众在演员不在（＝放映）时在场②。这些讨论，完全有着经验上的支撑。

笔者认为，从根本上说，问题症结在于麦茨未能完整理解胡塞尔现象学的感知理论，尤其未注意到这个理论的局限。胡塞尔在考察人体验蜡像的例子时说道：

> 这是一个在一瞬间迷惑了我们的玩偶。只要我们还处在迷惑之中，我们所具有的便是一个感知，就像任何一个其他感知一样。我们看见一位女士，而不是一个玩偶。③

在他看来，错觉中的感知也是感知。那么，幻觉破灭后人又如何体验蜡像呢？胡塞尔紧接着上文继续说道："一旦我们认识到这是一个错觉，情况就会相反，我们看到的是一个表象着一位女士的玩偶"，

---

① 刘云舟：《电影叙事学研究》，北京联合出版公司2014年版，第56页。
② 王志敏：《中译版序言：麦茨论》，见［法］克里斯蒂安·麦茨《想象的能指》，王志敏译，中国广播电视出版社2006年版，第14页。
③ ［德］胡塞尔：《逻辑研究》第二卷第一部分，倪梁康译，商务印书馆2015年版，第795页。

即错觉破灭之后，我们对蜡像的体验依然是一种感知（立义），只不过，"被感知之物具有那种引起有关单纯表象的实践作用。此外，被感知之物（玩偶）在这里也不同于那个应当借助于感知而得到表象的东西（女士）"（引自《逻辑研究》A 版）[①]。换言之，错觉破灭之后对蜡像的感知完全不同于对女士本人的感知。两者感知立义的方式发生了变化，对女士本人的感知以"感知表象"的方式进行，对蜡像的感知则以"单纯表象"的方式进行。所谓"单纯表象"，指"客体化行为"中的"变异的行为"，它不带有存在信仰的直观行为，而一个绝对未被纳入的感知，则不具有与"这里"的联系，若是纯粹想象，更不具有与"这里"和"现在"的联系[②]。因此，在这种变异的感知中，女士本人当下不在场不显现，只能"代现"，属于当下化直观或非本真直观。对女士本人的感知则属于当下直观或本真直观，女士本人直接生动显现。

这样看来，胡塞尔现象学对幻觉破灭后人对蜡像的感知的区分，还是较为清晰的。若以此框架考察影片画面叙述与演员拍摄现场表演，还是能对它们做出基本的区分。可麻烦在于，他的"错觉中的感知也是感知"这个论断，准确地说，是这个论断与幻觉破灭后对蜡像的感知之描述的缠绕，严重影响了对类似现象做出严格、有效的现象学描述或说明。"错觉中的感知也是感知"这个论断在这里颇为搅局，颇能支持麦茨等人的观点。其实，这也正是胡塞尔感知理论的局限所在。这一点，已被丹麦现象学学者丹·萨哈维（Dan Sahavi）正确指出：由于胡塞尔认为在真实的感知和非-真实的感知之间的区分（比如说一个幻象或幻觉）与现象学无关，他"无力区分幻觉和感知"[③]。在笔

[①] ［德］胡塞尔：《逻辑研究》第二卷第一部分，倪梁康译，商务印书馆 2015 年版，第 795—796 页。

[②] 倪梁康：《胡塞尔现象学概念通释》，生活·读书·新知三联书店 2007 年版，第 498—499 页。

[③] ［丹麦］丹·萨哈维：《〈逻辑研究〉中的形而上学中立性》，段丽真译，载靳希平、王庆节等编《中国现象学与哲学评论——现象学在中国：胡塞尔〈逻辑研究〉发表一百周年国际会议特辑》，上海译文出版社 2003 年版，第 161 页。

者看来，胡塞尔与此问题紧密关联的"图像表象"或"图像意识"问题，比如他对照片、雕像、电影、小说等观看、阅读体验的简略描述，似乎也存在类似的混淆。他有时把它看成一种当下化的直观行为，有时又把它视为与"符号表象"一样的非直观行为、非本真表象（详见本书附录第二篇文章）。其中的犹疑不决，至少表明这些问题还需要做进一步的思考。

无论如何，这里有两点应该是清楚的。其一，在符号哲学的框架中，影片叙述，包括其基本叙述形式的运动画面，只是电影演员现场表演的替代性符号，正如蜡像只是女士真人的替代性的物质-符号一样；其二，观众看电影时，心里明白看到的是曾经拍摄好、录制好的影片运动画面，不会认为自己处于错觉中，即使电影始终在制造幻觉真实。也就是说，电影观众一般不会糊里糊涂地把对电影运动画面的感知等同于对电影演员拍摄现场表演的感知。

论述到此，或许可以做出如下结论：从归类或定性上说，记录性影视叙述具有双重性，或者说具有交叉性、跨界性。这个叙述类型概念表述本身，已经明示了这一点。这种定性，无疑要求人们在研究这种叙述类型时，不能仅仅从演示叙述角度把握，毕竟，戏剧舞台表演等现场演示叙述类型的许多基本特征，它并不具有，还需要同时从记录叙述类型解释。既然一般叙述学的叙述定义或分类已经涉及媒介这一维度，就不能无视影视叙述经过了媒介录制这个环节与事实。忽视这种媒介性，会面临无法精细有效区分诸多叙述类型的麻烦，比如影视与戏剧表演的差异，文字媒介的戏剧、影视剧本与戏剧表演的差异，影视叙述与即时生活小视频的差异，不同视听媒介对同一故事框架、甚至某一个故事主题的"卫星式叙述"、衍生（增生）式叙述的基本差异，等等。只有对这类叙述的双重性进行分别与综合的观照，甚至在与书面文字记录叙述类型（比如剧本）的比较中，才能真正全面阐明它的特征。

第二章　故事演示文本之叙述判断及其叙述框架与叙述主体

在笔者有限的阅读视野中，较少发现中西学者就戏剧表演等故事演示类型是否叙述，为什么属于叙述，作过正面、系统的理论探讨。在我国文艺学术界，运用叙述理论讨论戏剧艺术，也只是近 20 年左右的事情。这些讨论，多是针对书面文字戏剧剧本的所谓叙述艺术。一些学者运用叙述理论研究戏剧舞台表演，一方面受到了传统戏剧批评模式或西方学者关于广义表演艺术研究的影响，另一方面多把戏剧表演默认为叙述类型。对于故事演示文类是否属于叙述，赵毅衡采取了扩大叙述定义即叙述扩容的方式。这样，包括戏剧表演在内的故事演示类型自然被涵括在广义叙述学的范围之内。他从媒介角度对演示叙述所作的描述性定义——以身体、实物等作为符号媒介的叙述类型，值得重视。总体而言，国内不少学者对故事演示文本是否属于叙述还抱着怀疑甚至简单拒斥的态度。

因此，从一般叙述学基础理论研究的角度来说，包括戏剧表演在内的故事演示文本是否属于叙述，如何理解包括戏剧表演在内的故事演示类文本的叙述框架与叙述主体等，依然是需要得到阐明的问题。

本章首先回顾与简析了戏剧表演艺术长期被西方学术界排除在叙述外的历史与原因。这种回顾与简析表明，叙述者或叙述者的言语、文字表现性，长期以来被西方理论家有意识地或潜意识地奉为叙述判断的基本标准。这个标准背后的逻辑，实为叙述观念在媒介视野上的严重局限：语言文字中心主义，尤其是文字中心主义。本书第一章第一、二节的详细论述已经表明，任何单一媒介都不足以完整定义叙述。其次，讨论了戏剧表演等故事演示文本之叙述判断的历史经验基础。这种基础，从故事实践与经验的历史考古来说，在于古希腊早期的故事观念，即故事与叙述的同义性或近义性。人类早期故事与叙述的同义性，揭示了一个更为基本的问题：故事或叙述的本质，早就蕴含在远古初民的神话仪式表演中，蕴含在人类种种社会化行动或事件的情节化呈现中。既然叙述者或叙述者的言语——尤其是文字表达不能作为演示叙述的判断标准，那么，演示叙述的叙述框架与叙述主体就是一个需要重新解释的问题。因此，本章在力求回到或还原到演示叙述文本发生场域的基础上，辨析了演示叙述的叙述框架与叙述主体构成。

第一节 故事演示文本之叙述判断的历史考察

透过戏剧表演被排除在叙述之外的历史，可以看到理论家们这样做的原因。分析这些原因，能窥探到其背后的深层逻辑及其局限。深入考察古希腊早期文化的故事观念，会发现其与叙述的关系。澄清了这两点，故事演示文本之叙述判断至少有了历史实践与理论上的一些依据。

一 戏剧被排除在叙述之外的历史与原因

在西方现代叙述学发展史上，戏剧，包括书面文字戏剧剧本、戏剧舞台表演这种最古老的文艺形式，长期不被看作叙述类型。这有着西方文论的传统。

柏拉图（Plato）在《理想国》一书中，以"荷马史诗"、戏剧等为例讨论诗人应该讲述什么内容的故事以及如何讲述故事时，区分了

第二章　故事演示文本之叙述判断及其叙述框架与叙述主体

纯粹叙述、模仿、叙述与模仿兼用三种方式：纯粹叙述，指诗人直接讲述故事，典型体裁如品达（Pindar）的颂神抒情诗；模仿，是以模仿故事中人物言行的方式说话（直接模仿），表现形式为直接呈现人物对白，典型体裁为悲剧、喜剧；叙述与模仿兼用，表现形式为故事人物对白加上诗人在对白之间所作的陈述或叙述（部分模仿），典型体裁为"荷马史诗"，也包括品达的胜利颂歌和其他抒情诗①。柏拉图从培育城邦护卫者的立场出发，明确尊叙述而贬斥模仿②，对故事人物直接说话、行动等表演这种形式持绝对否定态度。在上述三种讲述方式中，他最肯定的还是第三种，认为它最有趣。

与其师柏拉图不同，亚里士多德（Aristotle）（公元前384—前322）既把戏剧与叙述都看成模仿艺术，也不简单从政治、教化立场出发拒斥戏剧——仅在悲剧与喜剧模仿对象的区分上回应了其师的教化立场。在《诗学》中讨论艺术分类时，他只是从模仿所用方式的差异出发，把戏剧与叙述分立为不同的模仿类型：史诗、戏剧等都属于模仿的艺术，但史诗主要以叙述的方式进行模仿，即诗人以自己的口吻讲述故事，或诗人通过人物的口吻讲述；戏剧则通过扮演的方式进行模仿，即对人物行动进行模仿，让人物行动直接以舞台表演的方式展示③。他们师徒关于戏剧与叙述分立的立场，为西方现代叙述学把戏剧等故事演示类型排除出叙述范畴奠定了基础。

---

①　[古希腊] 柏拉图：《理想国》，顾寿观译，吴天岳校注，岳麓书社2018年版，第116—125页。

②　柏拉图对世俗世界中的技艺或模仿基本持否定态度，"凭借任何一种技艺都不能使人聪明，它们实质上都是一种游戏，大部分是模仿性的，没有真正的价值"（《伊庇诺米篇》，《柏拉图全集》第四卷，王晓朝译，人民出版社2003年版，第4页）。实在需要模仿，也只能模仿勇敢、明智、虔敬、自由、大度等纯粹善，即模仿有益于城邦教化的善人善事，"要能区别善的灵魂的模仿和恶的灵魂的模仿，要拒斥第二种"（《法篇》，《柏拉图全集》第三卷，王晓朝译，人民出版社2003年版，第571页）。他有时忍受单一模仿，贬斥多重模仿，因为一个人的能力有限，不可能都模仿得像，"同一个人不能把很多事模拟得就像他只模拟一件事那样好"（[古希腊] 柏拉图：《理想国》，顾寿观译，吴天岳校注，岳麓书社2018年版，第119页），"但若要人在行动中模仿超出其教养范围以外的事情可就难了，要想恰当地在语言中加以再现更难"（《蒂迈欧篇》，《柏拉图全集》第三卷，王晓朝译，人民出版社2003年版，第270页）。

③　Aristotle, *The Poetics*, trans. S. H. Butcher, Oxford: Clarendon Press, 1902, p.13.

作为现代叙述学的重要开拓者,热奈特也继承了柏拉图、亚里士多德的上述传统,直接把戏剧表演看成与叙述对立的活动,并从叙述的表现性这个角度挑明了戏剧模仿不属于叙述的原因:

> 舞台上的直接模仿,体现为手势与言语行为。显然,模仿通过手势能够再现(represent)行为,但它避开了诗人的言语,诗人正是以言语从事特殊活动。通过言语行为,凭借人物所说的话,模仿只不过复制了真实或虚构的话语。因而,确切地说,模仿不具表现性(representational)。[1]

在热奈特看来,叙述本来就属于文学表现的一种弱化形式,而模仿,尤其是完全模仿(直接模仿),则更没有表现性。这种表现性,体现在诗人的语言技艺上。完全模仿,不过是诗人复制如戏剧表演中人物角色的言行而已,根本谈不上诗人自己对语言的创造性使用,因而不具有表现性。不过,在该文中,热奈特最终与柏拉图一样并不认同完全模仿,因为完全模仿就等同于事物本身。他最终肯定的,是不完全模仿。而不完全模仿,在他看来就是叙述。他举例说,在"荷马史诗"中,也有人物对话,但即使人物对话也必须由叙述引入,并夹在叙述言语之间,这些叙述部分构成事实情节——诗人"述说穿插于这些说话之间的事实情节"[2]。换言之,舞台人物角色的言行,还是要被纳入叙述文本的总体叙述框架中,而不是说舞台表演或戏剧本身属于叙述。

西方现代叙述学元老普林斯也沿袭了这种传统:"表现事件的戏剧表演不构成一个叙述,因为这些事件直接发生于舞台之上,而非经过重述(being recounted)。"[3] 后来其《叙述学词典》新版时,他的态度有所改变,只是以中立的立场介绍了热奈特等人的相关看法。

---

[1] Gérard Genette, "Boundaries of Narrative", trans. Ann Levonas, *New Literary History*, Vol. 8, No. 1, Autumn 1976.
[2] [古希腊]柏拉图:《理想国》,顾寿观译,吴天岳校注,岳麓书社2018年版,第117页。
[3] Gerald Prince, *A Dictionary of Narratology*, Aldershot: Scolar Press, 1987, p. 58.

第二章　故事演示文本之叙述判断及其叙述框架与叙述主体

这种传统，到了"后经典叙述学"那里，也没有大的改变。苏珊·兰瑟（Susan Lanser）致力于叙述文本与意识形态等社会关系的沟通，对经典叙述学做了女性主义批评的激进改造，但她对叙述者与故事相互依存关系的表述却异常直白：

> 没有叙述者，就没有故事；反之，没有故事，也就没有叙述者。两者之间这种相互依存的关系，使叙述者处于一种有特权亦有所限的极限地位：它不在文本之外，它是使叙述文本存在的东西。叙述言语行为不能像人物言行那样被看成纯粹的模仿，它是使模仿得以可能的行为。①

这段话有三点值得注意。第一，站在狭义模仿立场修正了亚里士多德笼统的模仿论，或一般意义上的"叙述模仿论"；第二，从另一个角度强化了热奈特关于叙述言语行为功能的观点，认为它的功能在于使人物或角色的模仿得以可能；第三，直接明白地强调了叙述者之于叙述的必要性，间接表明了没有叙述者的戏剧不属于叙述这样的判断。

苏珊·兰瑟把有无叙述者作为叙述与否的判断的基本标准，不过是把柏拉图、亚里士多德、热奈特、普林斯等人的看法说得直截了当罢了。这种观点长期居于中西叙述学界的主流。直到当下，仍有相当多的学者坚持。

在中国文艺学术界，美国汉学家浦安迪（Andrew H. Plaks）的类似看法值得一提，他的看法对中国文艺学术界有着直接的影响。这与他在北京大学的教学生涯和对中国古典小说及叙述模式的专门研究有关。他在《中国叙事学》（1996）一书中继承了中西文类划分的古典传统，将文类划分为抒情诗、戏剧、"叙事文"三个基本类型，在此基础上，他又沿袭了其他西方学者的观点，把是否有故事，尤其是否有叙

---

① Susan Sniader Lanser, *Fictions of Authority: Women Writers and Narrative Voice*, Ithaca and London: Cornell University, 1992, p. 4.

述者作为区分这三大文类的基本标准:"抒情诗有叙述人(teller),但没有故事,戏剧有场面和故事(scenes)而无叙述人,只有叙事文学既有故事又有叙述人。"① 显然,无叙述者的戏剧,与叙述类型分立。

戏剧不属于叙述这种传统,不仅仅属于文艺学术界。欧美现代"叙述主义"历史哲学代表人物之一 F. R. 安克施密特在讨论电影与戏剧时也持相近看法:

> 电影或戏剧的创作是要在观众那里造成置身于情景之中的印象。观众扮演的是被动参与者的角色。因此,由历史电影或戏剧所提供的对历史社会实在的表现尚未处于叙述框架的结构之中。这与这样的事实并不矛盾,即剧作家或电影制片人通常也试图让观众尽可能容易地通过单纯地看戏剧或者电影而对其给出一个叙述性的解释。只有当这一步骤得到实施时,比如当我们写下在某个特殊的戏剧或者电影中发生的事情时,才存在叙述结构。简而言之,历史戏剧或者电影可以被解释为或者翻译成叙述结构,但是它们自身并不具有这样的结构。而且甚至连这个事实,即这些电影或者戏剧即使是由书面的(历史作品)叙述改编而来的,也不能使情况有所改变。②

也就是说,只有用书面文字写下的戏剧文本或电影剧本,才具有叙述结构,演示性的电影或戏剧表演,无论如何都不存在叙述结构,都不属于叙述。

上述梳理,已可看出西方理论家把戏剧排除出叙述的原因。问题在于,这个原因能成立吗?要回答这个问题,还需要弄明白这个原因背后更为基本的逻辑。不难发现,其背后的基本逻辑不过是"语言文字中心主义"。也就是说,这些理论家完全把叙述限制在口头言语,

---

① [美]浦安迪:《中国叙事学》,北京大学出版社1996年版,第18页。
② [荷]F. R. 安克施密特:《叙述逻辑》,田平、原理译,大象出版社2012年版,第7页。

第二章 故事演示文本之叙述判断及其叙述框架与叙述主体

尤其是书面文字范围内了。西方现代叙述学主流多围绕书面文字小说展开其理论建构与文本批评，是不争的事实。

安克施密特的观点已是相当直露，尽管无法确知他所说的用书面文字书写的戏剧剧本或电影剧本为何具有叙述结构，因为，按照西方叙述传统，戏剧等故事演示类型已经被排除在叙述之外。至于西方现代叙述学的其他理论家，更是异常直白地在强调叙述者或叙述者的言语文字表现性之于叙述判断的根本性了。柏拉图与亚里士多德的情况看似复杂一点，但稍微深究也会发现，在其叙述与戏剧区分的模仿论框架下，隐含着他们有关叙述判断的媒介意识或无意识。

柏拉图崇尚口语交流，不太信任书面文字表达，但在界定叙述时却似乎自觉或不自觉地立足于文字媒介。在《斐德罗篇》中，他比较了口语交流与文字表达。他首先借苏格拉底之口假借埃及神话谈到了书面文字这种发明作为"药"的两面性，尤其是它的负面性。作为一种治疗，文字使人更加聪明，能改善记忆力，使人博闻强记。但它同时也是一剂毒药，会在人的灵魂中播下遗忘，因为人会依赖写下来的东西，不再去努力记忆：

> 他们不再用心回忆，而是借助外在的符号来回想。所以你所发明的这帖药，只能起提醒的作用，不能医治健忘。你给学生们提供的东西不是真正的智慧，因为这样一来，他们借助于文字的帮助，可以无师自通地知道许多事情，在大部分情况下，他们实际上一无所知。他们的心是装满了，但装的不是智慧，而是智慧的赝品①。

同时，因为文字是口语的影像，属于僵死的东西，在遭到曲解时，由于作者不在场而无法为自己辩护。文字如此糟糕的作用，如

---

① ［古希腊］柏拉图：《柏拉图全集》第二卷，王晓朝译，人民出版社2003年版，第197—198页。

此反智慧的本质，其危害不可谓不大。相反，他也借他人之口称赞了口语。作为文字的兄弟，它是一种活生生的话语，属于更加本原的东西，比文字更好、更有效，有着确定的合法性。因此，他认为，拥有正义、荣耀、善良一类知识的人对待文字与口语的态度会完全不一样，这样的人"不会看重那些用墨水写下来的东西，也不会认真用笔去写下那些既不能为自己辩护，又不能恰当地体现真理的话语"①。既然如此，他在区分叙述与模仿时，又为什么要立足于书面文字媒介的文学文本呢？

其实，这是他讨论问题时不得已采取的一种技术性手段。在当时社会，口头故事讲述、故事表演非常流行，正因为如此，他分外关注这些形式在城邦护卫者的教育中应该扮演的角色。但在讨论叙述与模仿（戏剧）的区分时，他似乎也只能在文字媒介的文学文本中选取诗句作例子。原因很简单，这些诗句已在文字文本中被固定下来，能作例证被引用。相反，口头讲述或表演，无法根本固定故事内容与故事讲述形式。对此，杰克·古迪（Jack Goody）有明确的看法，口语是即兴的，口语文化总是飘忽不定，无法用同样的方式进行观察和评论，书写是作为客观物质而存在的②。借用现代媒介传播学先驱 H. A. 伊尼斯（Harold A. Innis）的"阅读预设服从权威"的判断③，则是诗学批评需要服从来自作家、文字文本的权威。柏拉图本人非常清楚这些情况，在《伊安篇》中，他提到了"诵诗人"伊安在吟诵"荷马史诗"时会

---

① ［古希腊］柏拉图：《柏拉图全集》第二卷，王晓朝译，人民出版社 2003 年版，第 199—200 页。这并不意味着柏拉图完全否弃文字，他在讨论"男孩子作一名体面的公民是否必须掌握阅读和书写"时说道："这些学习一定不能放弃。从十岁开始，花三年时间学习阅读和书写对男孩子来说是很适宜的"（［古希腊］柏拉图：《柏拉图全集》第三卷，王晓朝译，人民出版社 2003 年版，第 568 页）。另外，他对语言、文字都有所怀疑："没有一个有理智的人会如此大胆地把他用理性思考的这些东西置于语言之中，尤其是以一种不可更改的形式，亦即用所谓书写符号来表达"（［古希腊］柏拉图：《柏拉图全集》第四卷，王晓朝译，人民出版社 2003 年版，第 98 页），因为言语表达总是像潜身上表现出的两种形式一样具有正确与错误两种形式。

② ［英］杰克·古迪：《神话、仪式与口述》，李源译，中国人民大学出版社 2014 年版，第 52 页。

③ ［加］哈罗德·伊尼斯：《传播的偏向》，何道宽译，中国人民大学出版社 2003 年版，第 13 页。

第二章　故事演示文本之叙述判断及其叙述框架与叙述主体

仔细润色荷马的诗句①，在第七封书信中，他强调了书写符号的不可更改性②。另外，他也提到了人们在日常生活中传唱故事时，往往会以诗人创作的文字文本中的诗句作为底本——那时，专业背诵者从诗作的抄写副本背诵诗作，一般大众再从专业背诵者那里听到诗句与获取知识③。这一点尤其提醒他需要大力关注并审查诗人们创作文字文学文本的内容与表达形式是否符合城邦公民教育。《理想国》第二卷在谈到城邦护卫者应该接受什么样的故事教育时，他大量引用了"荷马史诗"、赫西俄德（Hesiod）的《神谱》、埃斯库罗斯（Aischulos）的三部悲剧（后亡佚）中的诗句，用它们说明诗人创作应该遵循真实、不说假话、不亵渎神灵等原则，该书第三卷在评论故事讲述的内容选择时，再次大量引用了文字文本的"荷马史诗"中的诗句。不过，也需要指出，在不涉及引用诗句、一般性地讨论戏剧模仿时，他往往立足于戏剧舞台表演，强调诗人或神话作家扮演各种角色、模拟一切行当时需要模拟有品德的人的言谈方式等④。

亚里士多德对艺术使用的媒介很自觉，《诗学》开篇第一章就区分了各类艺术的模仿媒介，把荷马写的史诗归为仅以语言模仿的艺术⑤。这里的语言当指书面文字，而非口语。这完全可从他基于媒介对艺术的分类看出来。史诗用的是无音乐伴奏的话语或格律文，若是指吟唱或传唱的史诗文本，则应归入用音调、节奏等进行模仿的艺术了。这种判断，还可以从他对悲剧、喜剧与其他艺术在媒介使用上的区别中得到证明：悲剧、戏剧兼用节奏、唱段、格律文这样一些媒介。

与艺术这种模仿媒介区分一致，亚氏在《诗学》第三章讨论艺术

---

①　[古希腊] 柏拉图：《柏拉图全集》第一卷，王晓朝译，人民出版社2003年版，第299页。
②　[古希腊] 柏拉图：《柏拉图全集》第四卷，王晓朝译，人民出版社2003年版，第98页。
③　[英] 弗雷德里克·G. 凯尼恩：《古希腊罗马的图书与读者》，苏杰译，浙江大学出版社2012年版，第43页。
④　[古希腊] 柏拉图：《理想国》，顾寿观译，吴天岳校注，岳麓书社2018年版，第124—125页。
⑤　Aristotle, *The Poetics of Aristotle* (2nd ed.), ed./tran., S. H. Butcher, London: Macmillan and Co. Limited, 1898, p. 9.

的模仿方式,即前文提到的叙述与戏剧分立涉及的三种方式时,特意设置了一个限定:用"同一种媒介"。这"同一种媒介",也当指书面文字媒介,即都在书面文字的史诗、戏剧文本中用不同的表现形式模仿同一对象,即"用同一种媒介的不同表现形式模仿同一个对象"(for the medium being the same, and the objects the same, the poet may imitate by narration)①。这里的"同一对象",指的是《诗学》第二章中提到的三类人:比一般人要好一些的人;比一般人差一些的人;同"我们"一样的普通人。为什么这里可以推测亚氏把叙述限定在书面文字媒介中呢?英国著名亚里士多德研究专家 D. W. 卢卡斯(D. W. Lucas)在为《诗学》作注解时这样说道:"实际上,这个方式的划分只适用于那些使用语言(λόyos②)的形式。"③ 这自然是对的,只是范围还是大了一些。笔者认为是文字,除了上述提到的原因外,还包括"与这种文艺的模仿媒介区分一致"这个前提,包括上文讨论柏拉图类似问题时提到的原因。即使不同媒介的不同表现形式也可以模仿同一对象,却很难在具体内容与表现形式的讨论上对荷马史诗、其他史诗诗人的史诗作品与戏剧作品进行比较。应该说,这在《诗学》第二十四章亚氏进一步讨论荷马与其他史诗诗人在表现形式上的差异时,也可看出一些端倪来:

> 诗人应尽量少以自己的身份说话,因为这不是模仿者应该做的。其他史诗诗人始终以自己的身份说话,偶尔模仿个别人,次数也很少。荷马的做法不同,他先用几句诗行作引子,很快就以

---

① [古希腊]亚里士多德:《诗学》,陈中梅译注,商务印书馆1999年版,第42页;Aristotle, *The Poetics of Aristotle*, ed./tran., S. H. Butcher, London: Macmillan and Co., Limited, 1898, p.13.

② 古希腊语中,"λόyos"的含义涉及三个大类20多种:(1)表现思想的话,如话语、文字、神谕、传说、故事、寓言、一段叙述等;(2)思想,如道理、理由、根据等;(3)逻各斯(规律)、原则等(罗念生、水建馥编:《古希腊语汉语词典》,商务印书馆2004年版,第511—512页)。

③ D. W. Lucas, "Notes", Aristotle, *Poetics*, introduction, commentary and appendixes by D. W. Lucas, Oxford: Oxford University Press, 1968, p.66.

一个男人、一个女人或一个其他角色的身份说话或行动。①

这样看来，西方现代叙述学的"文字中心主义"还真是有着久远的历史渊源。这种叙述观无疑会遮蔽口头叙述的特点，会无视口头叙述在文字叙述中的历史遗留或会忽视书面文字叙述与（原生）口语叙述的相互影响，更会排除其他可能的叙述形态。关键在于，这种"文字中心主义"的叙述观，并不符合古希腊早期文化中的故事观念。这一点，将在下文的历史考察中得到证实。

二　古希腊早期文化中故事与叙述的同义性

在西方现代叙述学发展史上，M. H. 艾布拉姆斯（Meyer Howard Abrams）是少有的较早正面承认戏剧表演属于叙述的理论家。在他编撰的久负盛名的《文学术语汇编》（1958年第一版，迄今已出十多版）一书中解释"叙述"词条时指出："在戏剧中，叙述并非以讲述方式进行，而是通过舞台上人物角色的行动、言语的直接呈现而展开。"②与其说是解释，不如说是断言。这种断言颇有些与西方叙述传统排除戏剧的主流观点针锋相对的味道。这种断言无疑需要解释。

与艾布拉姆斯相比，S. 查特曼可以说是更加少有的正面论述戏剧属于叙述的理论家。他认为叙述可从广义与狭义角度定义。狭义的叙述，就是西方叙述传统的定义：叙述文本必须由叙述者讲述出来，叙述等同于"讲述"。广义的叙述，包含了传达（communicate）叙述的两种方式："讲述"（telling）与"展示"（showing）。在他看来，这两种方式都属于"呈现"（present, transmit）的行为，这种行为并不局

---

①　综合了陈中梅的汉译与S. H. Butcher的英译（［古希腊］亚里士多德：《诗学》，陈中梅译注，商务印书馆1999年版，第169页；Aristotle, *The Poetics of Aristotle* (2nd ed.), ed./tran., S. H. Butcher, London: Macmillan and Co., Limited, 1898, pp. 93-95。

②　M. H. Abrams, *Glossary of Literature Terms* (7th ed.), Boston: Thomson Learning Inc., 1999, p. 173.

限于用语言"讲述"①。也就是说,无论是"讲述"还是"展示",都以符号组合的形式"呈现",尽管选择的符号组合类型有所不同。在讨论热奈特的叙述与模仿差异论时,他指出戏剧在许多重要方面也是一种叙述,因为它与史诗一样,都建立在"故事"这样的叙述成分之上;在评述亚里士多德的悲剧与史诗差异论时,他认为表演(spectacle,场面)只是故事现实化的一个要素,而非叙述结构的潜在要素,而叙述学意义上的故事的基本属性在于它由一系列相互关联的事件组成,这一属性为戏剧和史诗所共有②。他由此总结道:

> 对我来说,任何呈现一个故事(由人物或角色参与或体验的系列事件)的文本,都首先是一个叙述。戏剧和小说都具有时序性的系列事件、一组人物和一个背景这样的要素。因此,从根本上说,它们都是故事。一种故事被讲述(diegesis),另一种故事被展示(mimesis),这个事实是次要的。我所说的"次要"并不是说这种差异无关紧要,而是说这种差异在文本区分的层次上低于叙述和其他文本类型之间的区分。③

应当说,查特曼的解释还是具有相当说服力的。他的"叙述核心在于故事"这一观念,明显受到 C. 布雷蒙的影响,后者认为任何叙述都有一个具有自律意义的层面,这个层面有一个可以从全部信息中分离出来的结构或框架,即故事。受此影响,查特曼也在稍后《用声音叙述的电影的新动向》一文中表述了类似的观点。他直接说到,"史诗和戏剧都属于叙述文本类型中的一个子类",理由是,舞台剧、

---

① Seymour Chatman, *Coming to Terms: The Rhetoric of Narrative in Fiction and Film*, Ithaca and London: Cornell University Press, 1990, p. 113.
② Seymour Chatman, *Coming to Terms: The Rhetoric of Narrative in Fiction and Film*, Ithaca and London: Cornell University Press, 1990, pp. 109–110.
③ Seymour Chatman, *Coming to Terms: The Rhetoric of Narrative in Fiction and Film*, Ithaca and London: Cornell University Press, 1990, p. 117.

第二章 故事演示文本之叙述判断及其叙述框架与叙述主体

小说、电影、木偶戏等都以情节或系列事件为主；戏剧也表达了作为素材的事件的时间顺序与话语的时间顺序这样的双重时间顺序，话语的时间顺序由舞台或屏幕上的演员以动作或语言表达出来；等等①。

其实，查特曼不过是说出了一个长期以来为西方理论家所忽视的一个显见事实与粗浅道理，无论小说还是戏剧，都有一个共同的核心或具有一个基本属性：都有故事，都属于故事。这种疏忽，早在柏拉图、亚里士多德身上就发生了。

柏拉图与亚里士多德生活的古希腊时期，口头故事讲述、戏剧表演等故事演示相当盛行。著名媒介学家 M. 麦克卢汉（Marshall Mcluhan）在考察古希腊的口语、文字文化后认为：

> 在古希腊世界之中，书籍常见的发表方法是当众朗读，首先由作者本人，然后是由专业朗诵者或演员，而甚至在书籍和书面艺术已经普及之后，当众朗诵仍然作为常见的发表方式。②

这个时代，除了职业的诗人、剧作家（往往集剧作家、导演、演员于一身）外，还出现了诗人、剧作家的助手或附属，如演员、舞蹈家、演出经纪人、歌舞队、游唱者等③，涌现出了一批前文提到的像伊安这样著名的职业"诵诗人"（伊安自认为能很好理解荷马的诗歌，他一般在特殊场合向听众朗诵、解释诗人的思想，但他只会朗诵荷马史诗），他们在节日或仪式庆典上吟诵史诗，表演悲剧、喜剧、木偶戏、竖琴等，种类多样。尤其值得注意的是，"故事"概念非常流行，用法与含义相当宽泛。柏拉图与亚里士多德都很熟悉这一切。

柏拉图非常熟悉口头故事讲述传统及其在历史、文化传承中的作

---

① Seymour Chatman, "New Directions in Voice-Narrated Cinema", David Herman, ed., *Narratologies: New Perspectives on Narrative Analysis*, Columbus: Ohio State University Press, 1996, p. 318.
② ［加］马歇尔·麦克卢汉：《谷登堡星汉璀璨：印刷文明的诞生》，杨晨光译，北京理工大学出版社2014年版，第166页。
③ ［古希腊］柏拉图：《理想国》，顾寿观译，吴天岳校注，岳麓书社2018年版，第81页。

用，非常重视各种故事表演艺术在城邦护卫者的教育中所起的正面作用。在他看来，神祇的起源或诸神的传说，尤其世界或事物的秩序这种神赐予凡人的礼物，都是前人习俗式地以讲述故事的方式一代一代传下来的①——这符合后世学者的一般认识，史前希腊人了解更远时代，唯一途径就是借助神话与传说，口口相传的无数神话和传说构成原始资料，他们通常把这些故事看作祖先的历史②。柏拉图也注意到，在家庭教育中，母亲、保姆们总是先用故事然后才用体操教育儿童，因此，他主张故事讲述在儿童日常教育中的优先性，认为更多用故事塑造儿童的灵魂甚于母亲、保姆们用她们的双手培育儿童的躯体③。然而，出于其城邦政治理想，他不仅对讲述神的故事、各种故事表演的内容作了明确规定，包括规定诗人写作的故事是否被允许舞台表演，是否配合唱队等（多见于《理想国》《法篇》中），还对装饰、绘画、造型这样的"第五类事物"，包括诗歌、音乐、悲剧等技艺采取了基本的否定态度（在其他地方如《法篇》中又表示可接受其中严肃的部分），认为它们都不具有严肃的目的，仅供人玩赏、娱乐，只是"娱乐品"④。对于悲剧表演的否定，他说道：

  在潘的身上表现出两种形式，一种是精细和神圣的正确形式，是居住在天上的诸神拥有的，另一种是粗糙的虚假形式，是下界凡人拥有的，就像悲剧中的羊人那样粗陋，因为故事与虚假的传说一般说来与悲剧的或羊人的生活有关，悲剧是它们的处境。⑤

否定虽然有些间接，但颇具根本性。因为，这里讨论的是言语的

---

① ［古希腊］柏拉图：《柏拉图全集》第三卷，王晓朝译，人民出版社2003年版，第184页。
② ［英］萨拉·B. 帕姆洛依等：《古希腊政治、社会和文化史》第二版，周平等译，上海三联书店2010年版，第14页。
③ ［古希腊］柏拉图：《理想国》，顾寿观译，吴天岳校注，岳麓书社2018年版，第90页。
④ ［古希腊］柏拉图：《柏拉图全集》第三卷，王晓朝译，人民出版社2003年版，第135—136页。
⑤ ［古希腊］柏拉图：《柏拉图全集》第二卷，王晓朝译，人民出版社2003年版，第92页。

第二章 故事演示文本之叙述判断及其叙述框架与叙述主体

本质属性这个基本问题。在他看来，言语表达具有两面性，它表达一切事物总具有正确与错误两种形式。他借"潘"（Pan）身上的两种表现形式对此所作的类比解释，既暗示了悲剧故事的粗糙与虚假，也挑明了故事、传说与悲剧的一种渊源关系。在此基础上，他对参与表演的演员也表达了否定，认为他们从事的是行骗的技艺，把他们类比为作虚假宣传的政客，属于智者中最大的智者（非"爱智者"）；进而，他最终从故事讲述不适合政治宣传（采取发布指示的方式）的方式把故事讲述归属于他极端鄙弃的修辞学[①]。在他看来，修辞学产生没有知识的信仰，不是关于对错的一种指示，而属于奉承性的非技艺（《高尔吉亚篇》）[②]。

不过，颇具反讽意味的是，在柏拉图的著述中，在古希腊语言文化中，故事（μύθος、λόγος）与神话、传奇、传说属于可以互换的同义词或近义词。μύθος和λόγος统称为"故事"（如前注释，λογος这个古希腊大词也表达了"传说""故事""寓言""一段叙述"等含义），由这两个词的词根构成的其他一些词也有着相近的含义，如λόγων作"故事"讲，λόγοι也可译为"故事"，μυθολογείν可译为"神话"，μυθολογίαις可译为"神话故事"，等等[③]。另外，从更大范围看，同词根构成的其他古希腊词也表达了相近的含义，λογίδιον含义为"小故事""小寓言"，λόγιος作名词时表示"善于说故事的人""编年史家"，λογοποιέω的动词含义为"编故事"，λογο-ποιός表示"编年史家""编故事的人""寓言作家"，等等[④]。在《斐多篇》中，柏拉图借苏格拉底之口也把寓言看成故事文类[⑤]。所有这些，不只是反映了古希腊的语言文化特点，更反映了那个历史时期的故事观念。也就是

[①] ［古希腊］柏拉图：《柏拉图全集》第三卷，王晓朝译，人民出版社2003年版，第141—162页。

[②] ［古希腊］柏拉图：《柏拉图全集》第一卷，王晓朝译，人民出版社2003年版，第329、340页。

[③] 参见《理想国》（顾寿观译）相关正文与吴天岳的校注，第88—115页。

[④] 罗念生、水建馥编：《古希腊语汉语词典》，商务印书馆2004年版，第511页。

[⑤] ［古希腊］柏拉图：《柏拉图全集》第一卷，王晓朝译，人民出版社2003年版，第56页。

说，故事是古希腊时期颇具包容性、极为基础的一个概念，神话、传奇、传说、寓言这些被现代文体学视为具体的文体体裁，在那时可统称为故事，都属于故事这个更为基础的类型。不仅如此，柏拉图在事实上也把悲剧表演包括在故事范畴内。除了上面提到的故事、传说与悲剧具有一种渊源关系外，在他重视的音乐教育中，也包括了故事。在古希腊语中，音乐"不仅指现代的器乐、声乐，而同时也指或首先指吟唱的史诗、抒情诗、悲剧等"①。这样看来，在古希腊时期，故事更是一个不分表达媒介的概念，不管它是被口述的、被书面文字呈现的、被音乐表现的、被舞蹈表达的、被戏剧表演的等，都属于故事类型。对于戏剧表演本身，柏拉图在《欧绪弗洛篇》中也明确提到了其神话故事表演的起源，"古代雅典人为纪念酒神而举行化妆歌舞会，人们披上山羊皮，戴上面具，表演神话故事。这种迎神赛会上的歌舞以后逐渐发展为戏剧"②。

而更有意思的是，古希腊语αΦήγμα具有"叙述"与"故事"双重含义（近义词αΦήγσις表"叙述""讲述"义，διήγσις在《理想国》中也指"叙述"）③。

与柏拉图相比，亚里士多德分立叙述与戏剧的内在矛盾更明显。尽管他明确区分了叙述与戏剧，但无疑也把戏剧看成故事类的文艺类型。且不说他把悲剧、喜剧的起源追溯到为庆祭酒神狄俄尼索斯时歌队以抒情方式即兴口诵酒神苦难与开创性的伟业故事与贡献④，单说他的"模仿说"核心的情节论，就完全是故事情节论的典范。他的情节论或者说情节诗学，完全立足于被他排除出叙述的悲剧。不同于其师，他在《诗学》中既保留了"mushos"这个术语传统的"故事"

---

① 吴天岳：《校注2》，见［古希腊］柏拉图《理想国》，顾寿观译，吴天岳校注，岳麓书社2018年版，第88页。
② ［古希腊］柏拉图：《柏拉图全集》第一卷，王晓朝译，人民出版社2003年版，第257页。
③ 罗念生、水建馥编：《古希腊语汉语词典》，商务印书馆2004年版，第137页；［古希腊］柏拉图：《理想国》，顾寿观译，吴天岳校注，岳麓书社2018年版，第523页。
④ Aristotle, *The Poetics*, trans. S. H. Butcher, Oxford: Clarendon Press, 1902, p.19；［古希腊］亚里士多德：《诗学》，陈中梅译注，商务印书馆1999年版，第48页；［法］雅克利娜·德·罗米伊：《古希腊悲剧研究》，高建红译，华东师范大学出版社2017年版，第4页。

第二章 故事演示文本之叙述判断及其叙述框架与叙述主体

或"传说"义①，又用来主要意指"情节"这个富于积极意义的概念。利科认为"mushos"这个希腊词既指想象性的作为故事的寓言，也指精心构建的故事性的情节（详见本书第六章第二节），中国也有学者认为"mushos在希腊文中的原意与文字或传统故事有关"，并汉译为"神话"②。在《诗学》中，"情节"与"故事""事件"（准确地说是"事件的组合"）等词或词组常常混用。悲剧对行动的模仿，须通过情节对事件的组织才能最终完成，因为行动体现在事件之中，而情节对事件的组织，也就是编织剧情或故事。至于故事或事件材料的来源，完全可以是现成的神话、传说等，也可以是诗人自己的设想与编制。从西方文论史来看，他的情节诗学早已超出对悲剧情节的理解与解释，被公认为西方文艺情节论的典范，早已成为西方故事诗学或叙述诗学的核心理论框架。完全可以这样说，西方叙述诗学一脉相承的"模仿→情节──事件组合→故事/叙述"这个逻辑框架及其历史渊源，就是由他确立的。

由此可见，柏拉图与亚里士多德在区分叙述与戏剧模仿时，为了讨论方便疏忽了所处时代的语言文化特点，尤其是故事观念，从而不自觉地滑向了"文字中心主义"的泥淖。与其说是为了讨论方便，毋宁说是受制于所处时代语言文字媒介力量的潜在塑造。前文提到古希腊口语文化的持续繁荣，这只是历史的一个面相。H. A. 伊尼斯认为，古希腊文化（即传统的口语文化）伴随着文字在公元前5世纪后半叶的发展而衰落，写作开始侵蚀口头传统，而"一种新媒介的长处，将导致一种新文明的产生"。③ 生活在这个时期的柏拉图（公元前427—前347）与亚里士多德，不能不受到新的占主流的文字媒介文化带来的划时代影响。柏拉图生活时期文字文化的发展状况，按照英国著名

---

① ［古希腊］亚里士多德：《诗学》，陈中梅译注，商务印书馆1999年版，"附录1"，第197—198页。
② 于雷："注释"，见［美］罗伯特·斯科尔斯、詹姆斯·费伦、罗伯特·凯洛格《叙事的本质》，于雷译，南京大学出版社2015年版，第220页。
③ ［加］哈罗德·伊尼斯：《传播的偏向》，何道宽译，中国人民大学出版社2003年版，第28、35、57、116页。

古典学家、古文书学家 F. G. 凯尼恩（Frederic G. Kenyon）的考察，大致是这样："在公元前五世纪末公元前四世纪初，图书在雅典大量存在，价廉易得。阅读的习惯正在发育中，但还没有非常牢固地建立。"①于是，柏拉图的著作，体现为"口头传统和文字传统的混合"，他的散文已经开始放弃直到公元前 5 世纪初叶创作中仍然大量使用的口承规则，他的散文成为第一部用散体形式即以一种字符的扩展写就的文字文本②。到了亚里士多德生活的时代，情形又发生了更大变化，不少学者充分肯定了这一点。伊尼斯认为，亚里士多德标志着"从口头传统到看书习惯的转变"③，凯尼恩则直接说到，"因为有了亚里士多德，希腊世界才由口头演示过渡到阅读的习惯"（同前）。这不难理解，亚里士多德与亚历山大的关系，亚历山大图书馆对于整个希腊化文明的深远影响，已为世人熟知。

以上考察，让我们重新面对这样一个历史事实：在古希腊较早时期人们的意识或集体无意识中，甚至在柏拉图、亚里士多德的潜意识中，故事属于一种普遍的、不受表现媒介限制、样式繁多、最为基本的一种经验表达与交流的模式。这种模式很早就出现在原始宗教神话中，而原始宗教神话又根植于人类就自身最关心之事举行的仪式庆典中，"古代神话，就其主要功能来说，其实是仪式歌唱或仪式讲诵。这种歌唱或讲诵总是要配合一定的道具和行为来进行"④。正因为如此，有西方学者推测宗教神话是人类最古老的叙述形式，进而完全按照希腊文的用法把"神话"和"传统叙述"当作同义词使用⑤。按照

---

① [英] 弗雷德里克·G. 凯尼恩：《古希腊罗马的图书与读者》，苏杰译，浙江大学出版社 2012 年版，第 54 页。

② [美] 埃里克·哈夫洛克：《口承－书写等式：一个现代心智的程式》，巴莫曲布嫫译，《民俗研究》2003 年第 4 期。

③ [加] 哈罗德·伊尼斯：《传播的偏向》，何道宽译，中国人民大学出版社 2003 年版，第 7 页。

④ 王小盾：《中国早期思想与符号研究：关于四神的起源及其体系形成》，上海人民出版社 2008 年版，第 27 页。

⑤ Scholes Robert, Phelan James and Kellogg Robert, *The Nature of Narrative* (fortieth anniversary ed., rev. and expanded), New York: Oxford University Press, 2006, pp. 219 – 220.

现代叙述观念来说，这种推测还不够准确，但把神话这种"传统叙述"追溯到宗教神话仪式，倒是值得重视的。它符合人类口语文化时期的社会与文化实践，正如杰克·古迪所说：

> 在口语文化中，各式各样的成人文体不只是图书馆分类法下的一支，而是构成大背景的行动集合的一部分，它们通常是仪式，有时也是音乐与表演者的舞蹈。它们含有表演者说话、手势与动机所代表的决心，以及听众的预期。每种文体都有专门的表演语境，有场所、时间、表演者与目标。[①]

这启示我们，人类的早期故事形态，往往以仪式等表演形式展开——当然，从媒介角度来说，人类留存下来最早的故事，似乎还是壁画故事。

三 故事演示文本被排除出叙述的深层逻辑反思

上文的讨论，已经表明这样几点：第一，西方现代叙述学排除戏剧表演受限于其狭隘的言语，尤其文字媒介视野；第二，柏拉图、亚里士多德分立叙述与戏剧基于其文字立场；第三，古希腊早期文化中故事观念与叙述具有同义性；第四，S. 查特曼对戏剧表演之叙述判断的解释，即叙述与戏剧都以符号组合的形式"呈现"故事，都属于故事，具有相当的说服力。不过，这些讨论还基本处于一种对问题的经验指认层次，缺乏对问题本身更深层次的学理挖掘与反思。换言之，前文有关叙述媒介视野局限的讨论还缺乏更深层逻辑的挖掘与解释，故事观念与叙述具有同义性的历史考察以及查特曼对戏剧叙述解释也只是确认了叙述与故事的内在关联性，缺乏更深层次的论证。有鉴于

---

① [英]杰克·古迪：《神话、仪式与口述》，李源译，中国人民大学出版社2014年版，第53页。

此，本小节致力于故事演示文本被排除出叙述之深层逻辑的反思这一根本问题。

反思前，有必要提一下西方叙述学发端时期几位理论家对叙述媒介多样性的强调，对非言语、非文字叙述实践的讨论，以此表明并非所有现代叙述理论家都局限于言语、文字视野理解叙述。从媒介文化角度重读罗兰·巴尔特在《叙述文本结构分析导论》（1966）一文开篇说的那段著名的有关叙述具有普遍性的话，实在意味深长。这段话明确告诉我们，影像（电影）、图画（绘画、彩色玻璃窗）、行为动作、身体符号（戏剧、哑剧）等都可用作叙述的媒介，叙述表达基本不受媒介的限制，似乎任何媒介都适宜于叙述。尽管巴尔特并没有直接说摔跤表演是一种叙述，但他对其所作的精彩绝伦的符号学描述，无疑在事实上已经把它看成了一出由角色演员夸张动作创演的富于故事性的哑剧，"拳击赛在观众眼前创演了一个故事""拳击是一出即时性的哑剧，比戏剧中的哑剧更有效果，因为摔跤手的动作姿态、表演不需要逸事作为稿本，不需要布景"[①]。格雷马斯20世纪60年代末在讨论叙述的表现形式时也认为，不仅在自然语言的意义表现中，而且在电影语言、梦的语言和形象绘画等地方也能找到叙述结构[②]。这无异于直接承认了叙述媒介不限于语言或文字。以一般叙述学的视野重新审视S.查特曼会发现，把他简单归于西方经典叙述学的代表理论家有失偏颇，他的全方位的叙述媒介意识，明显超越了这个时期绝大多数理论家。在他的早期理论经典《叙述与话语》（1978）"导论"部分，已明确把绘画、电影、芭蕾、哑剧等非言语、非文字媒介纳入叙述表现的形式。正因为这样，他早期已在大胆讨论图画媒介叙述、表演媒介的电影叙述。

回到本小节的问题。上文梳理指出的把叙述限制在言语或文字范

[①] Roland Barthes, *Mythologies*, Selected and Translated by Annette Lavers, New York: The Noonday press, 1991, pp.14, 17.
[②] ［法］A.J.格雷马斯：《论意义——符号学论文集》（上），吴泓缈、冯学俊译，百花文艺出版社2005年版，第166页。

第二章 故事演示文本之叙述判断及其叙述框架与叙述主体

围内这个核心逻辑的背后，其实有着更为深层的逻辑，即艺术与生活的简单二元。这种二元思想的主要表现形态之一，就是文艺模仿论。或者说，这种二元思想与文艺模仿论之间构成一种共谋关系。在他们看来，戏剧表演对人物言行的模仿性展示，类似于人们在日常生活中的言行或所经历的生活事件的直接呈现，谈不上艺术表现性。柏拉图之所以保留不完全模仿，还在于他认为史诗有诗人的言语陈述。对热奈特来说，则是史诗体现了诗人言语叙述本来不强的表现性。按照他的理解，书面文字戏剧文本基本属于对人物言行的"实录"，无法体现诗人叙述言语的艺术表现性或创造性。这当然是对戏剧剧本与戏剧舞台表演这种所谓"模仿艺术"过于简单化，甚至错误的理解。所谓戏剧舞台表演是对生活的直接模仿这种判断本身，在现代经典叙述学那里又内在于其封闭文本讨论叙述的结构主义理论框架，这种理论框架设定，一切叙述只能由叙述者发出，但一旦跳出这种"唯叙述者叙述"的理论框架，站在任何符号文本都有源初发送者即写作作者的立场看问题，就会发现，这种判断只是形式上的，表面上的。戏剧剧本中任何人物的言行，哪怕是惟妙惟肖的模仿，都是作者构思及其言语表达的结果。与史诗不一样，文字剧本中的戏剧人物言行，不是简单属于夹在陈述或叙述之间的东西，它们本身就是情节化叙述的核心部分。而且，无论在戏剧剧本中，还是在戏剧表演中，它们本来就是对生活事件一定距离的表达，或者对想象性事件的虚构化表达，其本身就具有艺术表现性。戏剧表演，无疑是多种叙述参与主体创造的结果。简言之，任何一种文艺形式，总是对实际发生的人生事件或事态，或虚构的渗透了人情人性的事件之有意图意义的目的论的艺术再造。

这种基于艺术与生活简单二元的模仿说，在西方现代叙述学那里，表现为"叙述重述"观或"叙述再现"观。热奈特在《叙述的界限》一文中使用了 represent、representational 这样的措辞，笔者在上下文中汉译为"再现"与"表现性"，"表现性"的含义就是"再现这种叙述言语表达方式的表现性"。普林斯在其两个版本的《叙述学词典》中对与"叙述"有关的词条如 narrating、narration、narrative 等的解释中，基本上也使用了 represent（-ing）、recount（-ing）、representation 等措辞，其含义也是"再现"或"重述"。这里的"重述"或"再现"有两层含义。第一层含义，主要源于把叙述局限于口语、文字的一种习焉不察的预设。其预设是，叙述必须是后来人讲述前人经历过的事件，或自己讲述自己经历过的事件。无论这个后来的讲述者如何模拟人物讲述故事，或把叙述任务转交给人物（人物式叙述者），始终有一个或隐或显、后来人讲述前人或他人事件的叙述框架。从形态上说，直接以口头言语、文字方式讲述发生于过去事件的叙述种类（暂不考虑以连环图画方式讲述故事的方式），当然属于最直观、最典型的叙述模式。它们属于人类最普遍、最直接的生活经验，这些叙述类型的媒介化叙述再现的过程与方式，很容易得到辨识。正因为如此，这样的叙述类型或模式很容易成为西方现代叙述学发端时期的宠儿。而且，也容易让不少理论家把它想象为小说甚至人类叙述的开端。新批评理论家 C. 布鲁克斯（Cleanth Brooks）与 R. P. 沃伦（Robert P. Warren）在谈到人类小说的诞生时，就不无浪漫、诗意地说道：

> 当夜幕笼罩四野，穴居人空闲下来围火而坐时，小说就诞生了。因恐惧而颤栗，因胜利而自喜，无论哪一种，他们都会用言语再次经历狩猎过程中遭遇的事件与情景。他们细述部族的历史，叙述部族英雄与灵巧之人的事迹，谈论令人惊奇的事与物。他们努力以神话形式解释世界与命运，在改头换面的故事幻想中自我欣赏。[1]

---

[1] Cleanth Brooks & Robert Penn Warren, ed., *Understanding Fiction* (3rd ed.), New York: Prentice-Hall Inc., 1979, p. 1.

第二章　故事演示文本之叙述判断及其叙述框架与叙述主体

叙述发生与人类心理需要的关系、与经验交流和传达需要的关系，以及与部族历史传承的关系，构成了故事讲述这种古老经验交流形式的发生动力之源。而言语叙述，事后重叙，所叙之事之真实经历与幻想虚构混合，构成了故事讲述这种古老经验形式的基本形态。不过，这种过于经验化的理解，自然也是浅表性的。大量绘有狩猎者舞蹈壮观场面的早期岩画材料已向世人表明，这种再现远古初民狩猎活动的形式，已是一种有着丰富故事内容的演示叙述形态[①]。

这里的"重述"或"再现"的第二层含义，也是深层次的含义，则是指，人在现实生活中的言说与行为，必须经过叙述者的叙述言语或文字的媒介化行为，才可完成广义模仿论式的叙述，才可转换为叙述文本。这种理解，严格说来，叫"叙述再现"。这种"叙述再现"观，突出体现在自俄国形式主义文论提出"情节诗学"以来整个西方现代叙述学、历史叙述诗学等主流叙述诗学的理论框架中。这种"重叙"论或"叙述再现"观，严重遮蔽了叙述的本质，大大缩减了叙述的形态与范围。不过，要澄清这种片面叙述观的局限，还真不是一件简单的事。它需要一种更有效的解释框架，尤其需要在解构的基础上正面建构一种新的有效的叙述理论框架。鉴于此问题的重要性与繁难性，故放在第三章"建立一种日常生活叙述诗学"中予以专门讨论。换言之，艺术与生活简单二元视野下的故事演示文本被排除出叙述的深层逻辑的全面反思，包括戏剧在内的故事演示文本之叙述判断的学理依据这个问题的最终阐明，还需要"日常生活叙述诗学"这个更为基础的解释框架。因此，这里只是基础性地涉及。

第二节　故事演示文本的叙述框架与叙述主体

包括戏剧在内的故事演示文本的叙述者问题，长期以来困扰着学

---

① 王仁湘：《中国史前文化》，中国国际广播出版社2011年版，第169页。

术界。前文已提到，浦安迪与苏珊·兰瑟直接认定戏剧没有叙述者。还有不少学者持这种看法，专门从事戏剧理论研究的基尔·伊拉姆也明确认为，"表演被直接观看，而没有叙述中介""表演本身没有叙述者""表演，行动的而不是讲述的"[①]。这种看法既有硬套书面文字小说叙述学叙述者概念框架之嫌，又有简化戏剧等故事演示叙述类型之叙述主体存在的倾向。西方"跨媒介叙述"代表理论家玛丽-劳拉·瑞安（Marie-Laure Ryan）反对把叙述性问题与叙述者概念捆绑在一起，认为这种捆绑会把非语言的叙述形式排除在外，电影里也有叙述者如画外音，但无法根据书面文字小说叙述学的叙述者观念去理解它[②]。

可以肯定，认为戏剧（包括书面文字戏剧剧本与戏剧舞台表演）、影视等故事演示文本完全没有叙述者的说法是无法成立的。暂且不说不少书面文字戏剧剧本中对故事开端、背景、人物等的介绍、描写等到底归属于熟悉戏剧剧本写作与表演程式的戏剧作者还是所谓的叙述者的问题，一些传统的甚至现代的书面文字媒介的西方戏剧、中国话剧有着明显的小说叙述的痕迹，如《雷雨》《伪君子》《绝对信号》等。至于现代影视故事剧，则既存在不少现身叙述者兼人物（荧屏形象）的现象，也存在大量以画外音形式出现的叙述者的情形。

总的来说，与书面文字的小说相比，包括戏剧表演在内的故事演示文本的存在形态非常不一样，不能简单搬用小说叙述学的叙述框架、叙述者观念去理解与解释它。本书站在一般叙述学的立场，主张灵活理解与运用叙述框架，不主张简单使用叙述者概念，而是从演示叙述文本创作与接受之参与主体的角度提出"叙述主体"的概念。在故事演示文本中，叙述框架有时明显存在，有时潜隐，有时则近乎消失。

---

① [意大利]基尔·伊拉姆：《符号学与戏剧理论》，王坤译，（台北）骆驼出版社1998年版，第115—123页。

② Marie-Laure Ryan, "Cyberage Narratology: Computer, Metaphor, and Narrative", David Herman, ed., *Narratologies: New Perspectives on Narrative Analysis*, Columbus: Ohio State University Press, 1996, p. 117.

第二章 故事演示文本之叙述判断及其叙述框架与叙述主体

参与故事演示文本建构的"叙述主体",既可能直接出现在故事世界内外,也可能现身于演出现场内与外——不少叙述主体多存在于演出现场外,更不用说在会出现在故事世界内了。

本节首先述评、适当调整了赵毅衡有关叙述框架与区隔理论的讨论,其次,正面展开了关于故事演示文本的叙述框架与叙述主体的思考。

一 叙述框架与区隔理论

赵毅衡对戏剧表演文本的叙述框架、区隔理论与叙述者的解释,值得重视。首先,他力争在广义叙述学的视野中确定叙述者的广义形态。其次,他把戏剧表演放在"演示类叙述"这个大类中讨论。在他看来,叙述者的广义形态表现为"框架—人格二象",它在演示叙述中的表现为:所有的演示叙述,都有一个叙述框架,这个框架邀请第二层次的叙述者出来讲述故事,也邀请演员或玩家扮演角色表演故事,所有这些参与叙述的人格,称作"表演者—次叙述者"。

叙述框架是其区隔框架理论的延伸。所谓区隔框架,指"一个形态方式,一种作者与读者都遵循的表意－解释模式,也是随着文化变迁而变化的体裁规范模式"①,它具有区隔(区分隔断)的作用。比如,戏剧表演的区隔框架就是戏剧舞台。根据符号再现与现实经验的距离,或者符号再现的媒介化程度,区隔可分为一度区隔或一度媒介化,二度区隔或二度媒介化等。一度区隔为再现区隔,区隔开符号再现与经验世界,被区隔出来的东西,就不再是被经验的世界,而是符号文本媒介化(中介化)的世界,即一度媒介化的经验世界。作者认为,叙述文本与非叙述文本在"再现区隔"这一层次没有区别,都是对某种经验事实的符号再现,因而还需要在一度区隔层级范围内的次一级区隔。也就是说,叙述文本要与非叙述文本做出区分,还需要一

---

① 赵毅衡:《广义叙述学》,四川大学出版社2013年版,第74页。

个独特的"叙述区隔":叙述文本具有一个框架,即准人格化的"叙述者框架"(叙述框架)。同时,一度区隔是"透明的",其中的符号文本都是"纪实型"的,都直接指向经验世界,比如准人格化的"叙述者框架"。这种"叙述区隔"也与再现框架重合,都是对同一种现象不同角度的观察。因此,对于虚构叙述文本比如戏剧舞台表演来说,还需要设置第二层大的区隔:作者从其人格中分裂出一个"虚构叙述发出者人格"。这个框架区隔里的再现,与经验世界隔开了两层距离,是二度媒介化。简要来说,如表2-1所示。

表2-1　　　　　　　　　叙述区隔与框架

经验世界	符号再现世界（一度媒介化）			一度区隔（再现区隔）
	非叙述文本	叙述文本（叙述框架,即准人格化的叙述者框架）		
	次级区隔			
		非虚构叙述文本	虚构叙述文本（虚构叙述发出者人格）	二度区隔
	二度媒介化			

作者以戏剧表演为例作了说明。在经验世界中,某演员不是作为演员身份与我们打交道,而是以一个现实生活中的人与我们打交道。在一度区隔中,他是演员身份,以言语身体为媒介演说某个事件。在二度区隔中,他是角色身份,用演出作为媒介替代另一个人物(不是他自己),虽然观众还能认出他作为演员(身体媒介)的诸种痕迹,却也明白他的演出是让我们尽量沉浸在被叙述的"人物世界"里。就这位演员自己而言,他的身份变化了三次:经验真实之人,再现世界的演员,虚构世界的人物。

回到叙述框架。它是相对于"具有人格性的个人或人物"这种叙述者形态而言的另一种叙述者形态,"两种形态同时存在于叙述之中,框架应当是基础的普遍形态,而人格叙述者是特殊形态"。作为叙述者"二象形态"之一,叙述框架是"演示叙述的最重要成分,有了框架标记,叙述才能开始"。正因为如此,它也被称为"源头叙述者"或"垫底叙述者"。循此逻辑,作者对演示类叙述中表演者的功能做出了定位:

> 演出式媒介的虚构叙述,表演者不是叙述者,而是演示框架(例如舞台)里的角色,哪怕他表演讲故事,他也不完全是"源头叙述者"而是与人物合一的次叙述者。①

这段话中的"表演者不是叙述者"容易让人误解。也许,这段话大概是说:首先,在演出式媒介的虚构叙述中,尽管表演者也是信息发出者之一,但它不是完全意义上的源头叙述者,它是被叙述框架即源头叙述者指令的,因而只是舞台的角色,只是"指令呈现者";其次,作为表演者,它当然也是一个叙述者,即与角色人物合一的第二层次的叙述者。在此基础上,作者指出,戏剧表演的叙述者不是剧本作者,不是指导表演的导演,不是协调参与演出各方的舞台监督,也不是作为戏剧演出空间媒介的舞台,而是"人物合一的次叙述者"。

笔者认为,赵毅衡的上述研究似有进一步解释的可能。先说一下"再现区隔"问题。符号媒介是否把经验世界与符号再现世界区隔为两个世界,前面章节有关"直接经验与符号文本"的区分,及其有效性范围的讨论已经作了否定回答。

其实,赵毅衡在其符号学发端之作中,就从人的世界的符号化、意义化角度强调过,我们无法证明人类有一个"非符号化"的、一切事物纯粹为使用的"前符号阶段"②。他认为,从符号基本的"分节"(区分或区隔)功能来说,世界总是可以区分出物、符号、物-符号。而且,纯然自然物、人工制造物、人工"纯符号"三者的功能都可通

---

① 赵毅衡:《广义叙述学》,四川大学出版社2013年版,第98页。
② 赵毅衡:《符号学:原理与推演》,南京大学出版社2012年版,第34页。

过"升华"(纯粹化)或"降解"(物化)进行转化。简言之,世界总是符号与物的混杂共存。而且,在人类实践中,有必要做出这样的区分。我们不能为了强调世界的符号意义化而完全无视物这种存在者,正如大家都熟悉的话,你总不能在包里掏出符号来。但是,从人与世界的符号性或意义性关系来说,它们并非决然独立,只具有相对独立的意义。物当然还是物,但又不是所谓的物本身,它们已经属于被赋予意义的物,无论是何种意义上的"意义",理性化的意义,抑或感性化的意义。在《哲学符号学》一书中,作者的相关思考更进了一步。他对世界的复数性、各种世界的相互关系作了进一步提炼:物世界与符号意义世界只是相对独立,它们之间的叠合是绝对的,而且"叠合"是最大程度上的,变动的①。所谓最大程度的变动,不过是在理论上为物的世界悬置下所谓"自在物世界"这个人类目前还无法认识的东西而已。这个理论上假定的物的自在世界,当然还不是知觉直观能进入的世界。而且,知觉直观,也只是人类符号意义发生的一个基础阶段或预备阶段。因此,这个叠合的部分,就是人类的经验世界或实践世界,它们构成物与符号的二连体。简言之,所谓物的世界、符号意义的世界的区分,只是理论上的,在人的经验世界、生活实践中,它们并非决然分隔或分割。

这说明,人的经验世界与一度媒介化的符号再现世界基本处于叠合或交融的状态,已经在符号意义中感知、思维周遭世界的人类,很难把两者截然分开。甚至可以说,人的经验世界本身就属于符号再现的世界。正是在这个意义上,完全把经验世界与符号再现世界说成两个世界,既会带来理论困境,也不符合现象或经验实际。

以此认识重新反观作者对符号再现的理解,完全可以做出新的解释。作者对事物直接呈现与符号再现区隔的区分,只具理论意义,符号再现本来就是人类处理经验世界的现实基础。无法想象人类实践不

---

① 赵毅衡:《哲学符号学:意义世界的形成》,四川大学出版社2017年版,第8—9页。

第二章　故事演示文本之叙述判断及其叙述框架与叙述主体

借助符号再现的情形。作者举了树的例子："一棵树的呈现不是意义，甚至不能引向意义"，因为这种呈现是单一的（以某种形态面向意识），只有当它转变成符号如"树的词语"，或这棵树的现象落入解释者的经验，解释出如"自然""生机"等意义时，才是符号再现。这种理解当然是对的，但不能由此做出实际的社会生活中直接经验与符号再现区隔的截然区分。这一点，也可以从作者关于符号意义发生的解释加以证明。

另外，作者的一些解释，似乎也可以再思考。比如，把一棵树变成树的画。树的雕像，就既有可能是一度媒介化，比如原始人或现代画家直接以画画、雕塑的形式理解这棵树，也可能是二度媒介化，比如某画家先在作家文字虚构描述的基础上画出、雕塑出这棵树。甚至可以说是三度媒介化，比如，这个画家在头脑里先构思、二度媒介化这棵树。如果这个说法成立，说原始人或现代画家直接以画画或雕塑的形式理解这棵树，恐怕就已经是二度媒介化了。再如，作者举到霍尔的例子，"你把手中的杯子放下走到室外，你仍然能想着这只杯子，尽管它物理上不存在于那里"，作者的解释是，"这就是脑中的再现：意义生产过程，就是用符号（例如心像）来表达一个不在场的对象或意义"，这个例子很容易给人如下错觉：符号再现与人对经验世界的符号化完全分隔或分割。这个例子主要还是说明，符号往往具有对不在场的事物进行指代的作用①。简言之，真正的一度区隔，还是在"自在物世界"与经验世界之间。这个经验世界，或者实践世界，就是人类符号化、意义化的世界，即符号再现的世界，一度媒介化的世界，因为我们找不出非媒介化的经验世界。正因为如此，也许可以将表2-1重新梳理如下（表2-2）。

---

① 一般认为，意义不在场，才需要符号，甚至说，事物不在场，才需要符号。其实，符号与意义是一体两面的东西，符号与物合一的现象也有很多。也许，我们还需要更妥帖的描述与表述。

表 2-2　　　　　　　　　叙述区隔与框架

自在物世界 暂时未知	经验世界（符号意义化的世界）		一度区隔
	事物	符号再现文本	二度区隔
	一级区隔		
	非叙述文本	叙述文本（叙述框架，即准人格化的叙述者框架）	
	二级区隔		
		非虚构叙述文本	虚构叙述文本（虚构叙述发出者人格）	三度区隔

但是，这种区隔框架与上述区隔框架相比，有一个共同缺点，那就是有着明显的梯级思维痕迹，或者说艺术与生活实践简单二元划分思维的痕迹。这是一种在现代知识谱系中的框架划分。我们与世界打交道的方式并非都依照这种"层级化"进行。认知的、艺术的、宗教的等等，都是我们与世界打交道的方式。一个人（初次）接触某事物，完全可以不遵循先认识、再艺术化的层级或次序，而是可以直接以宗教的、艺术的或神话的方式。这在神话时代非常流行。也许，正因为考虑到此，作者才会特别提到符号再现的复杂性，提到纯符号本身如一张画、一首诗，就是再现。若以此反观上述图表中的区隔，这种一度区隔与二度区隔具有明显现代知识体系之梯级思维特征。如果我们把叙述，甚至虚构叙述直接看成一种理解、解释世界的方式，它就不需要划分那么多的梯级。比如古代神话故事、古代宗教、古代诸多叙述性仪式等。

基于上述分析，赵毅衡提到的区隔的三个功能——对象化、文本化、类型化——似乎还有进一步讨论的空间①。

二　叙述框架与叙述主体

上文述评，没有对叙述者、叙述框架这两个概念做进一步的讨论。

---

① 赵毅衡：《哲学符号学：意义世界的形成》，四川大学出版社2017年版，第117页。

第二章 故事演示文本之叙述判断及其叙述框架与叙述主体

笔者同意把演员或扮演的玩家与剧本作者、导演等作基本区分，不太同意把前者称为"表演者—次叙述者"，把后者称为"源头叙述者"，不太同意把"叙述框架"理解为相对于"具有人格性的个人或人物"而言的另一种叙述者形态。这种理解多少有些沿袭传统"叙述者"概念或"隐喻"性使用这个概念之嫌。笔者建议，把剧本作者或改编者、导演、角色造型师、舞美师、灯光师等舞台工作人员、甚至观众都明确看成参与故事演示叙述文本建构的"叙述主体"，他们都对演示叙述文本的建构与表意贡献了主体声音。把叙述框架看成"源头叙述者"或"垫底叙述者"，既让人费解，也容易让人误解"表演者—次叙述者"这个概念，认为这个角色不重要，而"表演者"的角色功能一般属于故事演示叙述的核心。另外，不少"表演者"并没有需要听从的像导演等这样的"源头叙述者"。因此，笔者倾向于把叙述框架理解为一种体裁规范。也许，在这样的解释框架中，能对故事演示叙述文本的叙述框架与参与的各类各层的叙述主体做出更浅易、更清晰、更有效的区分与解释。

既然叙述框架是叙述开始的标记，那所有的戏剧表演等演示类叙述都有这种框架标记，但这类叙述的框架标记刚好比较复杂，不能简单照搬小说叙述理论。

基尔·伊拉姆认为，"剧场演出的文本区为表演过程设置框架"[1]。这是从剧场演出与观众分界，从演出与日常生活分界来说的。这并非说，叙述框架也必须在演出本文中。但是，它必须与演出文本有关，因为它是叙述开始的标记。那它到底指的是哪些方面呢？

戏剧表演剧本的改编者、导演、舞美师、灯光师、化妆师、道具师等叙述主体，一般不出现在表演内，更不会出现故事文本世界内。从观看的角度说，观众看到的不仅是舞台角色的表演。舞台角色当然是故事信息的直接发出者，但观众的眼光也并没有完全被角色表演的

---

[1] ［意大利］基尔·伊拉姆：《符号学与戏剧理论》，王坤译，（台北）骆驼出版社1998年版，第17—18页。

故事所淹没，他也同时看到与明白，舞台设计诸如布景、灯光、道具、音乐、化妆等构成的故事的艺术氛围，是导演意图、舞台美工工作等的产物，它们也是舞台相关基本信息的发出者。这些信息往往与角色人物所演示的故事有着这样那样的联系，比如成为故事发生场景（背景），甚至就是故事的构成要素或潜在构成要素。问题在于，这些信息是否都是传统意义上的叙述者发出的？这个问题似乎提醒我们，戏剧舞台表演作为一种叙述艺术，参与故事演示文本建构的主体并非仅仅是演员的直接表演。在戏剧剧本中，舞台提示由剧本作者承担，这个剧本作者以既隐又显的方式存在于戏剧文本之中或之外，他熟悉剧本写作与戏剧表演程式。在戏剧舞台表演中，这些舞台提示往往由角色人物直接演示，或者由导演、化妆师、舞美师、灯光师等这样的叙述主体在"画框外"承担。对于戏剧舞台表演的故事（剧情）本身来说，他们是隐身的，是不直接现身、不出场的叙述主体。这有点类似于电影中的"大影像师"机制。希拉·柯伦·伯纳德说道，"大影像师"并不显示自身，是"一个虚构的和不可见的人物……在我们的背后为我们一页页地翻动相册，用隐蔽的手指引导着我们的注意力"。[①] 他认为解决这类不显示自己的叙述主体的方法有两种，或者自下而上，在场情况或多或少可被感知到与得到辨认的，或者自上而下，即先验提出叙述运作的必要机制。具体来说，戏剧表演原始剧本作者在剧本中的一些舞台提示，一般由角色表演者或"演员+角色"表演者用自己的行为、动作表演（叙述）出来。但有些舞台提示，比如舞台道具、布景，甚至剧本作者对人物外在的介绍、人物生活环境的叙述等，恐怕就要由导演、舞台道具师等设计布置出来。化妆师、舞美师等实际上就是在从事角色人物外在塑造、动作设计、与剧情有关的舞蹈等设计。而且，在现代舞台表演中，剧本，尤其是导演，扮演的主体角色越来越重要。著名演员焦菊隐曾这样说："我们常说，没有好剧本

---

① ［美］希拉·柯伦·伯纳德：《纪录片也要讲故事》，孙红云译，北京联合出版公司2015年版，第49页。

第二章 故事演示文本之叙述判断及其叙述框架与叙述主体

和好演员,就没有好戏。现在我愈发明白了,没有一位才能与思想都攀上高峰的导演,好剧本和好演员的本领也是枉然。"① 换言之,这些在小说叙述中由不同种类的叙述者(包括隐身叙述者)做的事情,都可能由这些舞台外的叙述主体完成。

无论如何,舞台上的一切都是戏剧表演这个叙述文本的信息,这些信息都应该有叙述信息发出者。这也符合米克·巴尔对作为"素材"(fabula)的事件的理解。在她看来,事件属于由事件、行为者(actors)、时间、地点这些可以描述的成分组成的集合体②。也就是说,舞台上所呈现的由非角色表演者本人(叙述者)所演示的一切,都属于被表演事件的构成因数。当然,也要清楚,就在像书面叙述文本中要区分哪些是叙述、哪些是非叙述一样,戏剧舞台表演中出现的一切,并非都属于叙述的形式与内容。也就是说,要区分哪些东西不属于狭义的叙述成分,哪些属于描写的成分,等等。正如热奈特在《叙述的界限》一文中对叙述与描写等所作的区分一样。这个问题,在传统小说叙述理论研究中重视不够,对于舞台表演等演示类叙述来说,要弄清楚更是比较困难。也正是在此意义上,米克·巴尔对于事件的界定稍显宽泛。

当然,以上讨论还局限在传统戏剧表演上。对于不太注重剧本基础、排练、固定舞台、固定演员与观众关系等现代实验戏剧表演来说,情况已有很大的变化。没有剧本的即兴表演,或者有一定剧本基础又重视现场表演的临时发挥甚至随意性发挥,重视与观众互动,甚至人物角色、舞台工作人员与观众角色互换、变幻不定,舞台空间延伸,与观众空间、生活空间交叉、变换等等情形,基本就是在尽可能挑战传统舞台表演的一切程式。比如,挑战表演场外的叙述主体与场内表演者的关系,挑战人物角色与观众的关系,挑战舞台空间与观众空间

---

① 转引自苏永旭《导演文本,戏剧叙事学研究不可忽略的重要的"中间转换形式"及其理论归宿》,《河南教育学院学报》(哲学社会科学版)1999年第2期。
② Mieke Bal, *Narratology: Introduction to the Theory of Narrative* (2nd ed.), Toronto: University of Toronto Press, 1997, pp. 5 – 9.

甚至生活空间的关系,挑战剧场幻觉,等等。它们之间关系的转换,导致了它们每一个在具体演出中的功能的转换。正是这些转换,使这些作为演示叙述的基本结构与元素构件——也就是我们给予它们的基本名称(概念)——的含义或功能与传统不完全一样了。当然,我们之所以能够谈转换,也是在与这些基本结构、元素构件或名称之传统的含义或功能的对照下说的。不然,一切都处于混乱之中,一切就无从说起。在这些情形中,即兴式的"生活表演"的叙述框架,尤其容易被虚化。另外,对于现代实验戏剧来说,导演或舞台调度的作用显得越来越重要,他们有时甚至充当了现身的表演者,等等。

表演场外的叙述主体与角色表演者的划分及其主次作用总是相对的。在比较多的原始仪式与戏剧中,甚至在古希腊戏剧引入很少演员因素之前的早期,非角色表演者意义上的叙述文本意义建构的参与主体的重要性显得比较明显,因为角色表演者"戏分"不重,表演大多体现为一种叙述框架设置,显得比较程式化。不过,也要清楚,即使如此,其中的表演者依然承担了重要的叙述功能。毕竟,是他们的表演在面对观众。同时,某些演示类叙述,比如即兴虚构表演,这种表演主体还是绝对主要的叙述主体。从形式上说,这种划分只是表明,叙述框架是前提或基础。再进一步说,所谓叙述框架的设定,也并非一定不可少。对于某个人偶然看到(观察到)的纯粹的生活事件来说,演出文本界限与生活界限,并没有区分,而演出者就是作者、表演者二合一。当然,把纯粹的生活事件看成演出,已经是从广义的角度来说的了。

对于人物角色表演者在舞台表演中的情况,也要视具体情况而定。在中国戏曲表演中,演员与角色有明显区分。不少学者提到中国传统的说唱艺术,尤其是戏曲表演中演员自身的本色身份,"演员以自身的本色身份,站在第三者立场或者说以第三人称口吻所统领的'说唱'式'叙述'"[①]。京剧表演甚至出现作者、演员合一的现象,因为

---

① 顾飞:《林兆华戏剧表演观念探析:叙事学视域下的"演员——叙述者"观》,《上海戏剧》2018年第2期。

其异常重视故事演示时发挥演员演技本事和唱功（唱念做打的综合表现）①。这一点，可以在表演结束后演员谢幕时体现出来。演员谢幕提示"演员"身份，使观众明白了演员身份。但不管怎么说，演员或角色，要承担叙述主体的功能。他们的身体符号、言语、行为本身就是一种讲述行为，依靠它们，故事演示或情节组织得以展开与完成。在西方戏剧表演中，多追求演员与角色合一，角色表演者的功能就相对明确得多。

"书籍的标题，序，插图，出版文本，电影的片头片尾，商品的价格标签等都可以被视为副文本，它是文本的'框架因素'，往往落在文本的边缘上，甚至不显现于文本边缘"这种说法②，主要还是从书面文字文本来看"叙述框架"的，哪些故事演示的叙述框架落在表演之外，哪些落在表演之内，都还是需要具体分析的问题。

---

① 袁国兴：《非文本中心叙事：京剧的"述演"研究》，广东人民出版社2013年版，第30页。
② 胡一伟：《论戏剧演出的三类伴随文本》，《四川戏剧》2018年第6期。

第三章　建立一种日常生活叙述诗学

从更深层次上看，包括戏剧表演在内的故事演示文本是否属于叙述的学理依据，涉及日常生活与故事演示的关系这个基本问题，或者说，涉及如何看待人类日常生活实践的问题。如果把包括戏剧表演在内的故事演示行为看成叙述，为什么不可以尝试把叙述范畴推演到人类日常生活中发生的一些行为或事件上呢？到目前为止，中外主流叙述学界基于长期盛行的艺术与生活简单二元观念，把文艺叙述与人类日常生活行为、事件完全对立起来，把后者完全排除在叙述范畴之外。进一步，我们需要深入考察叙述与人类日常生活本身到底处于什么样的关系。

显然，人类日常生活行为、事件与广义的故事演示类叙述具有很多相似性，具有同构性。人们的日常生活，如吃穿住行、学习、工作、休闲娱乐、旅行等，必然由一系列行为、由所做之事构成。总体而言，不管所做事情是否由他人或社会组织安排，或是因袭惯例、按部就班，其行为基本处于人们的意图或规划之中。其行为，所做事情，或由于时间分割，或由于外在因素、偶然因素干扰，总是构成一个或一组相对独立的事件单元或事件系列。而且，人们的行为，所做事情，总是以不同方式处于社会化、一定程度的秩序化、言语化或符号化、意义化的语境中，存在不同程度的交际性、互动性。在这些互动行为中，行为或事件被展示、被接收、被解释、被直接交流。也有不少时候，

第三章 建立一种日常生活叙述诗学

我们仿佛觉得是一个人在过日子，在做事，芸芸众生之中，没有一个人关注我们，尤其当我们处于陌生的大众环境中时。但是，只要我们不是鲁滨孙，我们的行为或事件总是被他人有意无意地观察，给他人留下印象或评价。即使我们身处大街上，在大家都不会特别留意某个人，只是匆匆一瞥，匆匆而过时，也是这样。有时，我们似乎完全处于一个人生活的状态，这个时候，自己也并非完全与世隔绝。至少，在个人意识与内心中，还有大自然、他者与社会，甚至已经社会化的自己。这个时候，自己与他人、与社会、与自己（不同的自我），总是在内心交流，在想象、回忆，抑或反思中交流。总之，我们每一个人的日常生活行为或所做事情，总是处于社会化的语境中，在单位，有同事；邻里之间，有邻居；在家里，有家人或亲人；在学校，有同学；在朋友圈，有朋友；在大街上，有路人；在一个人独处或幽思时，有内心深处另一个自我在陪伴，或者不同自我在进行对话；如此等等。

而所有这一切，很难简单声称它们就不能构成一种叙述。有人物参与的事件或事件系列，有事件行动者，被观察者，也有观察者，交流者，人们在这些不同程度的互动行为中用言语或符号交流信息，构建意义，解释意义，构成一个个文本，甚至构成一个个叙述文本。因此，是否可以认为，这一切只不过是没有经过事后专门用言语或文字讲述给他人的叙述而已？从实质上讲，我们的外在行为或内在心理活动或心灵、精神行为，都是在与社会化的制度、规则、习俗、观念、思想的协调或不协调中，在有意识地对此在生存的谋划中，有所选择地进行的。在此意义上，我们社会化的外在行为，总是我们头脑中的意图或规划的实施与外显，因而属于一定程度的"重演"。也许，这就是阿瑟·阿萨·伯格如下说法要表达的意思：

> 在某种意义上，我们都是作家和剧作家，而我们的生活，即重演，就是文本。这些文本一般不令人兴奋，没有冒险或戏剧性，

但这一点也不减少其对我们的重要性。①

这段引文的后半句，尤其值得深入研究。无论如何，日常生活是人类最基本、最具常态化的生活形式与内容，是人之生命最基本、最深厚的文献。它真的一点都不令人兴奋，没有可爱之处？它真的就没有一点冒险与戏剧性吗？从叙述研究的角度，它的重要性到底表现在哪些方面呢？从新的理论视野出发重新审视日常生活的特征，站在它对于历史叙述、文学叙述的优势的立场，这些问题，也许会有不同于传统的解释。这种探索性的研究，或许既能纠正我们对于艺术与生活二者关系的传统偏见，也能深化关于叙述本身的理解。

本章首先梳理了人类日常生活被叙述学排除在叙述之外的历史与原因，然后讨论了社会日常生活的文本性，述评了西方极为少见的两位理论家富于洞见的关于日常生活属于故事或叙述的主张，在此基础上，正面展开了日常生活叙述诗学建构的探索。

第一节 叙述与日常生活二元观念考察与初步解构

日常生活与叙述简单二元观念的解构，首先涉及日常生活与叙述简单二元观念的历史考察，其次涉及日常生活本身是不是一种符号文本形态的追问。借助历史考察，可以窥见中西叙述理论界主流在艺术与生活简单二元框架下理解叙述的基本看法。第二个问题，则以建构的方式表明，日常生活属于一种有别于口语文本，尤其是文字文本特征的符号文本形态，这种建构，为下文进一步论证日常生活的叙述形态奠定了基础。

---

① ［美］阿瑟·阿萨·伯格：《通俗文化、媒介和日常生活中的叙事》，姚媛译，南京大学出版社2006年版，第189页。

一 叙述与日常生活二元观念的历史考察

艺术与生活简单二元对立，是20世纪初俄国形式主义文论情节诗学得以建立的基本理论预设。以此为基础建立的情节诗学，完全与人类日常生活行为或事件构成对立关系。这种情况，在西方现代经典叙述学时期、"多种叙述学"时期，或者整个西方现代叙述理论家那里，均没有改变。

俄国形式主义文论家遵循生活与艺术分立的原则，明确确立了"法布拉"（фабула）与"休热特"（сюжет）的对立，前者主要为来自日常生活作为事件的素材（什克洛夫斯基认为，文艺史上流传的文艺书写经验也可以作为情节的素材），后者为文艺中主要作为手法的情节。日常生活中的事件与文艺文本中情节的对立，在什克洛夫斯基（尤其后期）那里得到非常明确的表达。在他看来，生活事件只是素材，而不是情节，"我们的现实生活还不是情节，不是利用词语的游戏，而是本事（素材，引者）"；艺术只存在于艺术作品中，在艺术作品中，情节是新（出现）的东西，在艺术作品中，素材是缺席的，或者说不可能存在素材，因为素材是事件的原始状态，它只是假定的结构，或者说没有结构[①]。以文艺中作为手法的情节为标准，日常生活事件，是自动化的、知觉钝化的，属于前文学艺术的材料、非艺术要素，它没有结构，不是词语游戏，这是什克洛夫任斯基对日常生活中的事件的基本看法。也正因为它不属于情节，属于非情节化的东西，它当然不具有叙述性，不属于叙述。

在整个经典叙述学时期，理论家们以不同误读方式沿袭了俄国形式主义文论这种基于艺术与生活二元对立的情节诗学模式。这种对立，最鲜明地体现在他们对事件素材时间与故事时间或叙述时间等的二元

[①] 转引自杨燕《什克洛夫斯基诗学研究》，社会科学文献出版社2016年版，第144—145页。

分立分析中。他们把日常生活事件的时间视为一种事件逻辑状态，看成一种机械时间（钟表时间）运行的自然状态，看成一种前叙述、非叙述、非结构化的状态。这一点，完全构成了整个西方现代叙述学时间分析、叙述结构分析、叙述技巧分析等的基石。罗兰·巴尔特认为真实时间只是一种现实主义的幻象的看法，暗示了日常生活事件在时间上的虚无化，似乎只有经由叙述化过程才使时间具有了存在、显现的形式[1]。S. 查特曼认为，作为叙述构成因素的日常生活中的事件（系列）与诸存在者本身，是单独的与分离的，只有经过叙述的组织，才被关联起来，而事件是否进入叙述，在于它们与叙述结构本身的相关性[2]。这也从反面证明了日常生活事件本身的非结构性。

海登·怀特20世纪70、80年代的历史叙述诗学，基本就建立在"历史叙述再现"与历史实在的简单二元分立上。他主要讨论的是书面文字历史书写的叙述性特征问题。在他看来，对过去历史现象的再现（representation），以及对这些现象的思考，均体现在叙述性的历史书写中。在《当代历史理论中的叙述问题》（1984）一文中，他把叙述看成"一种话语形式""一种言语再现方式"[3]。在稍早发表的《叙述性在再现实在中的价值》（1980）一文中，他已就叙述与经验实在的关系提出了一些颇有见地的看法[4]。作为一种为经验赋予结构与意义的元代码，叙述产生于这样的时刻：我们试图用言语描述我们关于世界的经验时（作者引用罗兰·巴尔特的观点）。它涉及如何将认知或了解（knowing）的东西转换成可讲述（telling）的东西的问题。在他看来，作为一种谈论事件的方式，叙述关系到事件如何真正发生，

---

[1] Roland Barthes, *Image Music Text*, trans. Stephen Heath, London: Fontana Press, 1977, pp. 94–95.

[2] Seymour Chatman, *Story and Discourse: Narrative Structure in Fiction and Film*, New York: Cornell University Press, 1978, pp. 20–22.

[3] Haden White, *The Content of the Form: Narrative Discourse and Historical Representation*, Baltimore and London: The Johns Hopkins University Press, 1987, pp. 26–27.

[4] Haden White, *The Content of the Form: Narrative Discourse and Historical Representation*, Baltimore and London: The Johns Hopkins University Press, 1987, pp. 1–6.

"实在的事件只是存在,它们完全能用作话语的指称,能被谈论,但无法作为叙述主体讲述自己"①。也就是说,生活实在或事件需要叙述形式才能得到再现。作者直接说到,现代关于历史书写与小说写作的讨论,在实在与想象的事件之间,预设了一个关于实在的观念。不管他如何批评年代记作者这种观念的天真,他本人也预设了叙述与经验实在之间的区分。他的这些看法,具有一贯性。在他2000年前后为《元史学》(1975)一书写的"中译本前言"一文中,似乎有着更深入的理解②。不同于"科学话语"的"法则式演绎"范式,叙述性的历史话语呈现出"诗性的""修辞性"的特征。它通过为历史事件群的变化与它们之间的关系赋予一种故事结构或情节化的形式,赋予它们比喻性的逻辑,并以此对它们进行解释。这种观念的背后,依然是作者对历史实在与叙述性历史书写基本关系的理解,对于历史学家来说,历史过程、历史事件这些发生在历史过去的经验生活,总属于不再可以直接感知的东西,只是一堆既无形式也无内容或意义的材料,他们只能以叙述性的历史话语形式去努力重构,即再现它们,正是在叙述历史话语的书写形式中,它们才具有实在性与意义。

利科20世纪80年代初基于叙述解释学建立的三重模仿叙述理论认为,人类的行为世界,即日常生活,只是人类生活的"插曲情境",属于"还未加以叙述的故事""需要叙述的故事",它只是人类经验的"前叙述"③,因为"故事被讲述,而不是被生活;生活是活的,而不是叙述"。④ 之所以如此,在于他认为只有"情节化的塑形"才构成叙述,因为作为叙述核心的情节化塑形才具有把偶然事件变成一个故事的

---

① Haden White, *The Content of the Form*: *Narrative Discourse and Historical Representation*, Baltimore and London: The Johns Hopkins University Press, 1987, pp. 1 – 6.
② [美]海登·怀特:《元历史:十九世纪欧洲的历史想象》,陈新译,译林出版社2004年版,第1—9页。
③ Paul Ricoeur, *Time and Narrative*, Vol. I, trans. K. Mclaughlin and D. Pellauer. Chicago: University of Chicago Press, 1984, pp. 73 – 74.
④ Paul Ricoeur, "Life in quest of narrative", David Wood, ed., *On Paul Ricocur*: *Narrative and Interpretation*, London and New York: Routledge, 1991, p. 20.

能力，才具有把行动者、目的、方式、相互影响、环境、意外结果等异质因素整合在一起的能力；尤其是，情节化的塑形行为属于一个把握全局的反思判断行为，即讲述一个故事就已经对被叙述事件做出了反思[1]。反过来说，在他看来，日常生活行为或事件，属于异质因素混杂、充满偶然事件、缺乏目的论、缺乏意义整合性、缺乏反思的世界。

西方"后经典叙述学"理论家彼得·布鲁克斯（Peter Brooks）强调叙述不受媒介限制，对超越文学叙述的法的诉讼之叙述投入了较多关注，但在叙述观念上也表现出明确的生活与叙述二元对立的态度。他强调"事后重述"的观念：叙述并非简单重述（recount）已发生的事，它还赋予发生之事形态与意义，表明该事的重要性及其后果；叙述属于回顾性的，被叙之事的意义不到结尾不会清晰，故事讲述总是由对结局的预期构成；只有事后回顾，才能确立"事件链"。[2] 他的这个观点，在整个西方叙述理论界，都具有代表性。

B. H. 史密斯的相关看法，也有一定代表性[3]。她对以查特曼为代表的西方现代叙述学基于故事/话语二元概念假定所展开的双层（二元）叙述结构模式，即叙述表层结构与深层结构二元模式的"解构"，意义重大，但她本人也没有走出西方现代叙述学把日常生活行为与事件简单二元对立的观念窠臼。她认为，在文学虚构叙述中，并不优先、独立存在这样的事件系列：小说家写作时，会构想特定的事件系列的意象，这些意象连带了种种多少有些语言化的观念，以及较为生动的真实发生之事、人物、地点的记忆，它们一起构成了创作的材料。但是，没有理由认为，这些意象、观念、记忆等自身是结构化的叙述，没有理由认为它们已经构成以某确定顺序安排的情节，或者像故事一

---

[1] Paul Ricoeur, *Time and Narrative*, Vol. Ⅰ, trans. K. Mclaughlin and D. Pellauer, Chicago: University of Chicago Press, 1984, pp. 61 – 66.

[2] Peter Brooks, "Narrative in and of the Law", James Phelan and Peter J. Rabinowitz, ed., *A Companion to Narrative Theory*, Oxford: Blackwell Publishing, 2005, pp. 419 – 421.

[3] B. H. Smith, "Narrative Versions, Narrative Theories", *Critical Inquiry* (Autumn 1980), pp. 224 – 230.

样的事件系列，而这个顺序又先于、独立于小说家以叙述方式对它们的阐明。她认为文学完全可以虚构并不先行发生在生活中的事件，这自然有道理，但又涉嫌矫枉过正。同时，她的如下看法，却是异常守旧的，无论想象的事件还是对生活中真实事件的记忆，都只是写作的材料，而不是结构化的叙述，而事件只有经过叙述才首次具有自己的顺序。这个观念，基于她对人类关于过去事件的知识的思考。她认为，这种知识常常处于一般的、不准确的记忆形式，它们常常不是结构化的叙述，不是像故事一样具有次序。那些散乱的、不连贯的言辞信息，各种视觉的、听觉的、动觉的意象，或处于聚焦之中或外在于聚焦。因此，它们只有通过叙述行为，借助话语，才能作为具体事件系列得到组织、整合与理解。在她看来，最好的构想事件系列的方式，并不是作为具体的、历史的决定的东西，或者稳定的、给定的现象，而毋宁是作为可变的推论或建构的东西。这些东西富于特征地从它们的听众那里选择出来，或者作为多样的进程，或者作为推论的、建构的、规划的、假定的、想象的、预期的行动，所有这些建构了人类关于叙述的富于特征的认知反应。这些理解，不乏深刻之处，也具有一定合理性，但无疑也犯了以偏概全的错误。她在强调文学叙述的创构性、创生性、结构化的同时，也忽视了人类生活本身的结构化问题，尤其忽视了文学创构与生活的可沟通性、可交流性。这说明，她依然并未站在生活本身的立场，对生活本身作系谱学的追踪与还原。可以这么说，她对生活事件的简单化论断，多是感性化、经验化的理解，而非严密的学理论证。

西方20世纪60年代以来电影学界对叙述与现实世界相互对立的看法，也具有普遍性。拉费对叙述的定义，完全建立在与"现实世界"对比、对立的基础上：世界无始无终，叙述则按照严密的决定论安排；世界仅仅存在着，电影则既表现又讲述[①]。麦茨对叙述的理解，

---

① 转引自［加］安德烈·戈德罗、［法］弗朗索瓦·若斯特《什么是电影》，刘云舟译，商务印书馆2018年版，第14页。

也是如此。针对麦茨提出的识别叙述的5条标准，戈德罗与若斯特两位学者作了逐条阐释：（1）作为产品的叙述至少要假定一个起点和一个终点，形成一个整体，这很难与我们实际生活顺序吻合；（2）叙述是一个双重的时间段落，即被讲述事件的时间性与叙述行为的时间性——生活似乎没有这种时间双重性；（3）任何叙述都是一种话语，它是由一个"讲述的机制"表述出来的，"现实世界"则无人述说；（4）叙述的感知使被讲述的事件"非现实化"，即把它当作已经脱离当时当地的过去事件，而现实是处于这里和现在，它"永远不讲述故事"；（5）一个叙述是一系列事件的整体①。这些论断与阐述，基本就是文学叙述理论或小说叙述理论的翻版。

西方叙述心理学的一些学者，如麦克尔·怀特（Michael White）、大卫·艾普斯顿（David Epston）等也以言语文字叙述为标准认为言语叙述与生活经验构成对立关系，认为我们活过的大多数经验没有"说出来"或表达出来，"反而是无形留在原地，没有组织，没有形状"，尽管他们还提出了"行为文本"的概念②。

阿瑟·阿萨·伯格（Arthur Asa Berger）是当代致力于日常生活与大众文化研究的专家，但他依然把叙述局限在文学虚构叙述的范围内，"日常生活是或多或少地自动发展，直到我们死去，我们可以在日常生活中时时看到顺序和叙事因素，但是这和说它们是叙事不是一回事"③。而且以他所划定的虚构叙述作品作为标准看待日常生活，日常生活"以没有事件为基础"，而叙述却是闭合的，有开头、中间和结尾，也比日常生活集中得多④。

---

① [加]安德烈·戈德罗、[法]弗朗索瓦·若斯特：《什么是电影》，刘云舟译，商务印书馆2018年版，第16—23页。
② [澳]Michael White、[新西兰]David Epston：《故事、知识、权力：叙事治疗的力量》，廖世德译，华东理工大学出版社2013年版，第6—10页。
③ [美]阿瑟·阿萨·伯格：《通俗文化、媒介和日常生活中的叙事》，姚媛译，南京大学出版社2006年版，第179页。
④ [美]阿瑟·阿萨·伯格：《通俗文化、媒介和日常生活中的叙事》，姚媛译，南京大学出版社2006年版，第178—179页。

由于是整个中西叙述理论界的主流观点,这样的单子还可以长长地开列下去。问题在于:人类的日常生活是否就是一堆既无形式也无内容无意义的材料?人类对历史的了解与解释,是否仅仅通过历史叙述,历史实在、历史事件是否只是一片混沌,毫无结构、形式与意义?无论站在符号哲学的解释立场,还是按照人类学、社会学的观察,这些主流观点恐怕都是可疑的。

二 作为一种文本形式的日常生活

日常生活与叙述简单二元观念的辨析涉及两个点:日常生活是否像叙述一样属于一种符号文本形式;日常生活是否也可能是某种意义上的叙述形态。这里先讨论第一点,第二点放在下一节进行综合解释。

从符号学的角度来看,日常生活首先是作为一种符号文本形式存在的,并非杂乱无形式、无意义。

利科专门讨论过社会行为(可以把它视为"最简"事件)、历史事件的"文本"特征。在《文本模型:被视为文本的有意义的行为》(1971)一文中,他从"文本指所有以文字书写形式固定下来的话语"[1] 这个定义出发,把社会行为与历史事件看成"准文本"样式,认为它们具有类似于文字文本的特征[2]。第一,作为有意义的人类行为,具有与文字文本一样的"固定化"或"外在化"特征。某些事件会在时间中留下印记,人们通过谈论、"宣告"这些事件的方式,使它们被铭刻下来。某些行为也并没有消失在"社会时间"中,其"事件过程"可能得到"记录"。当某个行为促成某些行为模式出现,成为人类行为的文献时,它就留下"踪迹",烙上自身的印记,成为跨历史的、社会性的行为。第二,行为的社会、历史后果与意义,具有

---

[1] Paul Ricoeur, *From Text to Action: Essays in Hermeneutics*, II, trans. Kathleen Blamey and John B. Thompson. Northwestern University Press, 1991, p. 106.

[2] Paul Ricoeur, *From Text to Action: Essays in Hermeneutics*, II, trans. Kathleen Blamey and John B. Thompson. Northwestern University Press, 1991, pp. 150 – 155.

与文字文本一样相对自主化的特征。同文字文本与其作者分离一样，一个行为的解释与其施动者（agent）分离。第三，行为后果的重要性超过了其初始状态的相关性。如同文字文本中断了口头话语与直接、明确指涉的联系，一个有意义的社会化行为的影响力或重要性，往往超越了它与最初场景的适切性，从而实现了其处境背景的解放。第四，人类的行为属于"开放的作品"。与文字文本意义的解释一样，人类行为的意义，具有面向一切可能读者解释的可能，其意义"悬而未决"。

现在来看，利科这种讨论的时代意义与时代局限并存。20世纪70年代，他努力尝试把人文学科范式运用到社会科学的研究中，在那个时代具有创新性。他以文字文本模型探索社会行为的研究范式，他的行动理论，也得到了学界的高度评价。但是，其局限性也异常明显。其局限性的根源在于，他完全以文字文本的特征作为文本判断的基本标准。这种标准之下，社会行为当然只能被看成"准文本"。以文字文本的特征作为标准描述社会行为，社会行为的文本性，还是需要回到人们对某事件的"谈论"或"记录"。而不无反讽的是，他也充分肯定了社会行为的自在运行模式，即社会行为的模式化运行，作为种种模式在社会生活中的流行与延续。这种理解，无疑拓宽了我们看待社会行为或事件在历史长河中的延续面相或方式。他所说的社会行为的意义与效果的自主化，完全不需要比附于文字文本意义解释的自主化——现代解释学意义上的文字文本的作者与解释者的分离，因为它的意义与效果也展开在社会行为的过程中，存在于行为作者或施动者的体验中。从存在主义生存论看人类生活，生存或存在的领悟与意义本来就开启在生活或生命体验过程中，这种意义领悟与体验实在又具体。这样说，并非反对人类以早已养成的历史意识与眼光事后从一个人更长生活过程，从一个人与他者、与社会等更大的结构审视其生活过程中某一事件或某些事件的意义与价值。至少，这两者都是客观存在的，都具有存在的合法性。同时，这两者并非决然分离或对立。利科的其他两点也可作如是观。另外，20世纪80年代利科创立的三重模仿说

第三章 建立一种日常生活叙述诗学

（情节化为中心的叙述模仿）似乎也存在类似的问题。在《时间与叙述》第一卷中，他直接把人类的日常行为世界描述为以意义结构、符号（象征）系统、时间特征为基础的世界[1]。也就是说，人类在日常生活世界中的意识与日常行为被编织在这三大系统中，依靠这三大系统，人能有秩序、有意义地生活。这样的世界，不是符号意义编织的文本世界，还能是什么呢？不过，利科没有、也不可能下这样的判断。

与利科基于文字文本理解文本概念进而讨论社会行为不同，苏联文化符号学家尤里·洛特曼（Yuri Lotman）直接提出了"行为文本"的概念。他把社会行为理解为承载了社会阶层的等级、生活风尚（行为风格）等信息的符号化文本[2]。这种理解，完全基于文本概念在他的整个文化符号学理论框架中的核心地位。20世纪60、70年代，索绪尔那种极端重视"语言/言语"二元模式中的"语言"（结构或系统、规则）趋势，被一些西方语言学家、思想家、文论家修正甚至抛弃。利科强调语言的使用即言语或话语，希望"把话语从其边缘化的、危险的放逐中挽救回来"，强调话语对于语言系统在存在论层面的优先性[3]。洛特曼主要从"代码/文本"（code/text）模式去理解索绪尔的"语言/言语"模式，他不再把文本简单看成一个局限语言文字、"有着稳定特征的某种静止的客体"（他在其最后专著之一的《文化与爆炸》中写道："文本不再被理解为有着稳定特征的某种静止的客体，而是作为一种功能"），而是把它看成"具有完整意义"的"文化的第一要素或基本单位"[4]，看成一种具有传递、创新、记忆社会、文化、历史等意义信息的功能[5]。洛特曼对一些社会行为的"文化文

---

[1] Paul Ricoeur, *Time and Narrative*, Vol. I, trans. K. Mclaughlin and D. Pellauer. Chicago: University of Chicago Press, 1984, p. 54.
[2] 穆馨：《论洛特曼的行为符号学》，《北方论丛》2008年第6期。
[3] Paul Ricoeur, *Interpretation Theory: Discourse and the Surplus of Meaning*, Texas: The Texas Christian University Press, 1976, pp. 2 - 9.
[4] 康澄：《文本——洛特曼文化符号学的核心概念》，《当代外国文学》2005年第4期。
[5] Yuri M. Lotman, *Mind of the Universe: A Semiotic Theory of Culture*, trans. Ann Shukman, London: I. B. Tauris & Co. Ltd., 1990, pp. 11 - 19.

本"式解读，也为其理论提供了有力的支撑。说到这里，罗兰·巴尔特20世纪50年代中期对当代社会大众文化现象的解读（后编入《神话》论文集），有必要再次提及。尽管他并没有从概念定义的角度把比如摔跤表演、脱衣舞表演、上流社会的游航等这些社会行为直接定义为一种文本形式，但他无疑把整个社会文化现象都当成了符号文本，并对其所承载与传达的社会意义、文化意义等进行了符号学的解读。在他看来，这些社会行为显然已被置于符号意义的社会与文化生产中，或者说，已经在社会化、文化化的符号代码系统中运行。

从现代符号哲学的视野看世界，人类社会行为或日常生活本身无疑属于文本形式。没有人能够否认人类社会的日常生活完全被语言符号意义包围。因此，没有人能否认，人类日常生活本身就属于一种最常见、最普遍的文本形式。这种理解，得益于赵毅衡的文本定义。符号组合成"合一的表意结合"这个文本定义，完全突破了口头语言文本、书面文字文本载体的限制。一旦突破这两种文本形式的限制，那么，非语词性的身体符号，如身体姿势、面部表情、目光、外貌、身体动作或行为、衣着打扮、身体间的空间距离，人的沉默，一切承载了人类社会、历史、文化意义的符号表意行为，都被纳入了符号文本的范畴。这种突破，也消解了从文字文本立场所认定的文本固定性的传统理解。简言之，"固定性"也不再是文本概念的基本特征，不再是认定文本的必要条件。这种定义，完全有着现代社会实践、文化实践、文艺实践的基础。早在1968年，尤里·洛特曼与A. M. 皮亚季戈尔斯基就指出，"对现代文化而言，由于无线电和机械语言手段的发展，文字固定性对文本的必要性又逐渐消失"[①]。应该说，洛特曼的这一观察，为其学术生涯晚期把整个社会行为、社会现象都看成一种文化符号文本奠定了基础。

---

① ［俄］尤里·洛特曼、A. M. 皮亚季戈尔斯基：《文本与功能》，载赵毅衡编选《符号学文学论文集》，百花文艺出版社2004年版，第154页。

第二节 日常生活叙述诗学的建构

本章第一节对日常生活的文本性作了阐释与确认,本节第一部分展开对阿伦特的"生活故事"与麦金太尔的"生活叙述"进行述评,这两点能让我们意识到,人类的日常生活不但不像中西叙述理论主流认为的那样完全与叙述范畴对立,而且还很可能属于某种意义某种形式的叙述。那么,到底怎么看待日常生活与叙述的关系呢?笔者认为,这可细分为两个层次的问题:日常生活中的哪些行动或事件可以被直接确认为一种叙述形态?人类的日常生活本身在什么意义上可以被视为一种叙述形式?

一 阿伦特的"生活故事"与麦金太尔的"生活叙述"述评

在西方现代叙述理论发展史上,汉娜·阿伦特(Hannah Arendt)与 A. 麦金太尔(Alasdair MacIntyre)是少有的主张人的日常生活就是故事或叙述的理论家。

阿伦特提出了"生活故事"的概念与思想。人以言说和行动让自己切入人类世界,人的事务世界由人际关系网组成,但人不完全被他者所左右,而是以一定的主动性开端启新,其生活过程最终浮现为"某个新来者独一无二的生活故事,并独一无二地影响到所有与他接触过的人的生活故事",这些故事"可以记录在文件里或纪念碑上,可以显示在使用物或艺术品中,也可以在讲述或复述中编织成各种材料",但是,"它们本身在其活生生的现实中,依然有一种完全不同于这些物化对象的性质"[1]。这些物化对象,也就是制造出来的产品,能告诉世人谁是生产它的主人,即作者,但人的"行动故事"不是产品

---

[1] [德]汉娜·阿伦特:《人的境况》,王寅丽译,上海人民出版社 2009 年版,第 144 页。

（物化对象），它根本不能被制造，它"更多地向我们讲述了它的主体，讲述了故事的'主人公'"①。正是在此意义上，人不是他自己的生活故事的作者或制造者，他只是自己生活故事的主角，既是它的行动者，又是它的遭受者。换言之，每个人的生活都能被编讲为故事，历史也最终变成故事书，其故事都有众多的讲述者，但人的生活本身、人类历史本身，是行动的结果，因而没有作者。所有这些，就是人的真实生活的故事与被编织的故事的根本差异。另外，作为行动结果的人之真实生活故事，其形态与充分意义，只在某一个生活故事结束的时候才开始形成或透露，而编织或制作的故事，则因制作"事先观照到的形象或模型，为评判最终产品提供了一束光"②。当然，阿伦特最终也强调，从人类历史、文化记忆的角度说，人的故事，人类历史的故事，还是依赖讲述故事的人、诗人或历史学家。

阿伦特的"生活故事"思想与西方现代叙述学理论家的思路非常不同，颇具原创性、启发性，有深度，有温度，接地气。其要义在于，生活本身属于生活主体的行动故事、真实故事，它具有根本不同于被他者以言语、文字、纪念碑等物化媒介专门记录或叙述的故事的特征。生活故事主体或行动主体，在其生存论上展开意义追问、生成其主体与自我等行动，这种行动充满过程性、鲜活的体验性、内在真实性，其故事形态与意义的可跟踪性（followable）③、个人生存境遇的独一无二性或不可替代性，使其不具有专门讲述或特意编织故事的制作性或制造性。生活故事中的人，是其生活境遇、生活过程亲历亲为的行动者与遭受者，其生活故事具有生命体验、历史实践的本色与滋味。那些被他人或后来人的讲述构成的故事或所谓的生活经验、历史经验，

---

① ［德］汉娜·阿伦特：《人的境况》，王寅丽译，上海人民出版社2009年版，第144页。
② ［德］汉娜·阿伦特：《人的境况》，王寅丽译，上海人民出版社2009年版，第150页。
③ 历史哲学家加利（W. B. Gallie）首先提出"可跟踪性"这一概念。他的意思是，小说叙述与历史叙述中的故事（或情节），有一种自我解释的特征，因为故事（情节）展开就意味着解释的展开，因而不需要外在的解释（W. B. Gallie, *Philosophy and the Historical Understanding*, London: Chatto & Windus, 1964）。后来，包括利科、阿伦特等不少哲学家、文艺理论家借用来表达：生活事件或叙述文本之故事或情节的充分意义，只在跟踪到文本结束才可悉知。

在它面前，只是一种干枯了的、残缺的标本而已。这种思考，无疑是对个人生活、人类历史本身的还原。这个显得异常沉重的思考，应与阿伦特自己刻骨铭心的生活经历，对大屠杀、极权主义痛苦而深刻的反思，对海德格尔此在存在论的接受与改造有着莫大的关系。

从叙述理论的角度说，阿伦特的人之日常生活的行动故事、真实故事的主张启示我们：人的生活故事本身就是一种自然而然的、不可替代的"故事化"方式。尽管她把生活故事看成人为的他者讲述的故事的对立面，表面上在暗示生活故事不属于叙述，但从生活过程本身来说，我们每一个人何尝不是自己生活故事的行动者、遭受者、叙述者、受述者与解释者？

与阿伦特的"生活故事"思想相比，麦金太尔更是明确地把人类日常生活行动或事件看成叙述。他的思想极大地颠覆了人们对于人类日常生活、叙述以及二者关系的传统看法。在他看来，人类日常生活行动或事件本身具有可描述性、可理解性。其可描述性与可理解性在于，日常生活行为或事件已经被置于种种理解或解释框架的背景中："我们不能抛开主体意向描述行为，也不能抛开背景描述主体意向，正是这些背景使得那些主体意向对于行为者本人与他人都可以理解。"① 在社会背景如制度机构、实践、社会环境、历史文化等背景框架中，行为或事件被划分为不同种类。他认为，日常生活中的一场对话就是一部戏剧作品，参与者既是演员（actor），也是"合作作者"（joint authors）："对话不仅像戏剧与小说那样具有某种风格类型，而且也像文学作品那样有开端、中间和结尾。它们也可以表现出突转和发现，时而高潮，时而低谷"②。也就是说，人类像对待文学叙述那样对待作为人类交往一般形式的对话。循此逻辑，他把一般的人类行为或发生的事件视为"发生的叙述"。

---

① Alasdair C. MacIntyre, *After Virtue: A Study in Moral Theory* (3rd ed.), Notre Dame: University of Notre Dame Press, 2007, p. 206.

② Alasdair C. MacIntyre, *After Virtue: A Study in Moral Theory* (3rd ed.), Notre Dame: University of Notre Dame Press, 2007, p. 206.

于是，我着手描述一下相对特殊一点的对话和一般的人类行为，它们都是进行着的叙述。叙述不是那些对事件进行反思的诗人、戏剧家和小说家的工作，事件本身没有叙述次序，其叙述次序是演唱者、作家强加的。叙述形式既非伪装，也不是装饰①。

这里的表述有些矛盾，既然人类也以叙述的方式对待其对话与行为，人类行为是发生着的叙述，既然叙述不只是诗人、戏剧家或小说家的工作，又怎么能说人类行为或事件本身没有叙述次序呢？何况他也强调了人类日常生活已被置于种种社会或文化背景框架中。原来，他的判断标准是文学叙述。在他看来，相对于文学叙述来说，日常生活往往由漫无目的、杂乱无章的个别行为构成。以完全整体化、条理化、结构化、主题化的文学叙述作为标准，我们似乎可以说日常生活行为或事件过于散漫粗糙。不过，也不能由此简单认定日常生活行为或事件没有叙述性的秩序。辩证地看，也许我们这样说更恰当一些：日常生活行为或事件本身具有自然的、或许单线直线或许多线或许杂乱的叙述性次序。与这种生活行动或事件的次序不太相同，精心构思与编织的文学虚构叙述的故事讲述者以回顾、反思的眼光在重新组织叙述，将一种新的、具有意向目的论的或主题意义的叙述秩序人为地赋予或加诸到日常生活行为或事件上，其次序更具事理逻辑、时间逻辑，属于理想性的目的论逻辑或意义次序。

当然，无论如何，麦金太尔对日常生活行为的叙述定性，具有开创意义。其实，在随后的论述中，他对此有着较为自洽的解释：

现在清楚了，我们以这种方式使他人的行为变得可以理解，乃是因为行为本身具有一种基本的历史特征。正因为我们在自己的生活中身体力行地经历着、实践着叙述，也正是因为我们根据

---

① Alasdair C. MacIntyre, *After Virtue: A Study in Moral Theory* (3rd ed.), Notre Dame: University of Notre Dame Press, 2007, p. 211.

自己生活中经历的叙述理解我们自己的生活,叙述形式对于理解他人行为才是适切的。除了虚构的故事外,故事在被讲述前已被人们活生生地经历过。①

这种叙述观明显有着叙述人类学或叙述社会学的意味。人的生活经历本身具有叙述性,就是一种叙述化的过程,人的日常生活就是一种叙述形式,人在日常生活中感知着、体验着这种叙述形式,并以这种叙述经验理解自己的生活、他人的行为与生活。正因为如此,人的生活故事在被自己或他者讲述之前已被人活生生地经历过、实践过。人的生活的基本历史特征,乃因为人生活在各种历史化的社会背景中。叙述理解的这种创新性思路,具有极为重要的理论意义。

针对分析哲学家L.明克(Louis Mink)所持的"故事不是被经历的而是被讲述的"观点,麦金太尔坚持认为,不否认回顾性的文学叙述才使某些事件具有某种故事逻辑,但人们在日常生活中赋予某些事件某种故事逻辑特征的情形并不比前者少②。生活事件有其开端、中间和结尾,也有各种风格样式,还经常发生穿插现象,你我他都可能生活在相互的故事里。日常生活中,正在做的某事进程常有可能被其他事件打断,但这种打断并不意味着那个事件本身没有开端、中间和结尾。而且,不少现代小说也经常叙述这种事件之间相互打断、穿插的情形。在不少现代作家看来,这种方式本就是对生活原貌或本相的还原。生活中发生的所有这些情形,并非艺术故事书写后才得以确认。事实上,我们在叙述一个人的生活故事时,首先还得思考他的生活属于什么样的风格样式。

日常生活中,行动主体(agent)既是行动者(actor,演员)也是作者(author),这解释了行动主体的所言所行具有可理解性的原因。

---

① Alasdair C. MacIntyre, *After Virtue: A Study in Moral Theory* (3rd ed.), Notre Dame: University of Notre Dame Press, 2007, pp. 211–212.

② Alasdair C. MacIntyre, *After Virtue: A Study in Moral Theory* (3rd ed.), Notre Dame: University of Notre Dame Press, 2007, pp. 211–212.

人们总是不同程度上属于自己叙述生活的合作作者，这是人类叙述生活的基本事实。说合作作者，乃是因为一个人总是可以相对主动谋划、创造自己的生活，总是处在与他人共在的社群中。说"不同程度"，乃是因为在现实生活中，我们总是处于某些约束之下，我们生活的舞台往往并非由我们自己设计，我们在自己主导的戏里是主角，在他人主导的戏里却常常扮演配角。日常生活中真实的人与虚构叙述中的角色的区别，"并不在于他们行为的叙述形式，而在于他们参与叙述形式的程度，以及参与他们自己行为之创作的程度"[1]。似乎可以说，日常生活中的人往往因为是自己行为或故事的合作作者，其参与自己行为创作，参与自己行为叙述的程度要明显得多。与马克思对人类社会生活叙述呈现方式为规律所支配的理解不同，麦金太尔认为，人的生活叙述具有不可预言性。生活叙述的这一特点似乎与其目的论特征冲突。恰恰相反，生活叙述无论如何是具有一定程度的目的论特征的。因为，人们的生活总是具有某种朝着未来筹划自身的形式。

人类日常生活行为的可理解性与生活叙述的本质关联，生活叙述的不可预言性与一定程度的目的论特征，这就是麦金太尔给予日常生活叙述的基本界定。由此，他得出了一个核心的结论："人不仅在他虚构的小说中，而且在他的日常生活行为与实践中，本质上都是一种讲述故事的动物。"[2] 麦金太尔的生活叙述思想大胆，深刻。但是，这种思想的纲领性质或导论性质依然明显，断言大于分析，一些根本问题、具体问题还没有得到充分论证。日常生活行为或事件为什么属于叙述形式，其学理论证还没有充分展开，日常生活行为或事件本身的叙述形式、叙述运作，也还没有得到具体解释。

另外，正如上文在梳理他的基本思想时已经简明讨论过的，他对日常生活行为或事件没有叙述次序的判断，既与其基本主张矛盾，也

---

[1] Alasdair C. MacIntyre, *After Virtue: A Study in Moral Theory* (3rd ed.), Notre Dame: University of Notre Dame Press, 2007, p. 215.

[2] Alasdair C. MacIntyre, *After Virtue: A Study in Moral Theory* (3rd ed.), Notre Dame: University of Notre Dame Press, 2007, p. 216.

暴露出他在这个问题上思考的不脱俗。至少,现代文学叙述实验,已经对传统文学叙述过于理性化、逻辑化(理性逻辑整理化)、理想化、人为化、反思性等构成了革命性的颠覆,已经在尽量还原生活事件的原生态。这种还原,远非有些现代文学评论所说的小说家对叙述技巧的重视或玩弄所能涵盖,而是对人类日常生活本身的重新思考。越来越多的现代作家意识到,传统文学叙述秩序的那些特点,甚至可以说是沾沾自喜的优势,已经与生活叙述本身的形态、结构与意义相去太远。日常生活行为或事件本身的叙述秩序,其所呈现的人之生存的复杂、丰富、微妙意义,远非文学叙述能比。其秩序与意义,需要我们正面、深入地探究。我们不能完全以文学叙述秩序的标准居高临下地看待生活叙述。这种视野的狭隘和过于自信,已经遮蔽了我们深入探究生活叙述的眼光。

二 作为一种叙述形式的日常生活中的行动与事件

本质上说,"日常生活中的哪些行动或事件可以被直接确认为一种叙述形态",与第二章讨论的故事演示之叙述判断属于近似的问题。如果它们都属于叙述,那么显然属于同一类型,都以行动或广义的表演展开故事,都综合使用身体、动作、物件、图像、口语、文字、光影等媒介或技术手段。两者的差别在研究视野上。在日常生活与叙述的关系、日常生活行动或事件之叙述考察这样的问题框架中,故事演示之叙述判断更容易得到阐明。

在传统观念中,"表演"这个概念的含义较狭窄,主要用于戏剧舞台表演、影视表演、歌舞表演等较正式的表演场合。数十年来,这个观念正被越来越多的西方学者所拓展,拓展到了几乎所有的日常生活行为。在他们看来,广义的故事演示类文本叙述的特征,与戏剧表演具有明显的相似性或类同性。

欧文·戈夫曼(Erving Goffman)属于较早宽泛理解表演的理论家

之一。作为芝加哥社会心理学派"形象互动论"的代表人物,他在其早期著作《日常生活的自我呈现》(初版于 1956 年)一书中,从戏剧舞台表演基本原理出发,明确把一些具有交流性质的日常生活行为看成具有戏剧性的表演。他如此定义表演:"可这样定义'表演':某特定参与者在某特定场合,以任何方式对其他参与者施加影响的所有行为。"① 这个相当宽泛的定义,主要基于两点:人在社会生活中总是有意无意扮演种种社会角色、呈现自我,这种自我往往具有面具性、工具性、社会性,属于社会性自我,即个体对社会制度、文化、惯例中已形成的角色观念作表面服从、部分或全部认同,对之自觉或不自觉、折中或变形地扮演;人类的社会行为多具互动性,表演互动过程中,既有表演者,也有观众与参与者。这种角色化、面具化、工具化的个人主体与自我难道不是已经与社会、他者主体、生活、人性构成一种"戏剧性"?

  英国文化人类学家维克多·W. 特纳(Victor W. Turner)对戏剧来源的理解与主流差别较大,他提出了"社会戏剧"(social drama)的概念,认为社会日常生活很难逃出"戏剧性"这种形式,强调戏剧并非源于模仿、仪式及其后代,尤其舞台剧等表演艺术,起源于社会戏剧的虚拟性、极限性、反射性和探索性的核心②。

  诞生于 1979 年的美国人类表演学派,对传统表演理论进行了系统的拓展。他们把表演全面扩展到了几乎所有的人类日常生活行为中。该派代表人物理查·谢克纳(Richard Schechner)从存在、行动、行动展示(showing doing)、对行动展示的解释四个维度及其关系理解表演:存在不是一种静止状态,而是一种行动,因而,存在即是行动;如果有人有意无意展示行动,有观众观看、解释,就构成了表演。他分析了一个例子:一个人在街上走路,不是表演,若这个人在街上有意走给某(些)人看,就是表演;或者,这个人并非有意走给某(些)人看,

---

① Erving Goffman, *The Presentation of Self in Everyday Life*, New York: anchor books, 1959, p. 15.
② Victor W. Turner, "Dewey, Dilthey and Drama: An Essay in the Anthropology of Experience", Victor W. Turner, Edward M. Bruner, ed., *The Anthropology of Experience*, Urbana and Chicago: University of Illinois Press, 1986, pp. 40–43.

但有人在观看,那么,在这个(些)观者的眼中,这个人的走路行为也被视为表演,"就像许多拍纪录片的人和许多画家,他们就把一些本来不是表演的东西变成了表演"。[①] 这种理解的要义,是表演必须要有观众,即接收者、解释者。谢克纳强调,表演不局限于极端突出创造性的艺术领域,日常生活中的各种行为,比如庆典、仪式、宗教运动、体育比赛、演讲、游戏、在咖啡店喝咖啡、人们之间的日常对话、走路等都可以是表演。该派学者吉尔·多兰(Jill Dolan)强调人类学的表演观念超越了传统的文本观,立足于人的日常行为:"表演学拒绝给予文本特权,而采取理查·谢克纳所称的'重建行为'。"[②] 谢克纳把"重建行为"看成表演的主要特征,其含义为:如同电影导演可以根据需要处理的一系列电影镜头,某些系列行为独立于原来存在的因果系统,其真谛或源头或许遗失、被忽视甚至充满矛盾性,与其表演者脱离,但它们在新的表演行为中得到编排、改编、重建与传递[③]。这样的系列行为有点类似于利科所说的模式化的社会行为,它们可以被人类不断"重演"。当然,表演不仅仅局限于这类已经发生的行为,它完全可以是虚构性的、创生性的。

德国当代表演美学家 E. 费舍尔-李希特(E. Fischer-Lichte)在整合西方现代行为表演(如约翰·奥斯汀的)、实验戏剧等理论、实践资源的基础上指出,演出不只是一个客观存在的作品,更主要是一次事件[④]。把演出看成一次事件意味着:(1)每一次演出都是一次性的、即刻性的,因此演出文本不固定,也不口传下去;(2)演出不是对既定事件和事态的表现,而是一种真正的建构;(3)作为一桩事件

[①] [美]理查·谢克纳:《什么是表演学》,孙惠柱译,载[美]理查·谢克纳《人类表演学系列:谢克纳专辑》,孙惠柱主编,文化艺术出版社2010年版,第4页。

[②] [美]吉尔·多兰:《创造重要知识:戏剧研究下的人类表演学实践》,王璐璐、秦力译,载孙惠柱主编《人类表演学系列:人类表演与社会科学》,文化艺术出版社2008年版,第32页。

[③] [美]理查·谢克纳:《表演的重建行为》,秦力、王璐璐译,载[美]理查·谢克纳《人类表演学系列:谢克纳专辑》,孙惠柱主编,文化艺术出版社2010年版,第74页。

[④] [德]艾利卡·费舍尔-李希特:《行为表演美学:关于演出的理论》,余匡复译,华东师范大学出版社2012年版,第22—26页。

的演出，开启了演员和观众角色互换的可能；（4）观众参与使表演美学转换到社会过程，这种社会过程具有种种可能性或不可预测性①。第二点有过于"建构主义"之嫌，表演完全可以表现既定事件或事态。总的来说，这些看法颇类似于利科对话语的理解。利科在 20 世纪 70 年代后基本把话语看成一次"事件"：①话语处于当下时刻；②话语发生有其主体，是主体在言说，而不是语言在言说；③话语总是指涉话语之外的世界，比如社会生活或心理意识的某事某物；④在话语中，信息或交换或中断②。但利科同时也强调，人们通过意义理解话语，正所谓"话语作为事件得到实现，作为意义得以理解"。若是结合这两者看待表演行为，可以得出如下结论：一次性，过程性，主体在场性，形式与意义的生产性，意指含义的社会性、文化性等等。若是把费舍尔-李希特的第三点、第四点与戈夫曼的形象互动论结合起来，更使我们在观察社会行为时有了新的视角。在社会行为中，我们每一个人往往既是表演者、被观察者，同时也可能是观察者、解释者，角色之间不断转换。

以上简要梳理表明，把种种事件性的社会行为纳入广义的"表演"行为或故事演示行为，具有相当的理论基础。这些社会行为，也非传统文艺创作论与接受美学所能完全有效解释的，需要我们以新的理论或观念框架进行打量。

三 体验与反思：叙述与日常生活关系再审视

把日常生活行为视为一种叙述形态的最大难题在于，哲学家们普

---

① ［德］艾利卡·费舍尔-李希特：《行为表演美学：关于演出的理论》，余匡复译，华东师范大学出版社 2012 年版，第 45、50、26、59 页。

② Paul Ricoeur, *Interpretation Theory: Discourse and the Surplus of Meaning*, Texas: The Texas Christian University Press, 1976, pp. 12 – 13; Paul Ricoeur, *The Rule of Metaphor*, Translated by Robert Czerny, Kathleen McLaughlin, John Costello, SJ, University of Toronto Press, 1977, p. 84; Paul Ricoeur, *From Text to Action: Essays in Hermeneutics*, Ⅱ, Trans. by Kathleen Blamey and John B. Thompson, Northwestern University Press, 1991, pp. 77 – 78.

遍认为，人们的日常生活行为属于体验性的，而非反思性的，而叙述必须是反思性的。叙述的反思性，也是传统叙述观念推崇"事后叙述"的一个理论基石。

　　胡塞尔认为，日常生活中的人常常处于鲜活的体验过程中，生活并非总被专题性地意识与认识。这种理解，既与他对体验行为与反思意识行为所作的二阶纯粹区分一致，也与他的现象学的反思本性一致。一方面，意向性的知觉意识总是直接、原初地体验意向对象，这种体验是单纯的、自发的、自身给予自身的。另一方面，非专题化，也是日常生活的一种基本状态或者说基本特征。对于第一点，E. 列维纳斯（Emmanuel Levinas）在其早期（博士学位论文）梳理胡塞尔的直觉理论时也表达了认同，知觉给予存在，只有对知觉行为进行反思，才能深入探寻存在的意义[1]。阿尔弗雷德·舒茨的《社会世界的意义构成》一书，几乎是胡塞尔意识现象学在社会学层面的演绎。在他看来，"只有已完成的行动才可被反省到，而非进行中的行动"[2]。他对鲜活体验之意义脉络与观察者、解释者之意义脉络作了明确区分，认为后者属于具有条理的观察之脉络，它甚至使用了理念型系统，借由体验根基对意义结构进行重组，对生活经验进行重新解释，进而使社会世界的整体展现在全然不同的观点中[3]。丹·扎哈维对日常生活体验与反思的本质差异讨论得更深入，他把体验看成前反思的状态，"在前反思的层面上，只存在着一种体验"，体验意识具有原初的性质，属于原意识，而反思总是"迟来的以及回顾性的"，它不是简单复制或重复原初的体验，而是变更或转换了这一体验，它"将一个新的时间性形式加在我们的意识之上""获得了一种新的存在样态""揭示、解开、阐明和

---

[1] Emmanuel Levinas, *The Theory of Intuition in Husserl's Phenomenology* (2nd ed.), trans. Andre Orianne, Illinois: Northwestern University Press, 1995.
[2] ［奥］阿尔弗雷德·舒茨：《社会世界的意义构成》，游宗祺译，商务印书馆2012年版，第83页。
[3] ［奥］阿尔弗雷德·舒茨：《社会世界的意义构成》，游宗祺译，商务印书馆2012年版，第9—11页。

分切表达了所有那些隐含于前反思体验之中的成分和结构"①，总之，反思是体验的提升与最终完成。他这样描述日常生活中的意识状态：

> 当我们全神贯注或沉浸于日常所关切的事物之中并只是简单地经历着我的体验时，它们并没有作为对象而被给予；它们不是我从远处观察着的事物，也不立于我们的对面。然而，这些恰可能发生于反思之时。②

不过，扎哈维也明确认为，生活总是可以理解的，因为它总是自发地表达自己，具有一个自发和直接的自身理解，或者说，生活体验本身充满意义，它被意向性地建构，具有内在的分切表达和合理性。但是，体验活动本身无论如何只是理解的初级形式。以此逻辑，他这样看待叙述与日常生活的关系：

> 故事讲述人将不可避免地在生活的事件上施加一种等级秩序，而在这些事件被经历时，它们实际上却并没有这一等级之分。未来形成一个自身叙事，我们必须做更多，而不只是简单地回忆和复述某些生活事件。人们必须同时反思性地考虑这些事件，并且对它们的意义加以权衡以决定它们如何结合在一起。所有这些都包含了某种超越了被经历生活本身的夸谈③。

那么，到底如何看待这些哲学家对人的直观体验行为与反思行为这种二阶区分与运用呢？首先，这种区分具有现象学静态考察的合理

---

① ［丹麦］丹·扎哈维：《主体性与自身性：对第一人称视角的研究》，蔡文菁译，上海译文出版社2008年版，第80—117页。
② ［丹麦］丹·扎哈维：《主体性与自身性：对第一人称视角的研究》，蔡文菁译，上海译文出版社2008年版，第79页。
③ ［丹麦］丹·扎哈维：《主体性与自身性：对第一人称视角的研究》，蔡文菁译，上海译文出版社2008年版，第142页。

性。这种静态区分，无非是要表明，意识行为结构中的知觉等直观体验只是认知的基础，只有知性或理性这样的反思行为才能达成哲学意义的认识。也正是在此意义上，我们说胡塞尔的现象学是一种反思哲学，康德的先验主体哲学，或者说任何哲学，都是一种反思哲学。站在胡塞尔认识论现象学的立场，体验主要指知觉、回忆、想象、猜测等直观行为。这些意向性意识的直观行为，属于自身觉知、非对象化的行为，意向相关物（对象）还没有得到认识。与此相对，反思则是这些体验的高阶意识，能真正把握、认识对象。换言之，反思是对体验之物的本质观照，是对体验之物认知的最终达成。

其次，不能简单搬用哲学上这种静态的区分去描述、理解人们在日常生活中的具体意识与行为状态。哲学上的这种静态描述，完全是对意识行为结构所作的片段、团块、层级性的纯粹分割。从哲学动态考察的角度说，知觉等直观体验行为与反思行为，在人的一个完整认识行为中并不决然分割，它们往往是融合在一起的。这一点，本书第一章有关康德思想的分析中，已经做过部分解释。在康德那里，人的认识是感性直观与知性思维的综合。所谓反思后于体验行为，无论时间上还是逻辑上，都是对某个体验行为的整体来说的，核心点在"行为整体"及"对行为整体的整体反思"。理论上讲，日常生活中一个行动或事件过程本身没有结束，自然无法对这个行动或事件整体进行整体性的反思。但这并不意味着日常生活意识行为中不能出现体验与反思混合的样式，并不意味着反思不能出现在日常生活的意识行为中，何况要完全有效区分出一个纯粹单独的日常生活体验行动（整体）还有着不小的难度。舒茨、扎哈维对简单沉浸体验与反思的截然分割，似乎给人一种错觉，对日常生活行动或事件有距离的观察反思，好像根本就不会发生在日常生活中，反思好像只会发生在像胡塞尔等所说的课题化的专门哲学反思研究中。其实，上文所引扎哈维的话中，明显有着"只是简单地体验"这个前提，他应该清楚，超出这个前提，日常生活中人的体验行为与反思行为恐怕就不是如此简单容易分割。这样看来，我们更需要回到人们在日常生活中的真实意识结构与具体生活状态。

从生活常识说，人很难像动物那样完全肉身化地活在当下直觉体验中，很难长时间完全被某个事件体验裹挟，很难仅仅生活于当下而不瞻前顾后。关于日常生活经验，人类学的不少考察与思考值得关注，尽管他们始终认为经验是一个很麻烦的概念。与维克多·W. 特纳（Victor W. Turner）过于保守的经验与意义观不同（他认为单纯的经验只是被动地忍受与接受事件，所有人类行为都充满意义，但它往往只是短暂而模糊地理解，因而很难衡量，意义产生在当把过去形成的文化和语言与我们的感受、愿望和对生活现状的思考结合起来时[①]），经验人类学家爱德华·M. 布鲁纳（Edward M. Bruner）在引证 W. 詹姆斯（William James）、J. 杜威（John Dewey）、H. D. 梭罗（Henry David Thoreau）关于生活体验之"过渡与关联""体验与反思"等双重意识的观点后认为，经验本身不只是被动的接受，而是一种主动的、不稳定的、创造性的力量，人在生活中的双重意识是普遍存在的，一只眼睛盯着过去，另一只眼睛盯着未来，既模仿之前又根据未来改变行动[②]。罗杰·D. 亚伯拉罕（Roger D. Abrahams）着重关注观察人类行为规律面临着的种种麻烦，事后的经验报告已经与日常生活过程发生隔离，它借助一些解释框架将被视为单调的人的行动提升到故事和更戏剧化的重述、改变了活动本身的意义，失去了一些存在于行动中的精神，而这样的损失并不是无关紧要的[③]。他也认同 R. W. 爱默生（R. W. Emerson）对生活瞬间或现在时的强调，认同杜威的生活是一个有着自己情节、开端和结束的过程的观点，认为经验的生命永恒性、

[①] Victor W. Turner, "Dewey, Dilthey, and Drama: An Essay in the Anthropology of Experience", Victor Witter Turner, Edward M. Bruner, ed., *The Anthropology of Experience*, Urbana and Chicago: University of Illinois Press, 1986, p. 33.

[②] Edward M. Bruner, "Experience and Its Expressions", Victor Witter Turner, Edward M. Bruner, ed., *The Anthropology of Experience*, Urbana and Chicago: University of Illinois Press, 1986, pp. 15 – 16.

[③] Roger D. Abrahams, "Ordinary and Extraordinary Experience", Victor Witter Turner, Edward M. Bruner, ed., *The Anthropology of Experience*, Urbana and Chicago: University of Illinois Press, 1986, pp. 48 – 68.

持续行动开放性也鼓励我们将行动视为行为单元，可以与行动的其他部分分离，同时，体验本身也存在着自反思活动（reflective activity）。另外，他指出，经验研究必须表现出对日常生活的兴趣，甚至对无聊、倦怠乃至沮丧的沮丧状态的兴趣。

的确，我们很难找到从来不对个人生活过程的经验或教训作总结反思的人，人总是活在体验与经验的交织状态中，行动、聆听、阅读、反思中积累经验与知识，是人类日常生活的有机组成部分。前述麦金太尔所说的日常生活本身所处的种种解释框架背景，都会使人们对当下行为、事件、生活本身有着不同程度的体验、理解与解释，或是经验性的当下预知或预判。

同样，也不能简单套用哲学上这种纯粹逻辑性的二阶区分去看待日常生活与（文艺）叙述的关系。上引扎哈维的说法，在学术界颇具代表性，海登·怀特、利科等哲学家都坚持这个观点。但是，正如前文零星指出的——尤其阿伦特与麦金太尔提出的质疑，情况并非简单如此。事实上，理论家们的观点只是说出了文学叙述与历史叙述的特点，或者说站在文学叙述与历史叙述立场提出了它们相对于日常生活的一些特点与优势，而没有从日常生活本身出发揭示出生活相对于文学叙述与历史叙述的特点与优势。文学叙述与历史叙述，对于生活事件与历史事件来说，由于距离性、整体反思性，的确具有优势：因为是事后叙述或超前整体虚构构思，故能跳出事件过程视野，能把它综合性地置于比如行为或事件系列、某个人的近期生活甚至更大的生活、历史语境中观照与反思，能在它与其他事件或其他人物的联系中被赋予某种秩序或意义。于是，某事件在更大语境联系中的秩序、等级、意义等，会呈现出来。但是，这种"事后"或"超前"以言语文字等进行主题化反思与叙述出来的人类故事经验，却不能替代一个人的日常生活事件过程本身，不能替代事件过程体验（广义的体验，包括过程中的反思）所具有的秩序、等级与意义，不能把这些经验强加到个人日常生活的微观叙述上。站在现代知识谱系立场，只能说微观、中观、宏观等不同维度的叙述都有其价值，不可简单非此即彼，互相取代。日常生活行为与事件，过程，体验，个体，小人物，平凡的小世界，关于它们的微观叙述，正越来越受到尊重。因为，它们是一个人最真实、最为常态的生存现象与状态，其中蕴含的生命意义，对每一个体而言，细腻而具体。而且，它们也是具体而微的人类历史实在。黑格尔的历史进步观，越来越受到现代历史哲学的批判。在此意义上，日常生活叙述这种微观或中观叙述本身，体现的正是日常生活的价值所在。

过于强调文艺叙述与历史叙述的结果，就是好像生活本身没有任何秩序、等级与意义，好像它们的秩序、等级与意义，完全是反思性文学叙述的结果。这是违背生活常识的。社会学、人类学或政治学家眼中的人类日常生活本身，本来就具有自己的结构、秩序、等级与意义。这本无须特别强调。阿伦特关于生活故事与人为专门叙述之间差别的沉思，已提醒我们，后者是制作出来的，是一种结果形态，物化的产品形态，而前者则是人的鲜活生存故事本身。麦金太尔也强调，人类日常生活行为或事件本身就具有一种基本的历史特征。综合地看，人类的社会生活，本是一个混合的形态，秩序与非秩序、反秩序，等级与反等级，理性与感性、非理性、反理性，意识与无意识，当下感知体验与未来预知，边体验边反思，总之，人类生活的实在形态，还有什么不可以发生在日常生活中呢？

以上讨论，已经触及日常生活哲学这个根本问题。在西方传统主流哲学史上，日常生活哲学一直属于被忽视的领域。正是在这样的理论视野阙如中，一些哲学家对日常生活做出了未经深入反思与论证的结论。真正站在日常生活立场对其作哲学考察，在西方学术界不过是20世纪为数不多的哲学家的事业。在法国哲学家列菲伏尔（Henri Lefebvre）看来，"日常生活并非以某种二元模式与哲学的、超自然的、秘密的和艺术的这类非同一般的事物相对立"[①]。他的意思是说，

[①] ［法］亨利·列菲伏尔：《日常生活批判》第三卷，叶齐茂、倪晓晖译，社会科学文献出版社2018年版，第545页。

日常生活完全具有自身的哲学，即具有自身的知识逻辑、理论框架与实践智慧，它对传统思辨哲学、形而上学来说，是一种改造，而非一种等而下之的参照，它对文艺书写来说，也并非简单的参照、饰物或素材库。基于生活与艺术二元对立，尤其是基于艺术高于生活观念的传统文艺书写，既可能弱化、远离生活的本色，又可能遮蔽人们对日常生活自身特点的领悟与认知。列菲伏尔指出，传统戏剧就是以楷模、情境、情节一致等方式"超越"了日常生活，以过滤掉日常生活中的所谓杂质，给日常生活加入高尚、庄严外观的方式"提纯""升华"了日常生活，以沿着一条连续的线与固定的模式"整理"了日常生活，以形而上或宗教的规范在从外部评价日常生活[1]。在他看来，B. 布莱希特（Bertolt Brecht）的史诗剧并不"提纯"日常生活，却澄清了日常生活中的矛盾。简言之，传统文学书写已经过于"艺术化"或"戏剧化"了。这种情形，已在现当代文学书写的"日常生活化""非虚构"等实验中得到一些改变。J. 乔伊斯（James Joyce）、V. 伍尔夫（Virginia Woolf）等人的小说写作，注重描写生活的刻板化、平面化、平庸化、琐碎化甚至无意识化，减弱传统文学书写过于人为的整体性、目的论，重视生活中的偶然事件，力求文学人物、环境的非典型化、弱化传统情节模式等。他们的文学书写，更让我们体悟到一种更具生活原色与本相的真实感与真实性。当代著名白俄罗斯女作家、2015年"诺贝尔文学奖"获得者S. A. 阿列克谢耶维奇（S. A. Alexievich）对历史、生活大事件中普通人日常生活"体验"的"非虚构"书写，则为我们重新思考文艺叙述与生活、历史的关系，历史实在与历史书写的关系，探索一种新的文艺叙述形式，提供了新的启示。事实上，这些新的文学实验反而使我们更深入地认识了生活与历史本身。而海登·怀特也说过，"整个现代文学实践表明，不进行戏剧化处理也能叙述，不作舞台化处理也可

---

[1] [法]亨利·列菲伏尔：《日常生活批判》第一卷，叶齐茂、倪晓晖译，社会科学文献出版社2018年版，第20—21页。

以戏剧化"。①

从本质上说，日常生活才是一个人基本与实在的生活、生命状态与形式，因而是生活或生命的基调与本色。日常生活也并非时时处处惯例化、刻板化。日常生活世界与完全可以自由想象书写的文艺世界的差异，正如现实与理想的差异，始终存在。人们曾经过分强调两者的鸿沟，过分强调文艺向生活汲取素材与养分，向生活"学习"，而淡化甚至忽视了生活向文艺学习。或者说，文艺长期被神圣化、理想化地供奉在"殿堂"、高处甚至云端，使人误以为文艺总在别处。事实上，生活向文艺学习，或者说文艺对现实人生、社会、历史的影响，从来就没有中断过。按照现代社会学创始人之一塔尔德的模仿律，社会模仿的特点之一是"从高位到低位的走势"②，文艺在人们的心目中，是高于日常生活的，生活总会模仿文艺，同时，高雅的文艺从来都是以种种物化或非物化的方式被世俗化。

自从19世纪末期艺术领域发起"生活向艺术学习"的运动以来——王尔德曾提出"生活模仿艺术远甚于艺术模仿生活"，现代社会越来越朝"日常生活泛艺术化"方向发展。人类的创造力，对理想生活、个性化生活甚至脱俗生活的追求，对可能世界的追求，越来越体现在日常生活空间中。也就是说，它们并非只是出现在文艺叙述文本世界，它们都是人类日常生活的基本内容。若是纵观人类社会生活的变迁，自然会发现，不少曾经只出现在文艺世界、艺术空间里的所谓"艺术"，早就被人们学以致用地大规模用在日常生活空间之中。同时，鲜活的、火热的日常生活时时处处充满细节甚至狗血的剧情。对于一个有生活阅历的人来说，他很可能会说，文艺叙述的情节，远远比不上生活故事在细节、情节上的丰富性、曲折性、残酷性甚至反人性。因为他知道，文艺叙述作为曝晒在社会大众中的言说或书写，

---

① Hayden White, *The Content of the Form: Narrative Discourse and Historical Representation*, Baltimore and London: The Johns Hopkins University Press, 1987, p. 33.

② [法] 塔尔德:《模仿律》，何道宽译，中国人民大学出版社 2008 年版，第 154 页。

总有禁忌。而生活,生活故事,似乎没有忌讳,似乎什么都可能发生。也许,正是基于此,存在论符号学家塔拉斯蒂才会说:"生活经常变成情节,类似于俄国小说中的战争情景"①。

另外,人类历史体现在日常生活中,日常生活行为、事件,既预示着历史的演变,也呈现着人生人性的深广度,以其复杂性、微妙性、深刻性、本色性反观过于戏剧化的文学叙述,反而使后者显得是一种"插曲"。

以上讨论,已经部分回应了日常生活作为一种叙述形态的可能性。下文有必要从人类文明、文化教化出的"叙述智力"或"叙述范畴"与人类日常生活行动或事件的关系的角度来重新审视日常生活作为一种叙述形态的可能性。

四 作为一种叙述理解、筹划与行动的日常生活

要深入理解叙述与日常生活的关系,从"叙述智力"(narrative understanding,或译为"叙述理解",即"叙述性地理解")与"叙述范式"(narrative paradigm)切入,或许是一种不错的思路。

先辨析一下利科的"叙述智力"思想。利科是在哲学解释学框架、人类生活实践总体观照中理解叙述的。在他看来,叙述学只是一种"二阶话语",它模拟(simulate)一种优先于它的"叙述智力"②。这种"叙述智力"主要体现在他精心构建的"三重模仿"说中。考察他在《时间与叙述》第一卷提出的"三重模仿"说③,结合《追求叙述的生活》这篇雄文对"叙述智力"的探讨,会发现其"叙述智力"

---

① [芬兰]塔拉斯蒂:《表演艺术符号学:一个建议》,段炼、陆正兰译,《符号与传媒》2012年第5辑。

② Paul Ricoeur, "Life in Quest of Narrative", David Wood, ed., *On Paul Ricoeur: Narrative and Interpretation*, London and New York: Routledge, 1991, p. 23.

③ Paul Ricoeur, *Time and Narrative*, Vol. I, trans. K. Mclaughlin and D. Pellauer. Chicago: University of Chicago Press, 1984, pp. 53–71.

发生、发展的逻辑。

利科基本上立足于文字文本媒介讨论叙述文本，在他看来，叙述发生在以情节化为核心的"模仿行动Ⅱ"阶段，这个阶段创造了叙述文本以及种种"叙述模式"，这些"叙述模式"在传统与革新的双重压力下不断沉淀、固化、偏离或创新。但这个阶段在其"三重模仿"说或叙述思想整体框架中只处于"中介"地位。他把"叙述智力"归入亚里士多德的"实践智慧"，希望通过"叙述智力"沟通叙述与生活，因此，叙述意义与价值的实现在于叙述文本世界与读者世界的交集，写作过程、结构过程的完成自然不在文本中而是在读者那里。换言之，以情节化为中心的"模仿行动Ⅱ"以叙述塑形的方式连接了生活与读者（读者既属于虚构叙述文本世界想象的经验视野，也属于他自己的实际行动，其期待视野和经验视野不断对抗与融合），调节了人的生活经验：人们正是在"模仿行动Ⅲ"通过阅读文学叙述文本等了解"叙述模式"、训练其"叙述智力"的。到底训练了人们哪些方面的"叙述智力"呢？大致有三点：叙述文本情节化的结构模式整合了生活中的种种异质因素，这些因素在故事中被塑形为一个能让人理解的整体，人们借助阅读这种叙述塑形既把握了种种"叙述模式"，也理解了生活或加深了对生活的理解；叙述，尤其文学虚构叙述与生活经验拉开了距离，打开了一个可能的经验视野，一个人类可能生活的世界，这重塑了人们对生活的理解、对新的可能生活的憧憬与谋划；人们在叙述文本的阅读中建构与理解主体与自我。

利科的"叙述智力"或"三重模仿"说成功沟通了叙述与人的日常生活了吗？从上面提到的似乎很难否认的三点来说，好像是成功了。但深入考察会发现，他的"叙述智力"或"三重模仿"说内含一些矛盾或存在一些疑问：既然人们带着"叙述智力"生活，日常生活怎么还只是"预叙述"或"前叙述"（pre-narrative）的？他讨论叙述的真正起点是供人阅读而创作的书面文字叙述，尤其文学叙述，人们在阅读中完成"叙述智力"的训练，那么，"叙述智力"的真正起点在哪里，或者说，基本的甚至源初的"叙述智力"（a primary narrative understanding, an original narrative understanding）到底从哪些地方获得[①]？为什么日常生活、主体与自我一定需要这种叙述智力才能得到建构、理解与确认？

事实上，利科也清楚他的"三重模仿"说或"叙述智力"建立在恶性循环的基础上，他也明白所有的人类经验都已经被各种符号系统调节，被我们听到的各种故事调节。他试图缓和这种恶性循环，一方面，他坚持认为只有在我们自己或他人讲述的故事中才能接触到"存在的时间戏剧"，即必须经由我们自己或他人讲述的故事，才能理解我们生活的故事；另一方面，他只把日常生活看成"一种虚拟的叙述"（a virtual narrativity）或者"预叙述""一种萌芽状态的故事"（a story in the nascent state），看成一种寻找叙述的活动和激情，强调它不是源于文学叙述对生活的投射[②]。日常生活为什么会是一种寻找叙述的活动、激情或对叙述的真正需求？利科提到了人类日常生活与经验的叙述品质，强调日常生活行为世界作为"模仿行动Ⅱ"之情节创造的"前理解"，但在他看来，日常生活毕竟还不是叙述，而为了更好地"叙述性地"理解生活与展开生活，人类需要叙述。应当说，这种缓和不但不成功，反而加剧了"模仿行动Ⅰ"与"模仿行动Ⅱ"之间即生活与叙述之间的内在矛盾。难道日常生活与经验的叙述品质不能源自自身？日常生活作为"模仿行动Ⅱ"之情节创造的"前理解"，不正表明它本身是一种"情节化"方式（利科认为"模仿行动Ⅱ"之情节创造的可理解性基于人们对日常生活行为的理解）？在利科的描述中，日常生活已经具有自己的结构，即行动的表演和受难的生活体验的混合。关键还在于，人类已经在日常生活中掌握并充分运用一整套理解社会生活行为或行动的实践智慧。借助"行为语义学"的概念

[①] 戴维·伍德认为利科关注"a primary narrative understanding"，也可以讨论"an original narrative understanding"。David Wood,"Introduction: Interpreting Narrative"。David Wood, ed., *On Paul Ricoeur: Narrative and Interpretation*, London and New York: Routledge, 1991, p. 11.

[②] Paul Ricoeur, "Life in Quest of Narrative", David Wood, ed., *On Paul Ricoeur: Narrative and Interpretation*, London and New York: Routledge, 1991, p. 29.

网络，人们对自己的日常生活行为或行动做出理解，理解了人之不同于物、动物的行动与激情，理解了规划、目标、手段、环境等所代表的意义，理解了异质综合，在此基础上，人们谋划与展开日常生活的行动。运用作为表达经验之文化程序的象征系统，人类在象征系统内部就已理解"做什么""能做什么""如何做"等行动智慧。另外，在日常生活中，也能找到叙述行动时间特征的认识。简言之，日常生活本身具有叙述性的结构或者说具有叙述性的本质特征，其叙述品质既能在日常生活自身的解释框架中得到描述与解释，又展开在人们的日常生活行动中。

可以这么说，利科如此这般的深层原因，还是在于他理解叙述时受限于言语，尤其是文字媒介，正因为如此，他把叙述的发生设定在专门创作的言语、文字叙述尤其文学虚构叙述上。这样的结果是，他至少无法有效回答无文字时代或社会中"叙述智力"的发生。本来，他基于亚里士多德的"行动情节论"（情节是行动的模仿）讨论叙述，尤其是叙述与生活实践的关系，已经抓住了叙述的本质，即对人类社会日常生活基本运行方式的行动的"模仿"，以情节化的结构方式表达人类行动的展开：行动的背景、动因、过程、细节、逻辑、意义，人在行动中的性格塑造、人性表现与命运起伏等。若他以此为思考方向，站在不局限于言语，尤其是文字媒介的一般叙述学立场，恐怕会发现，基本的或源初的"叙述智力"早已发生在人类远古时期的种种行动中，如口述、仪式、游戏、表演等。在没有文字的历史时期或社会，人们从听口述、参与口述、观看仪式、参与仪式、组织仪式等社会活动中，学到了叙述，实践了叙述，若在（原生）口语也不发达的历史时期或社会，人们更是依靠各种各样的广义的演示叙述领悟到叙述，实践叙述。而这一切，无不基于人们对自己参与的日常生活中的种种行动（活动）或生活本身的过程、细节、情节等的领悟、熟悉与运用。也就是说，故事或叙述首先展开在人类社会的日常生活行动与事件中，也是在生活过程中，我们逐步生成了我们的主体与自我。这

第三章 建立一种日常生活叙述诗学

样说,并不否认事后自己或他人叙述的作用,它会强化我们的主体与自我,并与生活中的主体与自我构成一种相互塑造的循环关系。这一点,过程哲学与海德格尔的生存论、存在论哲学已经告诉了我们。总之,经历长期的行动实践与头脑叙述推演,人类逐步积累了一些情节化模式,形成了"叙述智力"。也正是在此意义上,我们理解了中国殷商甲骨文的"事"字字形所蕴含的叙述思维,理解了阿伦特,甚至简单反对生活是叙述的罗兰·巴尔特所说的人首先把自己的生活过成故事。

与利科构建"叙述智力"思想的目的一样,W. R. 费希尔（W. R. Fisher）提出"叙述范式"也是希望"沟通实践智慧和人性化的行动"[1]。他的"叙述范式"论基于与社会科学、人文学科其他理论如"理性世界范式"（rational world paradigm）的比较与超越。

"理性世界范式"的哲学基础是认识论,其范式是论证清晰的推理结构,是不证自明的命题,论证、论据以及确定的、可信的言辞表达,与之不同,"叙述范式"强调本体论,无法追求也不追求知识的绝对基础,其主题是创造社会现实的象征性（符号意义化）行动。同时,不像"理性世界范式"的实现需要一些基本的社会公共形式,如需要接受专门的教育如学习问题、推理、合理性规则等专业知识,"叙述范式"论认为人在本质上是讲故事的人,叙述是人性的一个特征,叙述冲动是人之存在的一部分,因为人在社会化过程中自然而然通过一种普遍的能力和经验从文化上获得了叙述性、叙述可能性（narrative probability）、叙述忠实性（narrative fidelity）等,简言之,叙述是人类共同的能力,不需要专门的学习[2]。它也不同于社会科学和人文学科其他理论,它并不将叙述简单看成一种艺术、流派或活动,看成一种形式或体裁,也不属于话语模型,相反,它是人类交流哲学

---

[1] W. R. Fisher, *Human Communication as Narration: Toward a Philosophy of Reason, Value, and Action*, Columbia: University of South Carolina Press, 1987, p. 92.

[2] W. R. Fisher, *Human Communication as Narration: Toward a Philosophy of Reason, Value, and Action*, Columbia: University of South Carolina Press, 1987, pp. 64–66.

意义上的范式，作为一种范式来投射，作为一种理解故事和想象故事的方式，像其他行为理论一样，它试图解释和评估人们是如何相信和行动的。它重组了"理性世界范式"的理性、合理性、真理、有效性、意义等基础概念，综合了修辞学理论中的论证性和文学性，同时诉诸各种感官、理性和情感、智力和想象力、事实和价值，使之能够适应人类各种形式的交流。它以"叙述理性"作为基本概念工具，以描述性、解释性、预测性的方式提供判断故事这种实例之优劣（如连贯性、可靠性等）的逻辑与原则，决定一个人是否接受一个故事作为信仰、决策、行动的指南。由于它更接近捕捉世界的经验，它比非技术性沟通形式的论证更具普遍性，也可能更有效。总之，W. R. 费希尔认为，人是叙述性地栖居，叙述是一种元代码，生活在其所有社会维度上的意义与价值都需要对其叙述结构的认识，而好的理性、好的故事、好的生活（good reasons, good stories, good life），是"叙述范式"的目标所在，因为人类生活的统一是一种叙述追求的统一，而故事是整个心灵与自身协调一致的表现。

与 W. R. 费希尔较为纲领性的"叙述范式"论类似，认知叙述学代表人物 J. S. 布鲁纳（J. S. Bruner）也着手作为一种思维模式的叙述的研究。综合他的论述，首先，他过于"建构主义"的立场并不可取，但其认为叙述与生活构成双向模仿关系，叙述的建构基于文化上塑造认知和语言的过程——这种塑造使人具有了构建感知体验、组织记忆、分割与目的论地构建生活"事件"的能力，人们在讲述自己的生活故事与生活实践之间的协调中发展其"自传"——讲述自己的方式如何改变，这些叙述如何控制我们的生活方式等观点值得重视[1]。其次，他对认知功能两种思维模式的划分，即故事的与论辩的，在两种思维模式的比较中对故事以具体时空中的生动经验、事件之间的特殊连接、普通人的人生变迁、盛衰说服人等的讨论，艺术家以隐喻转

---

[1] J. S. Bruner, "Life as Narrative", *Social Research*, Vol. 71, No. 3, (Fall 2004), pp. 691 – 710.

换的方式创造可能世界的思想①，叙述的目的就是追求"好的故事"等，都具有重要的启示意义。另外，他还认为，人具有"先天"的和原始的叙述组织倾向，因而人能够迅速轻松地理解、运用它，典型的体验构造形式蕴含于叙述形式之中；叙述结构在人们完成语言表达之前就天然地存在于社会互动的实践中，叙述结构是构建叙述过程的推动力量，而且决定了幼童掌握语法形式的优先次序；叙述是人类在交流过程中最广泛、最有力的谈话形式，以"生动逼真"的解释有助于促进人们之间的磋商，避免彼此的分裂和争斗，甚至人类的语法结构可能源自原始语言状态下的叙述冲动②。

至此，或许可以做出这样的结论：叙述作为一种组织人类日常生活过程的思维模式，已经渗透在人类日常生活的过程中，日常生活已经经过叙述的结构化，具有故事的结构，人类的日常生活已经属于叙述组织化的东西。

---

① J. S. Bruner, *Actual Minds, Possible Worlds*, Cambridge and London: Harvard University Press, 1986, pp. 11, 13.
② ［美］杰罗姆·布鲁纳：《有意义的行为》，魏志敏译，吉林人民出版社2008年版，第51、75、77、131页。

第四章 "法布拉"与"休热特"的跨国流传及叙述分层

在现代叙述学发展史上,"法布拉"(Fabula/фабула)与"休热特"(syuzhet/сюжет)这对概念近一个世纪的跨国流传与变异,是一个异常值得关注的文论现象。现代叙述学或情节诗学的理论框架,基本围绕这对核心概念展开。理论家们如何理解、发展这对概念,直接关涉其基本概念的设定、叙述理论框架的建立及其有效性。

还原释读会发现,20世纪40年代以后,这对概念在跨出俄国形式主义文论学派(莫斯科语言学派、彼得堡学派)、布拉格学派之后,译名不断翻新,基本含义不断被"误读"。当然,这对概念的含义,在20世纪初一些俄国形式主义文论家那里,也时显模糊甚至矛盾。不过,在他们那里,这对概念的含义最终还是大致清晰的。因此,还原这对概念的流传过程、误读及原因,澄清它们及伴随概念(故事)的基本含义,为现代叙述学清理出一个较为清晰的基本概念框架,对"叙述分层"(叙述学基本概念间的层次区分)等问题做出更有效的解释,是一个值得的尝试。

第一节 "法布拉"与"休热特"的跨国流传与变异

讨论前,先确定фабула与сюжет这对俄语概念的汉译名。在我国俄语文学研究界，它们一般被汉译为"本事"与"情节"。笔者认为，用"本事"去汉译 фабула 一词，不太确切。据考证，"本事"一词无论作为史家用语还是文学批评用语，都指历史上或现实生活中真实发生过的可考证之事①，而郭沫若也是以实证性的社会历史批评模式去述评歌德（Goethe）小说《少年维特的烦恼》的"本事"（创作缘起的事实原委）②。因此，用"本事"一词去汉译 фабула，只能意指一端，无法涵盖其意指的虚构事件义。从下文梳理来看，фабула 的含义，指与 сюжет（情节）相对，构成情节的"材料"，因而可译为"素材"③。为使行文统一，下文所引汉译中出现的"本事"一词，均改为"素材"。

一 俄国形式主义文论家眼中的 фабула 与 сюжет

在俄国形式主义文论家中，什克洛夫斯基（Shklovsky）较早讨论了 фабула 与 сюжет 这对概念。他的《情节编构手法与一般风格手法的联系》（1919）一文，并未直接成对提出 фабула 与 сюжет，但从他对情节诗学的讨论来看，已经触及这对概念涉及的一些问题。以亚·维谢洛夫斯基为代表的俄罗斯民俗学派权威，在创立情节诗学时提出母题与情节的区分。母题，指人类早期基于相近观念或生活习俗所形成的、具有相似特征的"最简单的叙述单位"，它们保存在神话、传说、生活风习境况中，情节则是"各种境况——母题交织其中的题材"④。该派注重对各民族文学中相似现象的比较研究，认为相似情节模式的出现，主要在于情节构成基于母题或不同风格母题的组合，而

---

① 董守志、唐志强：《本事考》，《兰台世界》2015 年第 33 期。
② 陈文忠：《本事·故事·情节》，《学语文》2005 年第 1 期。
③ 本文采用了谭君强翻译"fabula"一词时使用的译名（[荷兰]米克·巴尔：《叙述学：叙事理论导论》第三版，谭君强译，北京师范大学出版社 2015 年版）。
④ [俄]维·什克洛夫斯基：《情节编构手法与一般风格手法的联系》，载[俄]维·什克洛夫斯基《散文理论》，刘宗次译，百花洲文艺出版社 1997 年版，第 25—28 页。

母题题材完全可以借鉴①。什克洛夫斯基则认为，母题巧合与仿袭根本无法解释"相距千年万里会有同样的故事"这种现象，情节雷同而非借鉴、故事被打散又重新编构的现象大量存在。在他看来，情节编构规律才是解释这些现象的根本原因：母题—情节往往不是对人类过去生活、习俗的简单回忆或再现，而情节编构艺术就在于运用种种"陌生化"的艺术手法使"故事中的种种情境脱离其现实的相互关系"，把种种材料整合到一起，创造"可感受到的作品"。艾亨鲍姆（Eihenbaum）认为，该文打破了对情节概念的传统理解，使其从母题的一面转移到了"布局手法"的一面，没有与"素材"概念重叠②。但是，在该文中，"素材"只是作为情节手法讨论的背景存在，即作为情节或母题题材主要来源之一（生活习俗或历史记忆的题材内容）间接涉及，没有专门讨论它与情节的区别。

什克洛夫斯基明确提出并探讨 фабула 与 сюжет 这对概念，是在他的《情节的展开和斯特恩的〈项狄传〉》（1920）一文中。作者在文末指出，"人们常常把情节的概念和对事件的描绘，和我提出的按照习惯称为素材的东西混为一谈。实际上，素材只是组成情节的材料。因此，《叶甫盖尼·奥尼金》的情节不是男主人公和达吉雅娜的恋爱故事，而是引入插叙而产生的对这一素材的情节加工……艺术形式是审美需要产生的，而不是从实际生活获得的外来理由解释的"。③ 这里，素材与情节这对概念的含义较为明晰，素材指构成情节的事件性的材料，情节则属于因审美需要对以素材形式存在的事件的艺术化加工。然而，与这对概念相伴而生的故事概念则含义模糊，只知道它不是情节。什氏对这三个概念的解释，在其《列·托尔斯泰长篇小说

---

① Victor Erlich, *Russian Formalism: History-Doctrine* (4th ed.), New York: Mouton Publishers, 1980, p. 29.

② [俄]艾亨鲍姆：《"形式方法"的理论》，载[法]茨维坦·托多罗夫编选《俄苏形式主义文论选》，蔡鸿滨译，中国社会科学出版社1989年版，第33页。

③ [俄]维·什克洛夫斯基：《情节的展开和斯特恩的〈项狄传〉》，载[法]茨维坦·托多罗夫编选《俄苏形式主义文论选》，蔡鸿滨译，中国社会科学出版社1989年版，第38页。

〈战争与和平〉的素材与风格》（1921）一文中似乎有更清晰一些的表述："被形式主义者引入的素材（作为'素材出现'）与情节（作为'风格出现'）这样明显的对立表明，情节作为故事形式，不是一般地组织'事件的总和'，而是以加强读者感受的方式来组织，即以阻滞、中断和欺骗的方式把事件组合为情节，使叙述者、读者，甚至作者都可以摆脱'本来的方式'。"① 这里素材与情节的明确区分，基于生活与艺术的二元框架。同时，也似乎暗示了在内容与形式的二分中模糊区分故事与情节——故事至少与情节一样处于叙述文本内。应该说，什氏的《故事和小说的构成》（1921）一文更能说明他对故事概念的理解："对事件的简单描述，还不能使人感觉到是故事（новелла）。"② 在这里，"事件"作为被描述的材料，故事则是描述的成果。"новелла"一词在俄语中有两种基本含义，短篇小说或故事。正因为如此，有译者也这样汉译："对事件的简单描写，都还不能构成小说。"③ 这两种含义与两种汉译都说明，"故事"至少是情节化的成果，属于艺术或审美的领域，处于叙述化的文本中。在生活与艺术的二元框架中理解素材与情节，在什氏作的《汉堡账单》（1923—1928）一书中有更为直白的体现："我们的现实生活还不是情节，不是利用词语的游戏，而是素材。"④ 综合什氏多处论述，其观点可以归纳为两点。第一，生活只是素材，因为它是"本来的方式"，自动化的过程，遵循物理时间顺序，情节则以艺术手段，包括以语言游戏的方式回忆与书写生活；第二，生活只是情节的素材的来源之一，文学史上流传的文学书写经验与材料，包括已被文学书写的故事，也是新的情节之素材的主要来源。

---

① Шкловский, Виктор. Материал и стиль в романе Льва Толстого "Война и мир". М.: "Федерация", 1928г, 220。该俄语文献及汉译由四川大学文学院刘亚丁教授提供，特此致谢。

② ［英］乔·艾略特：《故事和小说的构成》，载于《小说的艺术》，张玲等译，社会科学文献出版社1999年版，第85页。

③ ［俄］维·什克洛夫斯基：《故事和小说的结构》，载［俄］维·什克洛夫斯基等《俄国形式主义文论选》，方珊等译，生活·读书·新知三联书店1989年版，第11页。

④ ［俄］维·什克洛夫斯基：《汉堡账单》，转引自杨燕《什克洛夫斯基诗学研究》，社会科学文献出版社2016年版，第144页。

在俄国形式文论学派早期，托玛舍夫斯基（Tomashevsky）也对"素材"与"情节"作了解释："素材被称为作品中容纳的事件总和。情节与素材对立：那些事件，在其联系中被作品所容纳，情节就是读者对此的感知。"① 与前述引文一样，作品中容纳的"事件总和"容易误导后来理论家把它等同于故事概念，但它明显是读者在阅读作品中感受到、抽绎出来的作为素材的东西，情节则是读者阅读时感受到的事件之间的联系或组织方式，而故事已经属于被情节化组织过的东西。这种误导在其《主题》（1925）一文中基本得到解决：素材是实际发生过的事情，它按照事件的自然时间顺序与事实因果关系展开，这种顺序与关系构成素材的"组合动机"，使素材成为一个不受任何事件安排方式或写入作品组织方式制约的动机整体；情节则是对事件的组织，它"遵循事件在作品中出现的顺序和表明事件的材料的连贯"，这种顺序构成情节的"自由动机"，使情节成为另一种动机整体②。作者由此认为，"一桩不是作者编造的社会新闻可以当作素材。情节则完全是艺术性的结构"。③

可以看出，俄国形式主义文论家主要基于生活与艺术的"二元"对 фабула 与 сюжет 这对二元概念基本含义的理解，还是比较清晰的。不过，正如前面引文所示，在他们的探讨与表述中，素材概念（以素材形式存在的诸事件）确实容易与故事概念发生混淆：概念使用时显随意或指意模糊，也没有单独界定故事概念。尤其是，什克洛夫斯基经常提到某些形态的故事也可以作为文艺领域再情节化的素材，更加深了这种混淆：民间流传的历史上的传说、童话故事、神话故事、社会上流传的生活故事、某些文艺作品故事等等。但从实质上说，这些形态的故事，在他主张的陌生化的文艺观或文艺史观中，只能属于需

---

① Б. Томашевский, Теория литературы（Поэтика）. Л.：Госиздат，1925г，137.
② ［俄］B. 托玛舍夫斯基：《主题》，载［法］茨维坦·托多罗夫编选《俄苏形式主义文论选》，蔡鸿滨译，中国社会科学出版社1989年版，第238—240页。
③ ［俄］B. 托玛舍夫斯基：《主题》，载［法］茨维坦·托多罗夫编选《俄苏形式主义文论选》，蔡鸿滨译，中国社会科学出版社1989年版，第240页。

要被"再情节化"的素材。然而,无论如何,如此这般理解的素材、故事、情节概念框架已然给后世理论家埋下了误读误译的隐患。

二 20 世纪 40、50 年代美国文论家对"法布拉"与"休热特"的译介与理解

20 世纪 40、50 年代,俄国形式主义文论被译介到美国,R. 韦勒克(Wellek)、V. 厄里希(Erlich)等美国文论家对 фабула 与 сюжет 这对俄语概念作了各种形式的音译转写与意义解读。其实,早在 19 世纪末 20 世纪初,一些斯拉夫语学者,包括什克洛夫斯基在内的一些彼得堡学派学者,在彼得堡发表他们的著述时,已经使用了 sjužetov、sjužeta(相当于俄语的 сюжета,意为"情节")等接近后来西方文论家使用的诸如 sjužet、sujet 等拼写形式[1]。作为布拉格学派的资深成员[2],韦勒克在与沃伦合著的《文艺理论》(1942 年初版)一书中,直接以 fable 与 sujet 这种音译形式替代了 фабула 与 сюжет 这对概念。在他的理解中,fable 指从作者的经验、阅读材料等抽象出来的小说的"未经加工的材料"("raw materials" of fiction),其自身的时间与因果顺序构成"故事"或故事的材料(story-stuff),它是全部主题的总和,sujet 则指"叙述结构",即以艺术方式按照新的顺序对不同主题的呈现,比如以时间变形或叙述聚焦的方式[3]。应当说,他对 fable 的理解,既有清晰的一面,又有含糊甚至矛盾的一面:未经加工的材料的时间与因果顺序构成故事,具有把材料与故事相混的重大嫌疑,同时,未

---

[1] Victor Erlich, *Russian Formalism*:*History-Doctrine* (4th ed.), New York:Mouton Publishers, 1980, pp. 28, 87.

[2] [美] R. 韦勒克:《批评的诸种概念》,丁泓、余徵译,四川文艺出版社 1988 年版,第 63 页。

[3] René Wellek & Austin Warren, *Theory of Literature*, New York:Penguin Books, 1982, p. 218. 刘若愚等学者在汉译《文学理论》一书时,未译"sujet"一词,把"fable"误译为"寓言"([美] 韦勒克、沃伦:《文学理论》,刘象愚等译,生活·读书·新知三联书店 1984 年版,第 244—245 页)。

经加工的材料怎么可能既是故事又是故事的材料？这种含糊与矛盾，显然是前述俄国形式主义文论相关含糊的延续。由于该书在世界文论界的深远影响，可以预料这种含糊与矛盾对其他理论家的严重影响。

V. 厄里希 1955 年出版的《俄国形式主义：历史与学说》一书（R. 韦勒克写有序言）在音译转写 фабула 时，既沿用了韦勒克使用过的很容易引发歧义的 fable，也同时首次使用了 fabula 这一音译形式，对于 сюжет 概念，他则用 sjužet 替代（同时使用了英语概念 plot）[①]。他对这两个概念的解释，主要在对什克洛夫斯基与艾亨鲍姆的理论的释读中展开。fable（fabula）指故事的基本材料，小说作品叙述涉及的诸事件，即属于"叙述构建的材料"；相反，"情节"则指实际讲述的故事或事件之间关联的方式。在他看来，俄国形式主义文论明显在"材料"与"手法"二分中区分 fabula（素材）与 sjužet（情节）。未经加工的材料，要成为审美或艺术结构，必须被建构为情节。当然，对形式主义理论家来说，"情节"并不完全是"事件的结构"，很大程度上，它是事件顺序的重新组织，是对作为素材的事件之自然时间顺序的偏离。总之，情节不仅是故事素材的艺术安排，还是故事讲述中使用的手法全部。应该说，他对素材、情节，包括故事概念的释读，基本还原了俄国形式主义文论家的理解。稍显遗憾的是，他未对故事与情节做出区分。他把情节看成实际讲述的故事，既有混淆的一面，也提示了故事之内容与形式融合的一面，很有价值。

必须提及的，还有美国学者 L. T. 里蒙（Lemon）与 M. J. 瑞斯（Reis）1965 年出版的英译《俄国形式主义批评：四篇论文》一书，该书直接用 story 与 plot 英译 фабула 与 сюжет，并短评了这对概念（这个短评被放置在他们英译的俄国形式主义文论论文前）。在他们看来，故事本质上是被讲述的事件的时间因果序列，即按照被述事件在现实生活中发生的顺序进行讲述，但由于这是一种熟悉的讲述故事的

[①] Victor Erlich, *Russian Formalism: History-Doctrine* (4th ed.), New York: Mouton Publishers, 1980, pp. 240 – 242.

方式，因而需要一种陌生化的、扭曲时间与因果关系的情节化讲述，在这种讲述中，故事得以变形或陌生化[1]。他们认为，萨克雷的《名利场》之所以有情节而不是有故事，部分原因就在于两个与因果关系无关的平行链（情节链）。他们的讨论，明显受到英国小说理论家 E. M. 福斯特对故事与情节所作区分的影响，只是把福斯特关于时间顺序与因果逻辑在故事与情节中的差异标准修改为陌生化与非陌生化（自然化或生活化）的对立[2]。这种讨论显然混淆了作为素材的事件的概念与故事的概念。且不说是否存在完全按照发生于现实生活中具有自然时间、因果关系的事件的顺序进行叙述的故事，即使有，也必然由于其突出的艺术性、目的论等因素而与现实生活中发生的事件拉开了距离。简言之，他们违背了俄国形式主义文论区分 фабула 与 сюжет 这对概念的基本假定——生活与艺术叙述的二元，错误地以 story（故事）概念对应或替代 фабула（素材）概念。

上述梳理可以看出，除了 V. 厄里希外，美国大多数文论家对 фабула 这一俄语概念都存在含糊理解、甚至错误理解的情形，都未能在俄国形式主义文论的生活与艺术这个二元假定中有效区分故事与素材，而他们直接用 story 与 plot 这对概念去替代 фабула 与 сюжет，完全成为后世欧美叙述理论界的主流，直到 21 世纪的当下——G. S. 莫森 2012 年在为《俄国形式主义批评：四篇论文》一书写的导言中，也用 story（fabula）与 plot（siuzhet）替代 фабула 与 сюжет，也把故事错误理解为"在现实生活中按时间和因果顺序发生的一系列事件"，认为情节是对故事有组织的强暴，现实生活的序列由此变形为小说中的艺术秩序[3]。

---

[1] Lee T. Lemon & Marion J. Reis, "brief comment", in *Russian Formalist Criticism: Four Essays* (2nd ed.), trans. Lee T. Lemon & Marion J. Reis, Lincoln & London: The University of Nebraska, 1965, pp. 25 – 27.

[2] E. M. Forster, *Aspects of the Novel*, New York: Electronic Edition, 2002, p. 78.

[3] Gary Saul Morson, "New Introduction", *Russian Formalist Criticism: Four Essays* (2nd ed.), trans. Lee T. Lemon & Marion J. Reis, Lincoln & London: University of Nebraska Press, 2012, pp. xiii – xiv.

三 法国经典叙述学理论家对"法布拉"与"休热特"的改造

20世纪60、70年代,法国成为西方现代叙述学的大本营,理论家们都在自己的基本理论框架中接受与改造 фабула 与 сюжет 这对概念。

托多罗夫是俄国形式主义文论在法国最主要的早期译介者[普罗普的"故事形态学"通过列维-斯特劳斯(Levi-Strauss)于1960年传入法国]。1965年,他主持编译出版的《文学理论》(*Théoriental de la Littérature*,被汉译为《俄苏形式主义文论选》)一书,影响了一大批法国叙述学家。1966年,他在《叙述的范畴》一文中用 fable 与 sujet 这种拼写形式表示 фабула 与 сюжет,进而用 histoire(故事)与 discours(话语)这对法语术语替代 fable 与 sujet。他批评早期什克洛夫斯基分离故事与话语的做法:把故事看成非艺术要素、前文学的材料,只有话语才是艺术建构,"不把故事当叙述,只把话语当叙述"。在他看来,故事和话语都属于文学作品:"一般来说,文学作品包含两个方面:它同时是故事和话语。它是故事,因为它展现了某种现实,即可能发生的事,从这个角度看,它与现实生活中的人物混合。……但作品也是话语:它有一个讲故事的叙述者,有一个能感知到叙述者的读者。就此而言,重要的不是被讲述的事件,而是叙述者让我们了解这些事件的方式。"[1] 他也不赞同什克洛夫斯基后期"将被叙述事件从对它的安排分开是不可能的,也是无效的,因为它们总是一样的"看法,认为故事与话语还是有所区别的。在对"故事作为叙述"的讨论中,他指出,(1)理想的编年式的时间顺序,是对所发生的事件的实际陈述,但故事是一种惯例,不存在于事件本身的层面,因此,没有必要认为故事一定要符合理想的编年式的时间顺序,因为故事中往

---

[1] Tzvetan Todorov, "Les Categories du Recit Litteraire", *Communications*, 1966(8)。该法语汉译由重庆师范大学文学院2018级比较文学与世界文学硕士研究生李明芮提供,特此致谢。

往不止一个人物，而且故事通常有几条故事线；（2）故事总是被某人感知和叙述，但它是一种抽象（概括），它本身并不存在。在"叙述作为话语"部分，他主要从话语作为叙述手段的角度进行了分析。

实际上，托多罗夫的 histoire（故事）和 discours（话语）这对概念并不对应于俄国形式主义文论的 фабула 与 сюжет，他的故事概念只能对应于后者的故事而非对应于 фабула。然而，正是这种错位式的误读，使他能借助法语 histoire 一词在法国历史文化中特有的几重含义，比如历史、历史事实、虚构的事、故事等，抓住了故事概念的一些要害，即其文学叙述性的一面，从而使其与实际发生的作为素材的事件本身区分开来。这种误读的根源，在于其叙述学的结构主义理论基础。这种基础促使他关注、立足文本本身，使他忽略了俄国形式主义情节诗学之艺术与生活二元对照的假定。于是，文本内主要作为叙述内容的故事，尤其作为叙述手段的话语，自然凸显出来，而文本外作为素材的事件，则被排除。这是整个经典叙述学的基本情形。另外，他对故事的理解也存在矛盾、错误的一面，即把故事等同于相对抽象的"故事梗概"（详论见下一节）。

罗兰·巴尔特1966年发表的《叙述结构分析导论》一文，不同意托多罗夫把叙述作品分成故事与话语两个层次，而将其分为三个层次。功能层，近似于普罗普的"功能"；行动层，与格雷马斯的"行动元"同义；"叙述层"（narration），与托多罗夫的 discours 即"话语"接近[1]。这种划分，与他对叙述是多层次的结构的强调，尤其是对叙述线索的横向连接向潜在的纵向选择的投射的强调有关，"理解一部叙述作品（récit），不仅理解故事（histoire）的展开，还在于辨识故事的层次，将叙述线索的横向连接向潜在的纵向选择投射"。然而，在讨论"功能"类型的作用时，他又使用了托多罗夫的故事与话语这对概念——连上文提到的他使用的"叙述"（法文 narration）概念也没有

---

[1] Roland Barthes, *Image Music Text*, trans. Stephen Heath, London: Fontana Press, 1977, pp. 86-88.

再使用①：核心功能的结构框架成就了整个叙述作品的逻辑性与时间性，一旦去除它，"故事"就会改变；催化性的功能（比如标志）分布在核心功能这些选择点之间，它概述、预述，甚至引入歧途，一旦去除它，就会影响到"话语"（法文 discours），使"话语"加速、延迟，或者赋予话语新的动力。另外，在论述叙述作品的时间性时，他也再次使用了"话语"这一概念：时间性不过是作为话语的叙述作品的结构范畴，就像在语言中一样，时间性仅仅以一个系统的形式存在——从叙述作品来看，我们所说的时间是不存在的，或者至多是作为一个符号系统的因素以功能的方式存在；严格说来，时间只属于所指事物，而不属于话语；叙述作品和语言都只有一个符号学时间，而"真实的"时间，只是一种所指事物的"现实主义的"幻象。这种时间观，虽然不乏启示性，但却是其结构主义的语言系统论或话语论的极端演绎。

这说明，在巴尔特那里，故事与话语这对概念还是潜在地存在于他的叙述结构（层次）的分析框架中，他对功能层、行动元层的讨论，还是服从于故事与话语这对概念的解释力。简言之，与托多罗夫一样，他的叙述理论的分析工具概念，也不对应于俄国形式主义文论者使用的 фабула 与 сюжет 这对概念。

热奈特（Genette）在 1972 年出版的《辞格三集》一书中的"叙述话语"部分，建议用"故事"（histoire, story）指"所叙之事"（所指层面，叙述内容），用"叙述文本"（récit, narrative）指"叙述事件时所说的话"（能指层面），用"叙述行为"（narration, narrating）指生产叙述的行为②。10 年后，他在"新叙述话语"中对基本概念再次作了辨析。他用 fable 与 sujet 替代 фабула 与 сюжет 这对俄语概念，认为他使用的"故事"与"叙述文本"这对概念之间的区别，与 fable

---

① 他的"叙述层"只涉及叙述信息的发出者与接受者、叙述作品层次与超叙述作品层次，很粗疏。

② Gérard Genette, *Narrative Discourse: An Essay in Method*, trans., Jane E. Lewin, New York: Cornell University Press, 1980, pp. 25 – 27; Gérard Genette, *Figures Ⅲ*, Paris: Ed. Du Seuil, 1972, pp. 71 – 72.

与 sujet 这对概念之间的对立相近，但比后者更能说明问题。但他更倾向于认定他的三分概念更能反映叙述事实的全貌，同时认为，在虚构叙述中，故事与叙述文本不可分①。可以肯定，热奈特的"故事"与"叙述文本"完全不对应于 fable 与 sujet，他的"叙述话语"（实为叙述文本）概念与托多罗夫的"话语"概念也并不相同，他的"叙述行为"基本对应于托多罗夫的"话语"概念。实际上，他的"叙述文本"并不具有多大的理论概念的价值。因为，无论是俄国形式主义文论理论家，还是法国其他叙述学理论家，都已经预设了叙述作品或叙述文本这个概念。因而，他的三个概念，可以减至两个概念，即"故事"与"叙述行为"，它们与托多罗夫"故事"与"话语"的两分式概念大致对应。

以上简析表明，深受结构主义语言学模式的影响，法国经典叙述学理论家趋向于立足叙述文本本身建立其概念框架与讨论叙述问题，这种倾向自然让他们有意无意忽略了俄国形式主义文论家建构其情节诗学的基本预设，从而错误地以自己的概念框架去对应 фабула 与 сюжет 这对概念。关键是，这种错误对应严重误导了后来的叙述学家，直至故事与话语这个概念框架的流行。

四 其他欧美经典叙述学理论家对"法布拉"和"休热特"的改造

20 世纪 70 年代后期 80 年代初期，法国经典叙述学在欧美各国开花结果，美国的 S. 查特曼、以色列的里蒙-基南、荷兰的米克·巴尔等叙述学家纷纷出版叙述理论著述，对叙述结构等问题展开了讨论。与法国叙述学理论家一样，他们创造的基础概念框架也主要服务于自己的叙述理论。

---

① Gérard Genette, *Narrative Discourse*, trans., Jane E. Lewin, New York: Cornell University Press, 1983, pp. 13–15.

一般叙述学研究

　　S. 查特曼在写作《故事与话语》一书时，非常了解英美小说理论、俄国形式主义文论与法国经典叙述学，它们都对他产生了很大影响。他对"法布拉"（fable, fabula）与"休热特"（plot, sjužet）的理解不无恰当性，前者指"故事的基本材料"，即在叙述中将要得到讲述的事件的总和，后者指把诸事件联系、组织在一起的故事，包括系列事件在作品中出现的顺序①。当然，他在讨论叙述的基本构成要素时，并没有搬用这对概念，而是在沿袭亚里士多德的二元论传统与罗兰·巴尔特、托多罗夫、热奈特、布雷蒙（Claude Bremond）等的结构主义模式的基础上，明确把叙述划分为两个部分。故事（story, histoire），指内容或系列事件（行动、发生之事），以及诸存在者（人物、场景中的诸要素）；话语（discourse, discours），也就是表达，即内容得以传达经由的方式②。这对概念构成了当代中西叙述学的基本概念框架，不少核心叙述问题的讨论，比如对叙述结构（语法）、叙述技巧的讨论，对叙述作品层次（有学者称为"叙述分层"）的划分，等等，都以此为基点。这些讨论基本把 S. 查特曼的故事/话语视为与俄国形式主义文论的"法布拉"/"休热特"构成对应关系的一对概念。这当然是误读。的确，S. 查特曼的一些表述使其故事概念的含义有时显得模糊、抽象，容易让人误解他把故事与作为素材的事件等故事的构成要素相混。他提到"故事的自然逻辑顺序"，导论中提到他并不把故事当成可以从读者的意识中浮现出来的实体化的对象，自然会对读者形成很大的误导。但根本而言，S. 查特曼对故事的理解还是较为明确的，故事已经属于叙述话语化的东西，即叙述表达出来的内容（作为话语的故事）。这一点，也从他对故事构成因素的事件（系列）与诸存在者本身在叙述结构的整体性、自我调节性中的逻辑表现得到反证。事件（系列）与诸存在者本身，是单独的与分离的，但它们一

---

① Seymour Chatman, *Story and Discourse: Narrative Structure in Fiction and Film*, New York: Cornell University Press, 1978, pp. 19–20.
② Seymour Chatman, *Story and Discourse: Narrative Structure in Fiction and Film*, New York: Cornell University Press, 1978, p. 19.

第四章 "法布拉"与"休热特"的跨国流传及叙述分层

且被组织进叙述中,就被关联起来;无论根据因果顺序排列事件还是用闪回颠倒事件顺序,都要遵循可能性,而事件是否进入叙述,在于它们与叙述结构本身的相关性。

里蒙－基南(Rimmon-Kenan)1983年出版的《叙述虚构作品》一书,专注于虚构叙述语言文本的研究。对这类作品的研究,她也使用了三分式的概念:故事(story)、文本(text)、叙述(narration)。可以看出,与热奈特的三分式概念(故事 histoire/story、叙述文本 récit/narrative、叙述 narration/narrating)相比,她只是把热奈特的 récit(英文 narrative)改成了表意直接明白的 text(文本)[1]。至于第三个概念"叙述",除了英文书写的差异外,含义完全一样,即对"叙述行为"的研究。她这样定义故事:故事指被叙述的事件,这些"被叙述了的事件",完全是从它们在叙述文本的安排中抽象出来的,它们在文本中既可按照时间顺序也可不按照时间顺序进行重新构造——得以重新构造的,还包括事件参与者。这表明,一方面,故事并非未经加工或无区别的原材料;另一方面,既然故事是一种构造,是抽象的结果,因此,它不是读者直接可得的[2]。应当说,她还是大体区分出了作为材料的事件与叙述化了的故事,她对于故事可按可不按发生事件之自然时间组织的理解,相对于某些理论家的提法来说,具有明显合理性,但她把故事理解为一种抽象,错误如同前述相关理论家一样,完全是在内容与形式的决然对立中看待故事与情节或故事与叙述形式。

米克·巴尔的《叙述学:叙述理论导论》(1985年英文第一版)一书,假定了叙述文本理论的三个层次:叙述文本(narrative text)、故事(story)、素材(fabula)这三个层次并不相互独立存在[3]。与里蒙－基南

---

[1] Shlomith Rimmon-Kenan, *Narrative Fiction: Contemporary Poetics* (2nd ed.), London and New York: Routledge, 2005, p. 3.

[2] Shlomith Rimmon-Kenan, *Narrative Fiction: Contemporary Poetics* (2nd ed.), London and New York: Routledge, 2005, p. 7.

[3] Mieke Bal, *Narratology: Introduction to the Theory of Narrative* (2nd ed.), Toronto: University of Toronto Press, 1997, pp. 5–9.

一样，她对叙述文本的强调，明显受到热奈特的影响，如前文所论，这个概念并不具有多少理论概念的价值。不过，她对故事与素材这对概念的区分，相当清晰，值得关注。故事"是以某种方式对素材的描述"，"素材"指一系列由行为者引发或经历的、以逻辑或时间先后顺序联系起来的事件（"事件"，指"从一种状况向另一种状况的转变"）。在她看来，素材从逻辑上可具体区分为一些可以描述的成分，事件、行为者、时间、地点。它们一起构成素材的原材料，以一定的方式编构进故事。事件这个成分，同时涉及故事与素材两个层次，它在这两个层次中的存在是不同的，在故事中，事件以一种区别于"先后时间顺序"的顺序得到安排，并以特定的方式得到描述。有意思的是，她还认为，事件的时间只是一种假定情形，在素材中（应为虚构性素材），事件并没有实际发生，素材本身也只是读者阅读文本后解释的结果，这种解释受到读者对文本的初始印象与故事加工的双重影响，但是，时间对于素材的连续非常重要，因而它必须可被描述。在其看来，被编织在故事中作为素材的系列事件，具有事件逻辑，这种逻辑与人类行为的逻辑大体一致，正因为如此，我们才可以理解叙述文本中的故事。这一点，在巴尔后来对"叙述的素材"与"现实的素材"之间的类似或对应关系，即被杜撰的行为者的经历与现实中人们的经历之间的对应关系的讨论中，得到了加强[1]。同样，素材中的行为者、人物、地点也在故事与事件两个层次中的存在具有差异：行为者在故事中被个性化了，转变为人物或角色，地点也被赋予不同的特征，成为特定的地点。另外，这几个成分都以不同的"视点"进行选择，等等。

可以看出，与法国经典叙述学理论家相比，这三位经典叙述学理论家对故事与事件的区分更细微，尤其是对 fabula（素材）的直接定性，更为明确；对于故事中事件逻辑的解释，似乎有了更具说服力的解释框架。然而，S. 查特曼对故事"可转换性"的强调，巴尔对"捣

---

[1] Mieke Bal, *Narratology: Introduction to the Theory of Narrative* (2nd ed.), Toronto: University of Toronto Press, 1997, pp. 5-9, 176.

指汤姆"的解释,既容易引发故事与作为素材的事件的混淆,也留下了"不同媒介、不同版本同一故事",即把故事等同于"故事框架"之疑难问题的争论。

五 "法布拉"与"休热特"在中国的接受

在中国学术界,赵毅衡是较早关注到"法布拉"与"休热特"二元现象的学者。1988 年,在《小说中的时间、空间与因果》一文中,他使用"述本"与"底本"去讨论小说叙述中的"述本时间"对"假定的潜在底本时间"所作的变形等问题①。1998 年,他又在专著《当说者被说的时候》专节讨论"叙述文本的二元化",即底本/述本二元形态及表现问题。在该书中,他给这对汉语术语创造了一对英文术语,底本为 pre-narrated text,述本为 narrated text②。"述本"大体对应于"情节"概念,而底本则具有如下特征:未文本化的"前叙述文本",基本的故事内容即事件集合,一种"无形态的存在":"意元量"即情节单元量无限;时间不中断的事件流,没有文字谈不上篇幅;无叙述者,无文本形式,不靠叙述存在。如此看来,作者描述的底本特征,正是俄国形式主义文论家所说的素材的特征。在此意义上,是可以用素材这一概念去翻译的。

周宁当属中国学术界较早直接在其著述中运用"法布拉"与"休热特"这对二元概念的学者,他在 1993 年出版的《比较戏剧学:中西戏剧话语模式研究》一书中,分别把"fabula"与"syuzhet"汉译为"故事"与"情节"。这种汉译也表明了他对这两个概念的理解:"故事是事件的原初形式,尚未成为文学的材料,而情节则是叙述出的故事,明显具有叙述的程序安排与主题重点,其中包含作者添加到故事上的所有结构特征,尤其是时间顺序的变化,人物意识的呈示以

---

① 赵毅衡:《小说中的时间、空间与因果》,《外国文学评论》1988 年第 2 期。
② 赵毅衡:《当说者被说的时候》,中国人民大学出版社 1998 年版,第 17—20 页。

及作者与接受者之间的关系,情节从某种意义上说,是对先在的简单故事的偏离。"① 这里明显把故事等同于作为素材的前文学形式的事件,而"先在的简单故事"也有些意指模糊。

申丹在其 1998 年出版的《叙述学与小说文体学》一书中,以"故事(素材)"或"故事"(内容)与"情节"汉译 фабула 与 сюжет 这对概念:"俄国形式主义文论家什克洛夫斯基和艾亨鲍姆,率先提出了新的两分法,即'故事(素材)'或'故事'(内容)(фабула,英译为 fabula)与'情节'(сюжет,英译为 syužet)",并认为"'故事'指按实际时间、因果关系排列的事件,'情节'则指对这些素材的艺术处理或形式上的加工"。② 不久,又在另一本书中纯粹把"法布拉"(фабула,fabula)汉译为"故事",去掉以前把故事视为素材与内容的犹豫③。应该说,这种翻译与释读不无误读。

在中国学术界,木凡与李小刚两位学者于 1998 年初在汉译美国电影理论家 D. 波德威尔的《历史观点的电影诗学》一文时,首次把 fabula 与 syuzhet 音译为"法布拉"与"休热特"。他们这样注解这两个概念:"休热特(syuzhet)指事件在叙述中实际呈现的顺序和方式,类似诗歌语言(指艺术性叙事法,有时特指间离叙事法);法布拉(fabula)指事件的编年顺序(顺时),类似实用语言(如日常叙述)。'休热特'对'法布拉'产生陌生化作用。"④ 这种注解不够周全,但大意还是基本接近俄国形式主义文论家的理解,而且,还创造性地提出了"日常叙述"这一概念。同一年,学者李迅在汉译波德威尔的《古典好莱坞电影:叙事原则与常规》一文时,也使用了"法布拉"与"休热特"的译名⑤。也是在这一年年末,台湾学者王坤在汉译出

---

① 周宁:《比较戏剧学:中西戏剧话语模式研究》,上海社会科学院出版社 1993 年版,第 122—123 页。
② 申丹:《叙述学与小说文体学》,北京大学出版社 1998 年版,第 14—15 页。
③ 申丹、王丽亚:《西方叙述学:经典与后经典》,北京大学出版社 2010 年版,第 14 页。
④ [美] D. 波德威尔:《历史观点的电影诗学》,木凡、李小刚译,《世界电影》1998 年第 1 期。
⑤ [美] D. 波德威尔:《古典好莱坞电影:叙事原则与常规》,李迅译,《世界电影》1998 年第 2 期。

版基尔·伊拉姆（Keir Elam）的《符号学与戏剧理论》一书时，也使用了"法布拉"与"休热特"这对汉语译名①。

小　结

上文梳理表明，"法布拉"与"休热特"近一个世纪以来的跨国流传，是一个伴随变异与误读的过程。其间发生的种种变异与误读，既孕育出一些新的、有价值的理论概念与叙述理论，也使现代叙述理论基本概念框架常常呈现出模糊、混乱甚至错谬的面相。顺着俄国形式主义文论家的思路，可以明确的是，要说清楚"法布拉"与"休热特"这对概念，必须在作为素材的事件、故事与情节这三个概念之间展开，而要说清楚这三个概念，又必须基于两个基本的理论预设：生活与艺术的二元；文艺史、历史、生活中流传的故事与对这些只作为素材的故事（或故事框架）进行重新情节化（陌生化）之不无循环演化的情节诗学观或文艺史观。正是后世不少学者有意无意忽视了这两个理论预设，才导致了作为素材的事件与故事的混淆。而且，不无奇怪的是，故事这一概念至今也没有引起学术界的广泛关注与得到为较为有效的解释。当代西方"跨媒介叙述"领军人物之一的马丽-劳尔·瑞安，在其名为《故事的变身》一书中，从广义叙述角度对故事的界定，也未能完全令人信服。她把故事视为一种对世界的认知建构，一种不同于其他文类、心智性的、对世界进行变形的模仿（representation）与意象性的塑造（image），无疑富有价值，但她也没有说清楚故事与话语的区别，依然在故事与话语的二元区分中讨论叙述②。其实，故事就是对作为素材的事件之情节化（一种话语模式）的成果，一种内容与形式融合的叙述体。以此观之，故事实在无法独立于话语而存在。

---

① ［意大利］基尔·伊拉姆：《符号学与戏剧理论》，王坤译，（台北）骆驼出版社1998年版，第123—125页。
② Marie-Laure Ryan, *Avatars of Story*, *Minneapolis*, London: University of Minnesota Press, 2006, p. 7.

重要的是，这种误读也基本被我国学术界沿袭过来，还引发了有关"叙述分层"的争论。下文就以此梳理为基础深化这种分层的讨论。

第二节　新的叙述分层：事件与叙述

我国叙述理论界关于"叙述分层"的讨论（指概念间的层次，非指叙述者层次），多建立在沿袭西方现代叙述学基本概念框架的基础上。上一节已经对这个基本概念框架的一些混乱甚至错谬作了清理，本节有关叙述分层的讨论，仅仅侧重于我国理论界叙述层次"二分法""三分法"的简要评述，力求在此述评基础上提出一种更有效的叙述分层。

一　故事与话语二分的困境

托多罗夫率先采用"故事"与"话语"二分，这种方法是建立在双重误解基础上的。既忽视了俄国形式主义情节诗学概念框架背后的假定——艺术与生活二元对照，也误解了"法布拉"这个概念的含义。他的故事与话语的二分，与俄国形式主义"法布拉"与"休热特"的二分，根本不构成对应关系。他的故事概念根本就不对应于"法布拉"（фабула，素材事件），而是对应于俄国形式主义的"故事"概念。也就是说，他的故事与话语，完全无法构成俄国形式主义文论之事件素材与情节那种意义的叙述分层。正如前文指出，这种错位，源于其结构主义理论基础。这种基础使他排除了文本外作为素材的事件。可问题在于，他们偏偏以此理论基础设定的概念框架去对应俄国形式主义情节诗学设定的概念框架。这种对应，自然使他们无视俄国形式主义提出的事件素材与情节这个二项式概念的前提，他们混淆了对素材事件与故事的理解，忽视了事件素材与情节这对概念对于建构现代情节诗学、重建小说艺术史的意义。

然而，有趣的是，托多罗夫在讨论"叙述作为故事"时，也对故事与事件素材作了区分。他认为理想的编年式的时间顺序是对所发生的事件的实际陈述，但故事作为一种惯例，并不存在于事件本身的层面，因为故事中往往不止一个人物，通常有几条故事线，因而它不需要符合编年式的时间顺序。另外，他按照结构主义方法对故事"行动逻辑""人物及其关系"所作的模式分类表明，故事有其艺术构造规则，它已不同于生活中发生的事件。这说明，要讨论故事，还需与事件素材形成对照。在此意义上，他为经典叙述学设定的基本概念框架即故事与话语，并不能充分有效地支撑其叙述理论建构的逻辑——包括他在内的其他理论家对叙述时间与事件时间差异的讨论，对事件结构与叙述结构的讨论，等等，莫不是以叙述文本内外艺术与生活的对照建构起来的。

其实，故事与话语这对概念对于现代叙述理论建构的困境，还不止于此。在托多罗夫那里，故事并不存在，而是一种抽象，是阅读中被人感知与概括出来的东西，即类似"故事梗概"的东西——这是他混淆故事与事件素材的另一种表现。这一点，从 B. H. 史密斯对"故事梗概"等类似观念的解构来看，是无法成立的。这种解构体现在他对 S. 查特曼的故事与话语这对概念的批评中。S. 查特曼在沿袭亚里士多德的二元论传统与托多罗夫等的结构主义叙述学模式的基础上，把叙述分为作为内容的故事与作为表达的话语，强调故事相对于话语的独立性，即故事的可转换性：故事属于一个独立的意义层次，可从信息整体中分离出来，不受表达方式比如媒介的限制，无论用什么媒介表达，讲述的始终是"同一个故事"，始终能让读者读出一套事件与实存，等等。后面这两点，就有把故事等同于骨架性的"故事梗概"，进而把"故事梗概"等同于"一套事件与实存"的味道。在史密斯看来，这种说法的思想基础本身就站不住脚，即结构主义的"表层结构"与"深层结构"这个二元假定是站不住脚的。这个假定使人们相信存在基本的"灰姑娘故事"这个深层结构，但它不过是一种"故事梗概"，这种"梗概"会因梳理它的人的目的、兴趣等的不同而不同，因而根本就不存在所谓"灰姑娘故事"这一深层结构。作者在考查了世界范围内 300 多个"灰姑娘故事"版本（无法确定最早的故事版本）以及 1000 多种变形后发现，尽管它们存在某些方面的相似，具有非对称性的联系，但它们的主人公、基本事件、重要的情节转折点、故事表达的意义倾向等似乎是"故事框架"的东西，均有不同程度的差异，它们并不完全属于同一个故事，而是相互独立、平行的故事。简言之，所谓的"灰姑娘故事"统称，只是一个直觉幻象而已。根本就不存在所谓不变的"灰姑娘故事"的"故事梗概"，因为不同版本都是对灰姑娘故事的一种叙述解释。这表明，故事实在无法独立于话语而存在。本来，S. 查特曼关于任何一个叙述都涉及"叙述什么"与"如何叙述"两个问题的思考，实在是对一个叙述最为简化的理解。但他的失误在于，这个作为叙述对象的"什么"，本应是作为叙述素材的事件，而不是已被叙述化的故事（实为二次叙述）。既然故事已经处于叙述文本层次，它必然已经涉及话语即叙述行为的层面。这一点，无疑为下文展开的对故事、叙述文本、叙述行为等三分式概念框架的反思，提供了启发。

二　事件与叙述二分的合理性

上述讨论，基本肯定了俄国形式主义文论的素材事件与情节这对概念作为叙述分层的逻辑优势。然而，这个二项式概念框架，对于现代叙述理论来说，还具有明显的局限：其一，事件这一概念的含义还没有得到阐明；其二，情节概念显得有些狭隘。这种局限，已在经典叙述学的三分概念框架中得到部分克服。但正如上文所述，经典叙述学基本概念的三分，也存在不少混乱甚至错谬。因此，我们对事件与叙述这种二分合理性的讨论，就在对相关三分法的反思中展开。

在西方现代叙述学发展史上，热奈特首先提出了三分式的概念框架。在他看来，他的三分式概念框架具有内在自洽的逻辑：书名"叙述

第四章 "法布拉"与"休热特"的跨国流传及叙述分层

话语"(Discours du récit)似乎暗示只讨论"叙述文本"(能指,"叙述事件时所说的话"),但对它的讨论,不可能不涉及对"所叙之事"(所指,"故事")与"叙述行为"的讨论。这个三分式概念框架始终纠缠着他,以至于10年后又在其"新叙述话语"中作了专门讨论。他认为,(1)他的"故事"与"叙述文本"大致对应于俄国形式主义的"法布拉"(fable)与"休热特"(sujet),但他的两个概念在表意上比俄语概念、法文翻译更俗易,那对俄语概念纯属用词不当;(2)但"故事"与"叙述文本"这对概念容易消除语态与语式的区别,容易与本韦尼斯特(émile Benveniste)的故事与话语这对概念发生混淆;(3)因此,故事、叙述文本、叙述行为这个三分式概念框架更能反映叙述事实的全貌,但它们出现的顺序并不符合纪实、虚构、口头等不同叙述类型的写作过程。最终,他以这三个概念间的关系切入叙述文本的分析。考虑之周,实不多见。但这个概念框架的局限非常明显。正如前文所指出,他的"故事"与"叙述文本"根本就不对应于素材事件与情节,而"叙述文本"作为叙述行为的结果,无论如何也不等同于作为素材加工形式的情节。这无疑与他对俄国形式主义的基本概念框架及其背后假定的误解密切相关。实在说来,他的"叙述话语"极易引发误解,其意不过指"叙述文本",尤其是书面文字,它与托多罗夫的"话语"概念并不同义,他的"叙述行为"才大致对应于托氏的"话语"。关键是,这三个概念完全处于同一个层次,叙述文本是叙述行为的结果,故事属于存在于叙述文本层面的"二次叙述"的事件整体。它们都可统归于"叙述"这一概念名下。如前文所述,与叙述相对的,显然是作为叙述素材的事件这一概念。无疑,他强调的"叙述文本"概念打上了鲜明的时代烙印,即对文本的强调,但它并不具有理论概念的价值,它已在当代学术作为叙述研究的默认入口。正因为如此,他的三个概念可以减至"故事"与"叙述行为"两个概念,它们与托多罗夫"故事"与"话语"概念基本对应,因而也遭遇同样的困境。

以上讨论中的最后一点,对里蒙-基南的三分法也完全适用。她提出的三分概念（story、text、narration），只是把热奈特的 récit（叙述文本）改成了 text，第三个概念的含义完全一样（英语书写有差异：热奈特把叙述行为称为 narrating）。米克·巴尔提出的三分式概念，与前两位理论家不完全一样。非常明显，她的文本或叙述文本（narrative text）、故事（story）、素材（fabula）这三个概念具有叙述文本内外对照，即生活与艺术对照的构架。这种对照，明显体现在她提出的素材这一概念上。除了这一点，上述"三分法"具有的局限，她基本都有，不再赘述。

至此，可以对本文提出的事件与叙述这个叙述分层作正面的讨论了。

从上文梳理不难看出，不管理论家们使用的概念及其含义理解有何差异，他们关于叙述的讨论都围绕了事件、故事、情节、叙述这几个核心概念，它们的解释总是相互牵涉。无疑，它们组成了叙述理论的基本概念框架。本文关于事件与叙述这个新的叙述分层构想，也是建立在此框架上的。只是，这几个核心概念还需要进一步澄清。

尽管里蒙－基南把故事理解为一种抽象，错误如同其他理论家，但她也在素材事件与故事之间作了区分，与未加工、无区别的原材料事件相区别，故事指"被叙述的事件"，它是一种重新构造，被重新构造的，还包括作为事件要素的事件参与者，而故事在文本中既可按事件时间的顺序也可按照其他时间顺序组织。最后一点，无疑是对情节或话语一定变形事件时间的纠偏。

巴尔对素材事件的解释，尤其值得一提[①]。它指行为者引发或经历的、以事实逻辑或先后时间顺序联系起来的系列事件（事件指"从一种状况向另一种状况的转变"），属于由事件、行为者、时间、地点这些可以描述的成分组成的集合体。在她看来，事件这个核心成分，在故事与素材两个层次中的存在是不同的。在故事中，事件以一种区别于先后时间顺序的次序得到安排（这一点她不如里蒙－基南开明），

[①] Mieke Bal, *Narratology*: *Introduction to the Theory of Narrative* (2nd ed.), Toronto: University of Toronto Press, 1997, p. 197.

并以特定方式得到描述。在素材中（对虚构叙述而言），事件并没有实际发生，事件的时间也只是一种假定情形，但时间对于素材的连续非常重要，因为它必须可被描述，而事件素材本身则只是读者阅读文本后解释的结果，这种解释受到对文本的初始印象与故事加工的双重影响。其实，被编织在故事中作为素材的系列事件，具有事件逻辑，这种逻辑与人类日常行为的逻辑一致——巴尔特别强调"叙述的素材"与"现实的素材"之间的类似甚至对应关系，正因为如此，我们才可以理解叙述文本中的故事。只不过，素材中的行为者在故事中被个性化了，转变为人物或角色，地点也被赋予不同的特征，成为特定的空间。同时，这几个成分都以不同叙述视点进行选择。

然而，这个假定的事件系列的时间顺序与所叙故事之非线性顺序的差异，也同样受到 B. H. 史密斯的质疑[①]。她认为，小说家写作时构想的事件系列的意象（这些意象携带了各种语言化的观念以及较为生动的真实发生之事、人、地点的记忆），不是结构化的叙述。换言之，这些被构想出来的事件系列，只有经过叙述才具有自己的次序，包括时间顺序与逻辑关系。既然它们不是结构化的叙述，为何需要这个假定呢？暂且不论这些构想出来的事件系列是否结构化的叙述，至少有一点可以讨论，阅读文学虚构叙述，是否完全不需要这个假定？事实上，读者阅读文学叙述时，无法做到不参照日常生活事件的时间经验，线性的物理时间顺序，已然成为人类认识世界的基本参照维度。即使阅读心理时间强的文学叙述，也没有办法不参照这种时间经验不同程度地"还原"被叙述打乱的事件系列，从而理解事件的来龙去脉及整个文本世界。

那么，这个作为素材的事件是否一定属于未叙述化的、无区别的原材料呢？该问题非常复杂，有待专文详论，这里只作简析。

赵毅衡在《论底本：叙述如何分层》一文中，给予"底本"也就是本文所说的素材做了非常深入与新颖的探究。他认为"底本"属于

[①] Mieke Bal, *Narratology: Introduction to the Theory of Narrative* (2nd ed.), Toronto: University of Toronto Press, 1997, p. 197.

尚未被媒介再现的非文本，一个供述本在符号组合中选择的符号元素集合，其包括内容材料（组成情节的事件）及形式材料（组成述本的各种构造因素）①。应该说，这种理解既符合世界人文、社会科学主流学界的相关观念，也提供了一些新见。不过，笔者认为，世界主流叙述学界迄今认为它是未叙述化的，主要源于两个视野局限。（1）把叙述局限于语言或书面叙述中，这些类型预设了"事后"反思性的重述，不少广义符号叙述没有得到重视；（2）完全站在文艺之于生活的艺术特异性角度看待叙述，未站在生活的立场看待生活本身，忽视了日常生活中的叙述现象与类型。第二点更是触及一个根本问题：人类社会生活是否已经就是符号化（媒介化）的符号文本。这一点也在第一章有关"直接经验"的现象学讨论中得到阐明。这表明，需要站在生活的立场重新审视人类社会日常生活的形态，恐怕没有人能否认人类社会化活动已经属于一种文本形态——赵毅衡的"最简文本"定义——文本是符号组合成"合一的表意结合"②，已经能说明这一点；进一步，或许还可以说，人类社会日常生活中许多活动已经属于一种叙述文本形态。

事件在作家头脑中被构思时，已然处于言语符号的叙述编织中，尽管可能是片段性的、无声言语的、未定型的。此时作家既是叙述信息的发出者，也是叙述的接收者、解释者。发生在日常生活中的事件被某人看到或被观察时，显然处于一种演示叙述中，不管事件当事人是否有意做给别人看。推而广之，人类不少日常生活形式都可看成一种叙述类型。列菲伏尔关于传统戏剧模式对日常生活之"升华""超越"与人为"安排"的表现的批评（参见第三章第二节），无疑启示我们：日常生活本身的特点长期以来被文学叙述、生活与艺术二元对立的思维等遮蔽了，它具有自身的结构形态，而且远远比文学叙述复杂与真实。而本书第三章有关欧文·戈夫曼与理查·谢克纳对广义表

---

① 赵毅衡：《论底本：叙述如何分层》，《文艺研究》2013 年第 1 期。
② 赵毅衡：《哲学符号学：意义世界的形成》，四川大学出版社 2017 年版，第 119 页。

演理论的讨论，也说明了完全可以把人类日常生活中互动性的行为过程或事件看成演示类叙述。

不过，不同于人们写作时多从观察者、反思者的角度对事件进行叙述，日常生活事件多呈现为一种"自在叙述"。日常生活中，人们往往被生活之流裹挟，难以做到作家写作时对所叙事件的集中观察与反思，"作家在思考，而不是被动接受日常生活"[①]。而且，生活事件的意义，可能并非行为者即时的体验。不过，生活事件被体验时的意义也是一种意义，也具有一种价值，体验过程也并非完全没有反思与经验式预见。这个体验过程与人们阅读文学故事的"可追踪性"过程类似，不到结局，就无法确知走向。另外，与文学叙述文本相比，日常生活事件叙述或构思时的事件叙述可能具有片段化、碎片化、"无主题变奏"、自我解释等特点。但这不影响它们已经是某种结构化的叙述文本形式的判断。正因为如此，前文才提示说，文学文本叙述化的故事，是事件素材的"二次叙述"。

自此，可以这样总结事件与叙述这个叙述分层模式：作为素材的日常生活事件与纯粹虚构的事件本身可能已是一种叙述形式，理论上说，它们容纳了无限的事件，包括与事件相关的行为者、时间、地点或场景等因素，甚至是情节因素以及种种或粗糙或复杂的叙述形式，它们都是文学叙述文本这种特定形式的"二次叙述"之可最大限度选择的素材。无论是文学叙述文本形式，还是日常生活事件叙述形式，或纯粹虚构事件的叙述形式，都是"述本"，后两者相对于前者，逻辑上或时间上，可先于也可后于前者出现。这个分层模式不用事件与情节这对概念，在于从理论概念的解释力来说，情节显然不如叙述这一概念。情节只是事件叙述的一种动力，一种核心形式，甚或一种广义内容性的存在，就像笔者在叙述这一概念之下具体探讨叙述行为、叙述主体等一样，情节属于叙述范畴之下的二级概念。

[①] ［法］亨利·列菲伏尔：《日常生活批判》第一卷，叶齐茂、倪晓晖译，社会科学文献出版社2018年版，第98页。

第五章　一般叙述学理论框架中的叙述主体与主体声音

长期以来，经典叙述学都把文学虚构叙述的作者排除在外。这种情况在所谓"后经典叙述学"时期有所改变，一些学者重视对虚构叙述文本的内容、思想、文体等与社会、文化、作者等关系的研究。但对于严格奉行经典叙述学范式的学者来说，文学虚构叙述文本的作者，依然是禁区。经典叙述学的产生，深受结构主义、新批评等的极端文本主义观念的影响。然而，这些理论模式，包括经典叙述学，对文学虚构叙述作者的排除，基本是文字书面文化所培育的思维的产物。这种思维，既忽视了"口语文化"之故事讲述传统对文字书面文化中的文学虚构叙述的深远影响，也没有充分尊重文字书面文化社会中充满个性追求的"写作作者"主体的存在。

为行文方便，先对笔者提出的"写作作者"这一概念作点解释。这个概念源自布斯，只是在他那里，还没有成为一个具有理论意义的专门概念，而只是一个一般性的表述，即"The author as he writes"，直译就是"写作时的作者"[1]。这一概念，表达了与笼统意义或非写作时的作者人格的区别。提出这一概念，基于两点考虑。一是，虽然布斯提出的"隐含作者"概念似乎为文学虚构叙述文本的解释与作者之

---

[1] Wayne C. Booth, *The Rhetoric of Fiction* (2nd ed.), Chicago: The University of Chicago, 1983, p. 70.

间的联系保留了一点空间,但由于它是读者从文本阅读中反向推测、建构出来的,其解释力非常有限,主要用于从读者理解文本的向度讨论可靠/不可靠叙述等问题,而虚构叙述文本中的一些形式与内容,须从作者写作的方向入手才能有效解释。二是,这一概念似乎比一些学者提出的"执行作者"概念更像文学用语。

第一节 从口语文化的故事讲述者看文字虚构叙述的作者存在

一 口语文化故事讲述传统中的作者主体

本文的口语文化,全称为"原生口语文化"(又名"纯粹口语文化"[1]),指只有口头语言,尚未触及文字、不知文字为何物、毫无文字或印刷术浸染的文化[2]。与口语文化相对的,是其后出现的诸如文字书面文化、次生口语文化(依靠文字和印刷术的文化,与原生口语文化有本质区别)、电子媒介文化、新媒介文化等,后几种文化可能在某些时代或社会中叠加。

有意思的是,西方学者对口语文化的研究,基本是从考察人类早期的故事讲述传统开始的。20世纪20、30年代,美国古典学者米尔曼·帕里(Parry)开始荷马史诗的研究,他与弟子阿尔伯特·洛德(Lord)深入南斯拉夫地区记录、整理史诗吟诵的过程,师徒二人的理论,被学界称为"帕里-洛德理论"。该理论开创了"荷马问题"、史诗研究与口语文化研究的划时代局面。值得一提的,还有苏联心理学家、神经心理学家和神经语言学家 A. R. 卢利亚(Luria),他于20世纪30年代着手口语文化遗存与口头传统的发掘,主要研究口语文化对

---

[1] [英]杰克·古迪:《神话、仪式与口述》,李源译,中国人民大学出版社2014年版,第45页。

[2] [美]沃尔特·翁:《口语文化与书面文化:语词的技术化》,何道宽译,北京大学出版社2008年版,第23、2、6页。

思维模式和语言表达的影响；美国媒介思想家沃尔特·翁（Ong），主要致力于口语文化与文字书面文化等各种媒介文化的对比研究；英国社会人类学家、历史学家杰克·古迪，主要研究神话、仪式、口语等口语文化形式等。这些学者的研究，使越来越多的人认识到，人类每一种文化媒介的开启，都革命性地培育了人类新的思维方式、行为方式、经验表达与交流方式；某种主导媒介文化的特点与局限，只有在不同媒介文化的对比中才能透彻理解。下面来看一下口语文化故事讲述中作者主体的存在。

首先，在口语文化社会中，故事讲述者（吟诵者、表演者）与作者是一体的。洛德认为，"吟诵、表演和创作是同一行为的几个不同侧面""歌手、表演者、创作者、诗人，在表演的同一时刻，是同一个行为主体"①。一方面，故事歌手属于传统承继者，需要训练一些口头创作程式，大体记诵一些反复出现的主题、套语、框架等。另一方面，他们更属于个体创造者。事实上，既不存在完全现成的史诗内容，也根本没有要遵循的固定范本。洛德说到，虽然史诗讲述者可能拥有足够的模式，但这些模式并不固定，他们也没有意识到要记住这些固定的形式，更不会去死记硬背它们②。沃尔特·翁认为，"进行口头创作的诗人一般不会一成不变地背诵诗歌"③。杰克·古迪说得更透彻，演说人从来不会讲出固定单一的版本，"每位记诵者都会加入自己的内容，……就这样，变化就会循环不断地出现"，因而"在纯粹口语文化中，再创造行为总能胜过精确回忆"④。他尤其强调，口语文化的这种创造行为，主要与口述记忆的不可靠性相关。这一点，实在道出了口语文化的声音传播特性所塑造的记忆（记忆特点和记忆能力）与创新（主动或被

---

① [美] 阿尔伯特·贝茨·洛德：《故事的歌手》，尹虎彬译，中华书局2004年版，第18页。
② [美] 阿尔伯特·贝茨·洛德：《故事的歌手》，尹虎彬译，中华书局2004年版，第29页。
③ [美] 沃尔特·翁：《口语文化与书面文化：语词的技术化》，何道宽译，北京大学出版社2008年版，第2、15页。
④ [英] 杰克·古迪：《神话、仪式与口述》，李源译，中国人民大学出版社2014年版，第3、45页。

动）的辩证法。一方面，"原生口语文化里的思维和表达基于记忆"①，这种文化塑造了记忆的实用性。故事讲述者为记忆方便，必须依靠一些程式、套语、主题等，这些形式或内容因素也容易唤起听众的记忆。另一方面，口语文化的声音传播特性所带来的故事讲述人的记忆困难（与文字书面文化相比，其辅助记忆的手段贫乏得多），导致他们的创作（变形、革新）大于记忆式的吟诵。丹麦民俗学家阿克塞尔·奥里克（Olrik）指出，口语文化中的不少故事是听到的，而非被刻意记住的，反复听到，那些能给人留下深刻印象的因素才被自然留存②。简言之，口语文化的声音传播特性塑造了故事讲述与创造的特点。

故事讲述者之所以必须同时是作者，还与口语文化故事讲述的现场交流形式密切相关。"在口语文化里，诗歌的原创性在一定程度上取决于歌者或叙事者与此时此刻听众的关系。"③口语文化面对面的交流形式，故事讲述者必须照顾听众的需求，考虑现场的氛围，抓住听众。结果是，故事讲述者基本就是史诗的临场创作者，他的叙述技巧、所讲故事的内容、长短，是细细品味每一个叙述段落还是草草收场，都会因不同讲述场合、不同听众的兴趣而定，总之，"重要的不是口头表演，而是口头表演中的创作"。④洛德也说"他完全是按着他想做的和能做的努力去修饰他的歌""每一次表演都不仅仅只是一次表演；它是一次再创作"⑤。

这种情形，与中国说书艺术有些类似："说书人拿到一部书的'梁子'，只是拿到提纲，开始说这部书，必须调动自己的生活经验和

---

① ［美］沃尔特·翁：《口语文化与书面文化：语词的技术化》，何道宽译，北京大学出版社2008年版，第27页。
② 张志娟：《口头叙事的结构、传播与变异——阿克塞尔·奥里克〈口头叙事研究的原则〉述评》，《民族文学研究》2017年第1期。
③ ［美］沃尔特·翁：《口语文化与书面文化：语词的技术化》，何道宽译，北京大学出版社2008年版，第124页。
④ ［美］沃尔特·翁：《口语文化与书面文化：语词的技术化》，何道宽译，北京大学出版社2008年版，第6页。
⑤ ［美］约翰·迈尔斯·弗里：《口头诗学：帕里—洛德理论》，朝戈金译，社会科学文献出版社2000年版，第92、101页。

素材积累，穿插敷衍，同时把诗、词、赋、赞、人物'开脸'等分布书中，扩大书的内容。"① 当然，中国说书艺术这种口头表演，已经属于有了文字之后的次生口语文化了，但也足见原生口语文化在文字书面文化社会中的遗存。

其次，在口语文化中，故事讲述者（吟诵者、表演者）、作者、听众，甚至故事中的人物，相互之间构成一种不同世界间的"越界"交流。之所以如此，一个核心原因在于口语文化的行动性：口语文化属于一种行动的文化，其文化形式基本在具体的社会活动中展开，一切都贴近人的日常生活世界。理查德·鲍曼（Bauman）指出，口头艺术是一种行动与交流的方式，口头传统主要存在于人们的行为中，植根于社会和文化生活之内②。杰克·古迪也认为，"记诵可能与某些具体活动有关"，口语文化中各种成人文体是通过诸如仪式、舞蹈、音乐、故事讲述等行动进行的③。从深层次上说，口语文化的这种行动性，源于口语的思维或元编码特征。英国社会人类学家马林诺夫斯基（Malinowski）早就指出，在原始民族中，口语作为思维符号与其行为方式结合在一起。美国当代人类表演学创始人谢克纳则强调，"在现代社会里，绘画、雕刻与'标志''符号'联系在一起（词语相似性），而在旧石器时代它们与活动有关（戏剧相似性）。……对于从前用行动方式编码的潜在表现形式，现在都以书面文字的方法编写着"④。口语文化社会讲故事的主要目的，是交流经验与传承知识，讲故事与听故事，是一种基本的社会活动。这种活动，完全是全身心参与式、移情式的，甚至是狂欢化的，观众浅唱低吟、高歌唱和、呐喊助威、鼓掌欢呼，故事讲述者、吟诵者、表演者、作者也时时进出于故事，不断停下故事讲述与

---

① 汪景寿、王决、曾惠杰：《中国评书艺术论》，经济日报出版社1997年版，第163页。
② [美] 理查德·鲍曼：《作为表演的口头艺术》，杨利慧、安德明译，广西师范大学出版社2008年版，第103、130页。
③ [英] 杰克·古迪：《神话、仪式与口述》，李源译，中国人民大学出版社2014年版，第51页。
④ [美] 理查·谢克纳：《人类学和戏剧学之间的联系点》，王晓春译，载 [美] 理查·谢克纳《人类表演学系列：谢克纳专辑》，孙惠柱主编，文化艺术出版社2010年版，第32页。

观众现场交流故事人物、情节或主题，等等。甚至，讲述者与听众角色轮流转换，呈现出"双向逆反的创造性活动"的状态①。更有甚者，故事世界中的人物与故事讲述者、作者、故事记录者直接交流。沃尔特·翁引述他人成果说："口头表演还有一个典型的情景：叙事者与人物认同，并自由自在地与听众互动；……在表演《姆温多史诗》时，坎迪·儒勒克不仅自己直接对听众说话，而且让史诗英雄姆温多对记录他表演的人说话，叫他加快速度。……表演完毕之后，儒勒克概括了史诗对人们的实际生活传达的讯息。""叙事人、听众和史诗中的人物三位一体，演唱人儒勒克让英雄姆温多出面直接对记录他唱词的编辑说话：'记下来，前进！''哦，你记啊，你瞧，我已经在走了'"②。

学界注意到中国戏曲表演不像西方戏剧表演那样多让演员完全角色化，而是主体之间有距离。中国戏曲，包括评书的这种情形，应当属于典型的原生口语文化遗风，说书人或讲述者与表演者、作者、人物角色，甚至生活中的说书人形象之间，总是处于保持距离又接合的状态，"评书有所不同，讲究'装文扮武我自己'，一人表演多种角色。进入人物，并非扮演而是模拟，进入角色瞬间，自我并未完全消失，说书人和角色之间有着微妙的距离感"③。关于观众对故事进行评说的环节，现代人类表演学也有强调。谢克纳指出，现代日本能剧、印度卡塔卡利表演与赞助者、鉴赏家的品评存在密切关系，"在亚洲的表演艺术中，表演的评价是表演本身的一部分"④。这说明，现代日本能剧与印度卡塔卡利表演这种次生口语文化现象，也有着明显的原生口语文化的遗存。中国评书"评"的环节，一般是演员中断故事，在与听众的互动中进行评论⑤。

---

① 魏玮：《先秦史传的口头叙事研究》，博士学位论文，西北师范大学，2016年。
② [美]沃尔特·翁：《口语文化与书面文化：语词的技术化》，何道宽译，北京大学出版社2008年版，第124、35页。
③ 汪景寿、王决、曾惠杰：《中国评书艺术论》，经济日报出版社1997年版，第83页。
④ [美]理查·谢克纳：《人类学和戏剧学之间的联系点》，王晓春译，载[美]理查·谢克纳《人类表演学系列：谢克纳专辑》，孙惠柱主编，文化艺术出版社2010年版，第34—35页。
⑤ 汪景寿、王决、曾惠杰：《中国评书艺术论》，经济日报出版社1997年版，第219页。

口语文化故事讲述的作者主体存在的这些特点，为重新考察文字书面文化中文学虚构叙述的作者存在方式提供了历史的参照。

二　"作者之死"再讨论

在正面进入文字书面文化社会中虚构叙述写作主体的存在这个问题之前，有必要再讨论一下学术界著名的"作者之死"论。这个讨论发生在文字书面文化社会，但从下文的讨论来看，无论是罗兰·巴尔特还是米歇尔·福柯，都对口语文化与文字书面文化中虚构叙述的作者存在缺乏更深入、多维度的理解。当然，他们的讨论存在的最大问题，是在某种理论上走向极端。

现在看来，好作惊人之语的巴尔特在《作者之死》一文中否定作者的基本理由，实在有失偏颇。他说，"从语言学上说，作者只是写作这行为，就像'我'不是别的，仅是说起'我'而已"[1]。这不过是一种极端的结构主义语言学的主体观而已，即语言言说主体，而不是主体言说语言，语言结构之中，没有主体。在他看来，作家的写作，不过是选择性地对作为一个系统或结构的人类现存文化这部大词典的引用或模仿而已，谈不上创造，因而不存在作者的问题。换言之，作家的写作，就像结构主义所说的语词之间的差异化，不过是这部大词典结构内部的互文而已。这样的逻辑，加之读者批评的时风，也自然会让他提出文本没有一种起源性的意义、文本意义全在于读者解释等观点。

法国解释学家保罗·利科早在 20 世纪 70 年代就对结构主义思潮进行了反思。他认为把语言看成一个内部差异关系的自足系统，"只是描述了语言的一个方面而没有描述它的全部现实性"（本文所涉利科著作的英文文献的汉译出自笔者本人，且参考了已有汉译本）[2]，即没有描

---

[1]　[法]罗兰·巴尔特：《作者之死》，载赵毅衡编选《符号学文学论文集》，百花文艺出版社 2004 年版，第 505 页。

[2]　Paul Ricoeur, *The Rule of Metaphor*, trans. Robert Czerny, Kathleen McLaughlin, John Costello, SJ. University of Toronto Press, 1977, p.69.

第五章　一般叙述学理论框架中的叙述主体与主体声音

述出语言作为"生活形式"［维特根斯坦（Wittgenstein）语］的一面①。而语言作为"生活形式"，具有存在论上的优先性②：语言的本质或目的在于言说，"语言只是在言说者支配与使用语言时才现实存在"③；只有具体的言说，才能言说人的生存经验。"正是在文本这样更大的话语单位中，逻各斯或言说的存在论才找到其位置。如果说语言对存在有所把握，它只能在显现或效能的层面上进行。与前面几个层次（系统内各单元、词语、句子）相比，这个层面的法则更为原初。"④ 这种存在论的语言观，使被结构主义语言学遮蔽的语言与主体的本体关系，得到了揭示与恢复，因为，具体的言说，自然涉及作为个体的主体及其生存经验。利科对主体——尤其是对主体存在与语言关系的理解，既不同于笛卡尔（Descartes），也不同于海德格尔（Heidegger）。笛卡尔的"我思"主体，直接、先验地自己设定自己，这种方式既无法验证，也无从演绎，因而是抽象的、空洞的、虚假的。海德格尔的基础存在论对主体存在与语言关系的解释，由于太过直接而走向玄妙隐秘，即"道说"与主体存在的原初关联。利科认为，"我在"主体，包括自我，只能是一种在其生存中不断得到展开与规定的主体，而人的生存行动，与其行动结果的作品（包括语言、文字、符号，它们分散在文化世界中）之间，存在关联⑤。在他看来，尽管作为人之生命文献形式的语言符号只是作为人之存在模式的理解的派生形式，但"我在"主体，包括自我，也只能借助对其多重意义的解释，迂回获得。进一步，包括利科、麦金太尔、扎哈维等在内的哲学

---

① Paul Ricoeur, *Interpretation Theory*: *Discourse and the Surplus of Meaning*, the Texas Christian University Press, 1976, p. 6.

② Paul Ricoeur, *Interpretation Theory*: *Discourse and the Surplus of Meaning*, the Texas Christian University Press, 1976, p. 9.

③ Paul Ricoeur, *The Conflict of Interpretations*: *Essays in Hermeneutics*, trans. Don Ihde, Evanston: Northwestern University Press, 1974, p. 84.

④ Paul Ricoeur, *The Conflict of Interpretations*: *Essays in Hermeneutics*, trans. Don Ihde, Evanston: Northwestern University Press, 1974, p. 80.

⑤ Paul Ricoeur, *Freud and Philosophy*: *An Essay on Interpretation*, trans. Denis Savage, New Haven: Yale University Press, 1970, pp. 46–52.

家，都专门探讨了叙述对于主体、自我的构建问题。扎哈维在分析各家叙述思想后认为，尽管叙述有其限度或局限，但它总是对主体与自我的一种建构，而不是某种内在的东西，其建构材料不仅包含真实人生的材料，也包含理想和虚构的观念等①。

另外，值得一提的，还有巴尔特的如下观点：无论是部族社会的讲述者，还是现代社会的作者——他认为作者只是现代社会的产物，在叙述完成后都不再发挥任何功能，而只有叙述符号本身能一再间接作用于现实。这表明，巴尔特本质上还是站在文字书面文化的立场看问题。这既使他做出口语文化不存在作者的错误判断，也使他走向了极端的书面文本主义立场。如前引杰克·古迪所说，口语文化中"作者的不确定，并不意味着它们是集体创作的""做这些事的是单个的人，但是没有留下名字"。其实，不少口语文化研究者，甚至包括巴尔特本人，都提到口语文化中一些叙述只能由某些个体来承担的例子。尽管口语文化社会重视群体性，习惯集体行动，但这种社会中的不少叙述活动，体现了非常明显的个人创造性。虽然这种社会中人人可以成为故事讲述者，但不少活动还是需要具有专门技艺或特殊身份的人来做，这与以下要求相关：师徒传艺，特殊的技艺或才能，特殊的"身份"，极高的现场控制与创造能力，等等。这种情形在现代某些地区口语文化中得到印证，在后世次生口语文化中得到延续与加强，也证明了这一点。简言之，口语文化社会存在个体创造者即作者的现象，只是这种文化的声音传播性质，无法记录下那些作者的名字而已。不妨指出，西方现代文论极端文本主义的出场，除了结构主义、新批评等的直接、表面影响外，深层次都是基于文字书面文化思维。西方现代文本观念，基本建立在书面文本之上，"文本是由书写固定的任何话语"②，一些理论家也往往在口头交流与书面交流的对比中，以书面

---

① ［丹麦］丹·扎哈维：《主体性和自身性：对第一人称视角的探究》，蔡文菁译，上海译文出版社2008年版，第141页。

② Paul Ricoeur, *Hermeneutics and the Human Sciences*: *Essays on Language*, *Action and Interpretation*, ed. /tran. /intro., J. B. Thompson. Cambridge: Cambridge University Press, 1981, p. 145.

交流的作者不在场而把作者排除在文本解释之外。利科著名的文本解释学，对间距与归属的解释学功能的讨论（自然涉及作者是否在场的问题），就完全建立在口语交流与文字书面交流的对比之上[①]。局限于文字书面文化思维，巴尔特不但没能深入理解口语文化，也未能很好理解文字书面文化本身。沃尔特·翁在口语文化与文字书面文化的对比研究中发现，文字书写的发明，印刷术的发明，使人类大脑"从大量的记忆中解放出来，去进行更加具有原创性的、抽象的思考"，人类的文字思维被大大激发与培育出来，越来越倾向于认识性、分析性、抽象性、内省性、个体性甚至唯我主义的思维模式。生活在这种文化中的作者对个人主体性的追求，自然而然。写作与阅读往往是孤零零的个人沉思活动，写作使人的心智回归自身，写作时总是面对种种自我问题，甚至成为一种唯我主义的实施过程，而书本传递一个源头发出的话语，这个源头是真正"说话"的人或写书的人，在这一点上，书本像预言，等等[②]。其实，巴尔特也提到了作家个人主体性在现代社会的出现与兴盛，但他最终以某些作家试图削弱这一点，以极端文本主义消解了这一点。应该说，个人主体性的觉醒与追求，无论如何都是文字书面文化社会的主流，作家总会以不同方式来体现这一点。

就福柯对虚构叙述作者的理解来看，他的《什么是作者》一文几无实质性的创新贡献，他把文本讲述的主体归结为布斯提出的作者的"第二自我"，他使用的概念则是"作者—功能体"。他是从第一人称叙述的小说来讨论这个问题的："不管是第一人称代词，现在陈述时，还是就此而言所确定的符号，都不是直接指作家，也不指他所指的年代或写作的特定活动，相反，这些代表'第二自我'，他跟作者的相

[①] Paul Ricoeur, *Hermeneutics and the Human Sciences: Essays on Language, Action and Interpretation*, ed./tran./intro., J. B. Thompson, Cambridge: Cambridge University Press, 1981, pp. 132 – 144.

[②] [美] 沃尔特·翁：《口语文化与书面文化：语词的技术化》，何道宽译，北京大学出版社 2008 年版，第 52—78 页。

似性从未固定，在一本书中有相当大的变化。"① 相对于巴尔特来说，他毕竟通过这种方式重建了作者与文本内叙述主体的关系，但也止步于这种抽象关系。从他的整个讨论来看，他并没有阐明种种写作作者人格与文本叙述主体的具体关系。他的思想反对他走向这一步：他主张不应完全抛弃主体，但也反对走简单"恢复原始作者主体"这条老路，反对把作者的功能视为"纯粹而简单地重新构拟作为被动材料的文本"。这种态度，使他明确提出"必须剥夺主体（及类似主体）的创造作用"这样的观点。问题在于，既然作者的"第二自我"在文学文本中有体现，布斯也对萨特（Sartre）的"文本中的一切都是作者操控的符号表现"这一点表示肯定②，那为何不可以从写作方向考虑写作作者的人格对文本的影响甚至控制，而把它完全交给读者的反向推断甚至猜测？难道不应该赋予写作作者人格一些实质性的内容与功能？不无悖论的是，福柯在该文中对"作者—功能体"含义之一的理解，就是强调作者主体归属"不是通过把某一讲述归于个人而自发形成的，而是一种复杂操作的结果"，那么，心理学对作者个人深度或创造力、其意图或独创灵感的重视，现代文学批评中一些确定作者的方法或策略，比如通过文本表达思想、文本语词等写作风格的差异，比如用作者来说明文本中出现的事件及其变形、写作中出现的统一协调与矛盾中和、文本表达的产生来显示作者的功能等操作方式或策略就完全不合法？从本质上说，他提倡的作者"第二自我"，或写作作者人格，完全可以与这些方法或策略协调，只是需要去除其中对作者的笼统或天真理解，去除其中过于心理化或主观化的一面。

由此可见，福柯在反对走简单"恢复原始作者主体"、反对把作者的功能视为"纯粹而简单地重新构拟作为被动材料的文本"这条路上走向了另一个极端，即极端的读者接受批评模式。完全从读者接受

---

① ［法］福柯：《什么是作者》，载赵毅衡编选《符号学文学论文集》，百花文艺出版社2004年版，第517—521页。

② Wayne C. Booth, *The Rhetoric of Fiction* (2nd ed.), Chicago: The University of Chicago, 1983, p.19.

角度理解写作作者主体，只能"虚化"这个主体。而这种"虚化"，在他对某种文化不需要作者的夸张想象中，彻底走向了虚无化。这当然是对口语文化的误读，对文字书面文化中出现的无作者现象的过分情感化的解读。其实，化用他对"作者—功能体"的理解，即作者是一种历史性、社会性、文化性的功能性存在，我们完全可以这样说，在重视个人主体性、创造性的文字书面文化中，用作者来区分虚构叙述文本的主体归属，综合考察文学虚构叙述的特点、地位及接受的方式，本来就具有合法性。上文的讨论，可以得出这样的结论：曾经风靡一时的"作者之死"论，不过是某种理论视域极端偏见的结果，而存在论的语言观与主体观，写作作者人格论，都表明文学虚构叙述必然是写作作者对主体与自我的一种探问与建构形式。另外还可看到，局限于文字书面文化思维，理论家们往往无法真正站在文字书面文化与口语文化对比的立场理解这两种文化中的作者存在。

三　文字书面文化社会中虚构叙述写作主体的存在

在原生口语文化基础上成长起来的文字书面文化，既有自身特点，也有口语文化的遗风。文字书面文化中文学虚构叙述作者主体的存在方式，就是以文字书面文化为主、口语文化为辅塑造出来的。然而，中国文艺理论界很少从媒介文化对比的角度讨论这一问题。

文字书面文化与口语文化对比，一些长期忽视的问题就会浮出水面。不同于口语文化信息交流的即时性、一次性、现场性、主体之间甚至构成"越界"式的互动等，文字书面文化中叙述信息被固定且——呈现在书面文本中，读者可独自反复阅读、思考与理解信息，需隔时空地与写作作者交流。直观地说，一般情况下，文字书面文化中的文学虚构叙述文本，都会出现标题（副标题）、作者署名，不少文本还会出现写作日期、序言、跋、附记等。这些与写作作者有关的符号文本，都是读者在阅读中会遇到的。一些口语文化研究者也注意到西文中的"文本"

(text)与"文学"(literature)两个概念的文字书面文化意味。杰克·古迪从口语并不遵从书写文化的固定模板角度,完全反对用"文本"概念指涉口语叙述[①],沃尔特·翁认为"文本"在词源上和口语较兼容,但从根本上说不过是后人把口语比附为书写而已,是一个逆生词[②]。从现代符号学的角度来说,这个问题倒不存在,因为任何表意符号组合形式都可称为文本。但是,这种对文本的理解,与他们对"文学"一词基本含义的发现,即它属于与字母有关的"书写的东西",无不提示我们,应当充分重视西方文化中文学之书面印刷文本的基本特征。

在笔者有限的视野中,对这些与写作作者有关的符号信息进行系统的形式论研究,创造出一套理论术语的,是赵毅衡的广义叙述学。至少,他的广义叙述学的符号学视野与理论框架,无法错过这些符号信息。从符号学来说,任何符号文本都要传递信息、表达意义。在他的广义叙述学的概念框架中,文学虚构叙述文本中有关写作作者的一切,属于"副文本"信息,即"伴随文本"的一个种类。这些副文本,既可作为所接受的对象文本的显性因素存在,以某种记号形式落在文本边缘,也可作为所接受的对象文本的隐性因素"缺席式存在",处于文本之外[③]。这些副文本经常不算作文本的一部分[④],即不能算作俗称的文本"正文"的一部分。但他也非常恰当地强调,这些种类的文本"携带了大量的历史、社会约定和文化联系","严重影响着我们对文本的解释"。问题在于,站在经典叙述学的立场,将与写作作者相关的副文本信息纳入文学虚构叙述文本的解释,并不合法。应该说,这是赵毅衡的广义叙述学回避了的问题。遵循经典叙述学的思路,文学虚构叙述文本的边界,是叙述者的叙述行为与话语所能操控的世界。

---

① [英]杰克·古迪:《神话、仪式与口述》,李源译,中国人民大学出版社2014年版,第97页。
② [美]沃尔特·翁:《口语文化与书面文化:语词的技术化》,何道宽译,北京大学出版社2008年版,第8页。
③ 赵毅衡:《符号学:原理与推演》,南京大学出版社2012年版,第141页。
④ 赵毅衡:《广义叙述学》,四川大学出版社2013年版,第215页。

第五章 一般叙述学理论框架中的叙述主体与主体声音

这个世界,一般称为"虚构世界"。换言之,既然作者把故事讲述的权力完全让渡给了虚构叙述文本内的叙述者,作者就只能处于这个虚构世界之外,因而只能算作"副文本"信息。这种让渡,自然隔绝了文本内外的沟通——如前文所说,经典叙述学保留的"隐含作者",不过是读者从文本中反推出来的、文本中可能投射的作者写作人格而已,它只能永远处于半空,无法落地,因而有其虚化的一面。其实,这种极端化的权力让渡在照顾虚构写作一些常识的同时,也违背了它的另一些常识。正如前文讨论福柯时所指出的那样,既然写作作者主体人格在文学文本中有所体现,而文本的一切,包括对叙述者的选择、叙述者的叙述方式与叙述内容,不过是写作作者操控的符号表现,为何不可以从写作方向思考写作作者的主体性(包括自我)对文本的影响或在文本中的表现?同时,这种思考,既有前文所说的文字书面文化中作者主体对个性的自觉追求这种文化、社会大语境的支持,也有着文体学的支持——没有人能否认虚构叙述文本文体风格与作者写作个性的关系。反过来说,一味把虚构叙述中出现的一切寄托于叙述者的假定,也会使文本中不少基本现象如写作时间、语言风格、叙述形式选择等无法得到有效解释。比如,在阅读鲁迅的《孔乙己》时,会发现文本末尾有个时间落款,"一九一九年三月"①。它显然不是文本叙述者"我"发出的符号信息,不是叙述者讲述孔乙己故事的时间。作为文字书面文本中的符号存在,我们似乎又无法绕开,需要给予这个时间一个解释。同样,这个文本的语体风格,恐怕也不是完全寄托叙述者假定(包括叙述者模仿说)就能完全有效解释的——这也是该文本叙述学分析长期未能解决的难题。很难想象,完全不管与写作作者有关的符号信息的叙述理论,能完全有效评价一个作家的叙述艺术,能写出一本真正的文学史。的确,处于写作状态的作者处于实在的现实世界,他不可能穿越到虚构世界(包括故事世界),但这只是针对

---

① 鲁迅:《孔乙己》,《新青年》第6卷第4号,1919年3月。

他的物理上的身体而言，他的主体性、自我、人格等，即一般所说的写作作者的心灵或精神，可以自由地穿梭于虚构叙述文本与现实生活之间。这一点，也是常识。因此，前文提到的有关写作作者信息的一切，完全可以合法化地纳入对文学虚构叙述文本的解释中，只是我们须重视写作作者人格与非写作时的作者人格的区分。而上文的讨论，也让我们看到了文学虚构叙述中写作作者一些基本的存在方式。

其实，文字书面文化中文学虚构叙述的作者的存在方式，长期以来都或深或浅地烙印着口语文化故事讲述传统的痕迹。在以前的文学批评中，由于深受经典叙述学立场的影响，忽视了这一点。细心的读者会发现，在以文字书面文化方式流传的西方文学中，存在大量具有如下明显特点的虚构叙述作品：第一，写作"序言"的作者与文本故事中的叙述者存在明显的"连接"；第二，写作虚构文本的作者直接在虚构文本中行动；第三，像口语文化中的故事讲述者直接面对听众那样，文字书面文化的作者总是喜欢在序言中，尤其在小说文本中，一本正经地不断地提醒读者注意什么，与读者保持交流。下面列举几个西方文艺复兴时期虚构叙述的例子。

第一个的明显例子是薄伽丘（也称卜伽丘）的《十日谈》。"原序"作者与文本故事第一天出现的第一层次的叙述者存在明显的"连接"："原序"交代了写此书的目的，提到书中故事由最近瘟疫期间七女三男讲述的来历，文本故事"第一天"中的"我"交代了故事产生的背景，煞有介事地如同讲述历史那样讲述佛罗伦萨城的瘟疫，介绍7个女性3个男青年的出场，强调"我"对他们故事讲述的记录，在这些交代之后，文本故事主人公依次出场[①]。从序言到文本，所涉内容相似，所表达的情感、价值观念，行文风格，尤其一致。而且，文本故事"第一天"还直接出现了"作者首先对男女集合的缘由作了说明……"这样的话语。现代文学批评一般把这些看成作者追求真实性

---

① ［意］卜伽丘：《十日谈》，方平、王科一译，上海译文出版社1988年版，第3—28页。

第五章　一般叙述学理论框架中的叙述主体与主体声音

的一种重要方式（表现了"史诗传统"，下同），这没有什么不对，但从口语文化来说，它们不过体现了故事讲述人、叙述者兼作者自由出入文本，时时、处处把控所讲故事的历史痕迹。

第二个的明显例子是但丁的《神曲》。这部作品的意大利语版"地狱"第一篇开端，直接说到"但丁的喜剧开始了……"，然后写到他（诗中的"我"）人生中途迷途黑暗的森林等①。不少英文版、汉语版删除了这段话。然后就是整部《神曲》写"但丁"对三界的游历，对人类生命之路的探索。从经典叙述学来说，只能把这个托名为"但丁"的人理解为文本叙述者兼人物，而不可能把他理解为作者但丁。但是，人们似乎也乐意承认这个托名为"但丁"的叙述者兼人物就是精神的但丁——从语义学来说，就是纯粹语义学的隐喻指称。其实，从口语文化来说，不过就是故事讲述者、作者主体穿越不同世界的一种表现而已，这个文本的梦幻文学书写形式，也会促成这一点。

第三个的例子太多。《堂吉诃德》中的"前言"，作者以讥消的语言与假想的读者交流，告诉读者按照自己的感受评价作品，讽刺假装学问的时风，尤其假借朋友之名讨论怎么写作，强调自己只想讲故事，写堂吉诃德的传记（信史）②。在正文中，"我"时时与读者保持交流，告知读者本书哪一部分写什么，交流故事怎么写，而不是一门心思只讲故事，模拟人物言行，完全就像是口语文化的故事讲述者，或者中国说书艺术中的说书人面对观众在说书一样。杨绛在"译本序言"里提到作者借人物讨论写作，认为这"分明就是作者本人的意见"，从口语文化遗风来说，这个看法确实悟到了该作品写作的特点。再如拉伯雷的《巨人传》。虽然不能直接把文本中讲故事的"我"即叙述者简单等同于写"前言"的作者，但口语文化传统也异常明显。第一部"作者前言"："著名的酒友们，还有你们，尊贵的生大疮的人——因

---

① Dante Alighieri, *La Divina Commedia*, p.4, www.liberliber.it（［意］但丁：《神曲》，黄国彬译注，外语教学与研究出版社 2009 年版）。

② ［西］塞万提斯：《唐吉诃德》（上、下），杨绛译，人民文学出版社 1983 年版，第 3—10 页。

为我的书不是写给别人,而是写给你们的";第一部第一章,"要认识高康大出身的谱系和古老的家世,我请你们参看庞大固埃伟大的传记,从那里你们可以详细地看到巨人如何生到这世上来,庞大固埃的父亲高康大又如何是他们的嫡系后裔。我请你们不要怪我暂时先不谈这些","再让你们了解一下现在在说话的我吧,我想我就是从前什么富贵的国王或贵人的后裔"[1]。作者、叙述者说话的口吻与方式,与口语文化直接面对听众的故事讲述者几无差异:人物故事,说话的人;人物的过去,说话的现在;一边是故事,一边是读者(听众);等等。其微妙差异处,无非叙述者直言自己是以写书的形式在给读者讲故事。成钰亭的这个译本,还在第一部正文开始前译出了"给读者",也暴露了口传文学故事讲述者(叙述者)与作者混合的痕迹。该书根据法国"七星诗社丛书"1951年版译出,收有"给读者""作者前言",以及第一章和第二章[2],这是其他一些法文版本、英译本没有收录的。

　　纵观西方古典文学传统,这个单子还可以开列下去。这里只对文艺复兴时期的虚构叙述作个小结。米兰·昆德拉认为拉伯雷的《巨人传》"是在小说之名存在以前就已经存在的小说",即还没有受到规范上的约限、自由发挥的、"不正经的"小说,因为那时还没有美学纠察队,小说艺术的建构还无迹可寻,正因为如此,"拉伯雷的作品隐含了美学上无限的可能性"[3]。这种理解,无疑适用于讨论文艺复兴时期的虚构叙述。总体而言,文艺复兴前期、中期的小说写作,体现出一种作者主体肆意狂欢的状态。无论是在作者"前言""告读者",还是文本正文,作者总是以或俏皮幽默、或含蓄讽刺、或深沉机智等风格描述世情,探讨人生,故事是别人的,议论、思考却往往是作者自己的。爽朗乐观、嬉笑谐戏之中,作者自由出入文本,激扬文字,指点人生。这一切,似乎也是口语文化的故事讲述传统在这个时期的一

---

[1] [法]拉伯雷:《巨人传》,成钰亭译,上海译文出版社1981年版。
[2] François Rabelais, *Gargantua et Pantagruel*, Tome 1, *Gargantua*, Texte transcrit et annoté par Henri Clouzot, Université d'Ottawa, 2010.
[3] [捷克]米兰·昆德拉:《相遇》,尉迟秀译,上海译文出版社2010年版,第81—82页。

种自由挥洒。按照米兰·昆德拉的理解，西方后来的小说正经起来了，小说戒律多起来了，不少小说文人化了，精英化了。但是，考察西方后世小说，包括19世纪的写实主义小说，20世纪的现代派文学，我们似乎还是能发现或明或暗的口语文化故事讲述的传统。而且，小说的文人化、精英化，似乎从另一个方向表明了作者主体强化的方式。

最后，有必要提及元小说。马原的中篇小说《虚构》开篇直接以其作家身份唠叨自己的生活、写作经历，明确说自己作为作家不过是在杜撰故事，接着又正儿八经地讲起自己经历的故事，然后又明确说故事是杜撰的，自我调侃式的语气语调，真真假假的语意表达，有板有眼的故事讲述与严肃宣称故事是杜撰，一切似乎都不确定，但一切又似乎未必全假①。是否可以把这种小说形态理解为，对作者与叙述者之间完全处于隔绝状态的经典叙述学理论的解构？因为，元小说的意图之一，就是挑战虚构文本与作者的界限，挑战作者与叙述者的完全分割。其实，作者与叙述者之间的无界限，本来就是口语文化故事讲述的传统。在此意义上，现代元小说似乎是对口语文化的一种遥远呼应。

第二节　叙述者、主体声音、副文本信息与虚构文本的解释

在经典叙述学的理论框架中，叙述者的叙述表达，包括叙述形式或艺术、文体风格的选择，叙述话语的含义取向，都只能归结为叙述者主体。但这实在无法有效解释一些叙述文本，尤其是文学虚构叙述文本的叙述策略、形式及其文本意蕴。也是在经典叙述学理论框架中，"叙述声音"是一个使用方便却极易引发误解的概念。无论怎么细化这一概念在具体叙述文本中的表现与功能，都只能把它限定在叙述者或叙述者兼人物这类主体上。问题在于，一方面，即使对虚构叙述文

---

① 马原：《虚构》，《马原文集》卷一，作家出版社1997年版，第1—54页。

本来说，其文本内故事世界内外的主体都可能有自己的主体声音呈现；另一方面，对于故事演示类叙述文本来说，其叙述文本的参与主体既可能没有经典叙述学意义上的叙述者，又大多不直接出现在叙述文本内，更不必说出现在故事世界中，但无论哪种情形，这些参与主体却都可能在叙述文本中有着自己的主体声音呈现。而且，一些参与主体本身还可能在叙述文本中呈现不同的声音。另外，正如上一节所论，从经典叙述学立场所认定的居于叙述文本外的副文本信息，往往对于叙述文本的解释起着不可或缺甚至致命的影响。

这表明，经典叙述学封闭叙述文本的文本解释策略或观念，需要切实打开。一旦打开，许多叙述文本解释的疑难才能得到有效澄清。在此意义上，一般叙述学需要对基于经典叙述学的叙述视角、叙述主体、叙述者的叙述与写作作者创构叙述的关系、副文本之于具体的解释等问题进行重新解释，力求提出一些新的概念、解释框架，以更有效地服务具体叙述文本的解释。

下文首先对叙述视角、叙述声音作了理论反思，然后以新的概念与解释思路重新阐释了《孔乙己》这个经典文本的一些疑难问题。

一　叙述视角与叙述声音理论反思

热奈特在初创其叙述理论时期，面临术语选择的难题，多从隐喻角度使用术语，术语不够恰切就成为常态。在《叙述话语》一书中，他强调把叙述的"模式"（法文 mode，英文 mood）与叙述的"声音"（法文 voix，英文 voice）区别开来，把人物与叙述者区别开来，即把"谁在看""谁在说"严格区分开来，指出不能把叙述者的叙述行为限制在"视角"上[①]。具体讨论中，"谁在看"的问题被大致视为"聚

[①] Genette Gérard, *Narrative Discourse: An Essay in Method*, trans., Jane E. Lewin, New York: Cornell University Press, 1980, pp. 186, 213. 汉语学界多把他的《叙述话语》一书中的法文词 mode 与 voix 汉译为"语式"与"语态"。这种翻译过于专业，表意不够直接明白。法文词 voix 的基本意思是声音、心声（愿望、意见）。

第五章　一般叙述学理论框架中的叙述主体与主体声音

焦"的问题，又最终以"视角"（法文 perspective，英文 point of view）概念过于视觉化而用含义较笼统的"聚焦"（focalization）概念替代了它，并用零聚焦、内聚焦（固定式、非固定式、多重式）、外聚焦的模式替代了托多罗夫的叙述者＞人物、叙述者＝人物、叙述者＜人物三种分类。即使这样，他有时也会提到人物的视角。因此，视角始终是一个使用方便的概念。可以看出，这里主要处理的是叙述者与所讲述的人物及其故事之间的关系，即叙述者与人物的关系。这种关系可表述为，以人物视角为基点讨论聚焦，以叙述者的叙述与人物视角的关系讨论叙述，包括"叙述者兼人物"的情形。换言之，"谁在说"的问题被集中在叙述者的叙述行为上。只有叙述者才进行叙述这一点，在他专门讨论叙述声音的那一节得到强化。他从叙述主体的角度讨论叙述声音，叙述声音被局限在叙述者那里（包括叙述者兼人物的情形），不涉及人物，更不涉及被完全排除的"写作作者"或真实作者、读者。

　　热奈特的这套术语与理论，被其他经典叙述学家如里蒙－基南与米克·巴尔等以极为通俗的方式继承下来。他们都特别重视"谁在看"与"谁在说"或者"聚焦（者）"与"叙述（者）"的严格区分，认为只有叙述者才进行叙述表达，聚焦或聚焦者的一切都由叙述者叙述出来。里蒙－基南强调聚焦主体与客体的区分，聚焦者作为主体根据其感知确定表现的媒介，被聚焦者作为客体是聚焦者感知的对象。在考察聚焦和叙述在第一人称回忆式叙述中的区分时，她认为，一个成年叙述者在讲述自己孩提时的经历时，其叙述（语言）既可带有他在叙述时的感知"色彩"（外聚焦），也可带有孩提时感知的"色彩"（内聚焦），还可介于两者之间而模棱两可[①]。米克·巴尔考察了在三个层次上起作用的三个行动者即行为者、聚焦者、叙述者的关系。这种考察提醒我们注意观察的人与被看对象之间的关系，以及"叙述意

---

① Shlomith Rimmon-Kenan, *Narrative Fiction: Contemporary Poetics* (2nd ed.), London and New York: Routledge, 2005, p. 86.

图"对于外在式叙述者与人物叙述者之间的区别的作用①。但是,两人基本未对"叙述声音"进行较直接的讨论。

经典叙述学时期 S. 查特曼的相关论述尤其值得一提,他的贡献与局限都对后来学界产生了很大影响。他区分了叙述视角与叙述声音②。"视角"指身体方位,即眼睛感知方位、意识形态立场或实际生活定位。简单来说,指谁在感知,体现谁的意识形态、观念系统、信仰、兴趣、利益等。事件叙述就建立在这样的视角基础上。与"视角"相对,"声音"指言说或其他公开的媒介手段,事件或实存通过它与读者交流。简言之,"声音"指叙述表达,即"谁在叙述"。在他看来,人物、叙述者,隐含作者都能体现一种或多种视角,而视角与叙述表达以多种方式结合在人物与叙述者身上,比如由叙述者感知事件并叙述,或者人物感知事件而由叙述者进行叙述——此时人物可听见声音也可听不见声音,或者读者分辨不出谁在感知事件。

非常明显,S. 查特曼延续了这个时期其他理论家对视角与声音的简单理解,并作了过于对立的处理:"视角在故事之内,声音总在故事之外,总在话语(叙述表达)中。"③一方面,他所理解的"视角",后世学者多理解为"声音"。另一方面,他也把声音简单理解为叙述者的叙述。在他看来,人物兼叙述者在回忆自己的过往时,过去作为人物的感知,只能是一种概念性的、或思想观念性的。也就是说,在回忆中,过去的感知就不再是感知——这是李铁秀不同意《孔乙己》同时采用了两种眼光,认为区分叙述声音与叙述眼光没有必要的主要理论依据④。这

---

① Mieke Bal, *Narratology: Introduction to the Theory of Narrative* (2nd ed.), Toronto: University of Toronto Press, 1997, pp. 145 – 165.

② Seymour Chatman, *Story and Discourse: Narrative Structure in Fiction and Film*, New York: Cornell University Press, 1978, pp. 151 – 158.

③ Seymour Chatman, *Story and Discourse: Narrative Structure in Fiction and Film*, New York: Cornell University Press, 1978, p. 154.

④ 李铁秀:《〈孔乙己〉叙述人问题另论——一种细读文本与理论兼商榷的新尝试》,载《叙事学研究:理论、阐释、跨学科——第二届国际叙事学会议暨第四届全国叙事学研讨会论文集》,外语教学与研究出版社 2013 年版,第 178—190 页。

第五章 一般叙述学理论框架中的叙述主体与主体声音

种看法一直延续到 20 世纪末他的《术语评论：小说与电影的叙述修辞学》一书中（1990）。他在该书中再次强调，叙述者与人物只能通过言语替代式地体验曾经经历的原始事件（故事世界），而不能穿透话语这层隔膜（discourse membrane）去直接体验[1]。

通观 S. 查特曼的叙述理论可以发现，他基本都在故事与话语这个简单二元分立的基础概念框架中建构他的理论，这带来了方便，也引发了不少问题。叙述学发展至今，已很少有学者把"视角"仅仅归于故事世界，把"声音"简单归于话语表达领域。正如他有时所说，故事无法离开话语独立存在[2]。实际上，他对现象学关于感知体验的观念作了过于狭隘的理解，并把它当作教条简单运用到叙述话语的理解上——他对叙述话语理解的失误还表现在，由于他把观念、意识形态等价值或立场的东西分配给了"视角"这一概念，就只好以"声音"不能表达过去事件的感知体验而让此概念基本悬空。他关于人物兼叙述者在回忆时无法感知体验过去原始事件的说法，的确具有现象学的理论基础：事件当事人对原始事件的感知，只能彼时彼地，回忆时已然处于此时此地，直接感知或体验已无任何可能。但是，这只是问题的一个方面。胡塞尔现象学还告诉我们，事件当事人还可以在记忆（回忆）或想象中再现感知表象[3]。而且，事件当事人也可以事后在回忆中用语言描述（还原）曾经的感知体验。如此看来，S. 查特曼的这种说法也违背了语言表达的常识，或者说语言表达的特权。也就是说，人物兼叙述者完全可以在回忆性的话语表达中描述（还原）过去的感知体验。这还是就人物兼叙述者来说的，如果是故事世界外的叙述者，则可从人类的虚构、想象、模仿、经验共感共情等能力、叙述策略与

---

[1] Seymour Chatman, *Coming to Terms: The Rhetoric of Narrative in Fiction and Film*, Ithaca and London: Cornell University Press, 1990, p. 144.

[2] Seymour Chatman, *Coming to Terms: The Rhetoric of Narrative in Fiction and Film*, Ithaca and London: Cornell University Press, 1990, p. 117.

[3] ［德］胡塞尔：《逻辑研究》第二卷第二部分，倪梁康译，商务印书馆 2015 年版，第 955 页。

叙述接受契约来论证这一点的合法性。简言之，从常识角度说，事后回忆，完全可以叙述当时的感官感受，表达现在的和过去的看法。

申丹关于"叙述声音"与"叙述眼光"的早期讨论（1998），也有一些局限。她使用的"叙述声音"概念与热奈特的"叙述声音"概念基本对应，其"叙述眼光"则大致相当于热奈特的"视角"："我们不妨用'聚焦人物'一词来指涉其眼光充当叙事视角的人物。"[①] 准确地说，"叙述眼光"系她对热奈特的"point de vue"（point of view）一词的汉译。她认为，该词还具有"特定看法、立场观点、感情态度"等非感知性含义。这自然是对的。但该词的字面或表层含义比"视角"更浅白地倾向于视觉含义，倒也没有争议。也许，正因为如此，汉语学界使用"叙述视角"一词的人远远超过使用"叙述眼光"的。该少见汉译词有时会使读者弄不明白它到底对应于热奈特等叙述学家的哪个概念。同时，该词在含义上与"叙述声音"多有交叉，容易与后者混淆。这种混淆倾向，由于其未对"叙述声音"与"叙述眼光"作进一步区分——她有时谈到的"叙述声音"在"叙述者兼人物眼光"的混合一体情形，更加剧了这种倾向。另外，她也基本把"叙述声音"限定在叙述者或叙述者兼人物身上，而没有拓展至人物、隐含作者或写作作者等参与叙述文本建构、可能体现其主体声音的众多主体身上。

不过，需要指出，这些问题对于现代叙述学的早期发展来说，具有相当普遍性，不必苛责。换言之，如果我们使用"叙述视角"这个概念，也容易与"叙述声音"发生混淆。正因为如此，赵毅衡在阐发西方现代叙述学的早期（1998），就使用了"叙述角度"这个歧义相对小得多的概念，以及"叙述方位"这个包容性大的概念。"叙述方位"这一概念，把叙述者的形态（第一人称、第三人称，隐身或现身，单式或复式等）、叙述者的身份（主角或次要人物）等涵括进来，使"叙述者与叙述角度的可能配合方式"得到了较为全面与清晰的解

[①] 申丹：《叙述学与小说文体学》，北京大学出版社1998年版，第186页。

释。与热奈特、S. 查特曼等理论家不同，他没有把"叙述声音"局限在叙述者那里（包括叙述者兼人物），而是明确在叙述主体的框架中解释"叙述声音"问题："叙述主体的声音被分散在不同的层次上，不同的个体里，这些个体可以是同层次的，也可以是异层次的。用语言学家的术语来说是'分布性的'或'整合性的'。从叙述分析的具体操作来看，叙述的人物，不论是主要人物和次要人物，都占有一部分主体意识，叙述者不一定是主体的最重要代言人，他的声音却不可忽视。……隐指作者应当说一部作品只有一个，但在他身上综合了整部文本的价值。"① 应该说，在这样的概念框架中，就不太容易发生"叙述声音"与"叙述视角"的混淆，"还原"了叙述文本参与主体之主体性的客观实际，具有相当强的说服力与明显的理论优势。赵毅衡的这种理解，在中西理论界都算是比较早的。直到 2003 年，普林斯在《叙述学词典》修订版中还这样总结两者的差异：视角提供有关"谁看"的信息，谁感知，谁的角度控制该叙述，声音提供"谁说"的信息，叙述者是谁，叙述场合是由什么构成的②。这基本只是对西方现代叙述学早期理论家对"谁看""谁说"问题理解的简要概括。这种概括的局限显而易见，其一，没有具体提到这两个概念在各种主体那里的基本搭配形式与呈现模式；其二，它主要针对文学虚构叙述，没有考虑纪实性叙述的情形；其三，对于文学虚构叙述来说，也没有把"写作作者"考虑进去。另外，傅修延等就普林斯对视角与声音差异的解释、巴赫金对声音的认识等所做的分析与总结，也值得重视："叙述声音可能不止一个，因此倾听叙述声音不等于只倾听叙述者或隐含作者的声音。事实上，叙述者或隐含作者往往只是重要的声源之一，文本中可能还存在着与其相颉颃的其他声源"③。叙述文本到底潜

---

① 赵毅衡：《当说者被说的时候》，中国人民大学出版社 1998 年版，第 121、129 页。
② Gerald. Prince, *A dictionary of narratology* (Revise ed.), Nebraska: University of Nebraska Press, 2003, p. 243.
③ 傅修延、刘碧珍：《论主体声音》，《江西师范大学学报》（哲学社会科学版）2017 年第 3 期。

隐着哪些种类的主体声音，或者说，叙述文本到底有着哪些主体声音形态，还需要继续深入地探微。

至此，可以这样小结。首先，在叙述眼光，叙述视角与叙述角度三个概念中，叙述角度（angle of narration）的视觉性含义最少，歧义最小，能与各种叙述者构成各有意义的配合，可用它替代叙述眼光，尤其叙述视角这一学界至今流行却歧义丛生的概念；其次，叙述声音实为参与叙述文本建构的各种主体体现出来的声音，它既不局限于叙述者（包括叙述者兼人物），也不局限于人物（演示叙述文本类型主要表现为角色与形象），还体现在隐含作者和众多参与叙述文本建构却可能不直接出现在故事世界，甚至叙述文本内的等众多主体那里，因此，宜用主体声音这一概念替代叙述声音这一使用方便却又极易引发误解的概念。另外，由于一些学者至今关于叙述视角、叙述声音的讨论不同程度受限于经典叙述学视野，排除了构思与创作叙述符号文本（包括构思与选择叙述者、叙述形式与内容等）源头的"写作作者"，因此，尤其对书面文字虚构叙述文本来说，其主体声音还应扩展至"写作作者"。简言之，在笔者看来，叙述者、叙述角度与主体声音一起，构成了阐释叙述文本较为简易、有效的概念工具组合。下文对《孔乙己》叙述形式、意义与思想的阐释，就基于这样的概念与理论框架。

二 《孔乙己》文本阐释：叙述者、主体声音与副文本信息

（一）《孔乙己》争论述评与新的文本阐释思路的提出

到底怎么看待《孔乙己》的叙述者，一直以来众说纷纭。代表性的观点有两个，钱理群认为是咸亨酒店的"小伙计"[①]——"部编版初中语文教材"九年级下册的教学提示也持这种观点："这篇小说以酒店小

[①] 钱理群：《〈孔乙己〉叙述者的选择》，载钱理群《名作重读》，上海教育出版社2006年版，第28页。

第五章　一般叙述学理论框架中的叙述主体与主体声音

伙计的视角叙述故事"①；严家炎认为是 20 多年后回忆往事的"我"②。

严家炎希望深化钱理群的观点，认为把《孔乙己》的叙述者说成咸亨酒店的"小伙计"不够确切。在他看来，虽然这个文本的叙述者是 20 多年后的"我"，但文本采用悄悄移位叙述者的方法，使文本具有"复调"的艺术效果："他有时可以用不谙世情的小伙计的身份面对孔乙己，把镜头推近，叙事显得活泼、有趣、亲切；但有时又可以把镜头拉远，回忆中带有极大的悲悯、同情，更易于传达出作者自身的感情和见解"③。也就是说，同一个叙述者，不同的叙述角度，以不谙世情的"小伙计"的角度，再现包括自己在内的当年咸亨酒店的人如何对待孔乙己，以离开酒店、已谙世事、成年的"我"之回忆者的角度回忆故事。

两位前辈的思考不乏深刻，但从叙述理论的角度来说，两位前辈的一些说法，尤其对一些关键术语的理解，还显得有些模糊。钱理群在表述文本的叙述者时，指代不够明确："《孔乙己》中的'我'是咸亨酒店的小伙计，也就是说，作者有意地选用'小伙计'作为小说的'叙述者'。"④ 叙述者到底是少年时期在咸亨酒店当差的"小伙计"，还是成年后回忆当年往事的"我"，他没有明确。实际上，尽管他有时提到这个"小伙计"的观察者、回忆讲述的叙述者两种功能，但基本只是把"小伙计"看成观察者。观察者与叙述者，两者被完全混同。这种混同与他以下理解密切相关，在对待孔乙己的态度上，前后两个时期的"我"没有变化，都是"看客"。这一点，可以再讨论。但他对叙述者概念本身的理解，是不够清晰的。也正是在这一点上，

---

① 王本华等主编：《语文》义务教育教科书，九年级下册，人民教育出版社 2018 年版，第 22 页。

② 严家炎：《复调小说：鲁迅的突出贡献》，载严家炎《论鲁迅的复调小说》，北京大学出版社 2011 年版，第 72 页。

③ 严家炎：《复调小说：鲁迅的突出贡献》，载严家炎《论鲁迅的复调小说》，北京大学出版社 2011 年版，第 72 页。

④ 钱理群：《〈孔乙己〉叙述者的选择》，载钱理群《名作重读》，上海教育出版社 2006 年版，第 28 页。

— 167 —

严家炎抓住了要害。所谓叙述者，通俗地说，就是故事的讲述者，即谁在讲故事。显然，《孔乙己》的故事讲述者，是20多年后已成年的"我"，主要是"我"在以回忆的方式讲述过去的事情。然而，在严家炎的论述中，也同样表现出概念理解与表述不够明晰的情形。他说的"可以悄悄移位的叙事者"，乍一看还真是不明白其意。联系其他表述，才知指"叙述角度的变化"。但就是这个不够明晰的说法，也引发了质疑。

李铁秀主要针对严家炎的观点指出，《孔乙己》的叙述者，既不是20多年前的那个"小伙计"，也不是"复调"式的两个"我"，而是20多年后的"我"①。他认为，20多年前的"小伙计"不可能是追忆文本的叙述者，把20多年后写成叙述文本的叙述者当作20多年前的"小伙计"是自相矛盾，20多年前的"小伙计"也是被叙述出来的。其理由有两点：其一，文本的叙述时态是"过去时"而不是"现在时"；其二，违反了托多罗夫关于"叙述体态"的定义，把叙述者大于人物（"从后面"观察）误认为叙述者等于人物（"同时"观察）的情形。对于第二点，他还大篇幅地从叙述声音与叙述眼光的差别、其判断标准的角度，作了较深入的讨论。其最终的结论是：《孔乙己》采用的是叙述者"我"目前追忆往事的眼光，而非被追忆的"我"过去正在经历事件时的眼光，也并非同时采用两种眼光。

客观地说，李铁秀的立论首先是建立在有所误读严家炎核心观点基础上的。他直接把"可以悄悄移位的叙事者"这个容易引发误解的模糊表述理解为严家炎认为《孔乙己》有两个叙述者，而后者明确反对把"十二、三岁的酒店小伙计"看成《孔乙己》的叙述者。其次，其立论也是建立在援引理论本身明显局限上的——这导致了其论述出现明显偏差。他认为，"《孔乙己》的'复调'性叙述不是'叙述者

---

① 李铁秀：《〈孔乙己〉叙述人问题另论——一种细读文本与理论兼商榷的新尝试》，载《叙事学研究：理论、阐释、跨学科——第二届国际叙事学会议暨第四届全国叙事学研讨会论文集》，外语教学与研究出版社2013年版，第178—190页。

第五章 一般叙述学理论框架中的叙述主体与主体声音

的移位',而是'叙述的移位'",其实质"仅仅是怎么叙述的叙述方法问题"①。什么叙述方法?论文没有落实,也无法落实,因为他并不认为文本体现出"我"在不同时期对相同事件不同认识的对比。在他看来,这种对比是似是而非的误读,认为那只是 S. 查特曼的"叙述者表达的是对自己在故事中的视觉和想法的回忆而不是故事中的视觉和想法本身"②。正因为如此,他认为,对于文本来说,完全没有必要区分叙述声音与叙述眼光。正如前文所论,S. 查特曼的这种说法并不成立。

从上文简要述评可以看出,学者们对《孔乙己》的叙述者持不同看法的根本原因是对叙述者、叙述角度、叙述声音、叙述眼光等叙述学基础概念及其理论的理解存在明显分歧。这些分歧,导致了对《孔乙己》的叙述形式及文本整体思想理解的差异或偏差。

下文尝试以前文重新理解的叙述者、叙述角度与主体声音概念框架去阐释《孔乙己》这一虚构叙述文本。同时,为了使《孔乙己》这一文本思想阐释的深度、广度得到合法拓展,其叙述语言风格这个疑难问题得到更为有效的解释,本文也试图超越经典叙述学的理论视野局限,考察了与写作《孔乙己》有关的"写作作者"的信息,包括直接呈现于该书面文字文本中的副文本信息,即作为"写作作者"的主体声音。

(二)《孔乙己》的叙述者与主体声音

这个文本的叙述者就是 20 多年后的"我",这没有疑问。由于叙述者"我"同时身兼故事人物,关键问题有三个:第一,这个叙述者在回忆自己过去的经历时,是否以 20 多年前"我"做"小伙计"时的角度在看待文本主人公孔乙己?第二,这个叙述者在回忆时,是否

---

① 李铁秀:《〈孔乙己〉叙述人问题另论——一种细读文本与理论兼商榷的新尝试》,载《叙事学研究:理论、阐释、跨学科——第二届国际叙事学会议暨第四届全国叙事学研讨会论文集》,外语教学与研究出版社 2013 年版,第 178—190 页。

② 李铁秀:《〈孔乙己〉叙述人问题另论——一种细读文本与理论兼商榷的新尝试》,载《叙事学研究:理论、阐释、跨学科——第二届国际叙事学会议暨第四届全国叙事学研讨会论文集》,外语教学与研究出版社 2013 年版,第 178—190 页。

具有回忆时的声音？第三，叙述者的叙述表达，包括文体风格、叙述形式等，仅仅属于叙述者的，还是投射了，甚至就是"写作作者"（虚拟作者、隐含作者）的文体风格特征、叙述形式构思等？换言之，完全不看"写作作者"等副文本信息，是否能把该虚构叙述文本的叙述艺术以及通过这些叙述艺术所表达的文本意蕴说清楚？

很明显，这个叙述者"我"在回忆自己过去的经历时，对当年做"小伙计"时的"我"这个主体的意识、心智采取了"还原"的立场，即以当年做"小伙计"时的"我"这个主体的心智水平、是非观念在对待文本主人公孔乙己。鲁镇小酒店的其他人怎么看待孔乙己，做"小伙计"的"我"也基本怎么看待他。"我"也烦他的迂腐，嘲笑他的穷摆阔，以取笑他为乐子，冷漠的对待他，也是一个"看客"，等等。这一点，学界基本没有争议。同时，叙述者"我"以回忆角度叙述自己过去的经历，文本多处有提示，此不赘述。关键是，这个回忆的"我"是否也具有回忆时的"我"的主体声音？要回答这个问题，有两点很重要，需要先提出来。这个叙述者的叙述方式，基本是对故事本身的讲述，很少直接就人物与事件发表评论，几乎没有"评论干预"。这种叙述方式极大影响了文本的语体风格。文本倾向于"客观"甚至"冷漠"叙述，直接暴露叙述主体态度的语词较少。这些特征，决定了讨论该文本叙述者在讲述自己过去的故事时所呈现的主体声音的难度。下文选择一些相对容易暴露主体声音、意蕴复杂的语句，结合文本上下文，尤其是文本整体的主体声音呈现与意蕴表达，具体分析文本中两个"我"在不同时期对待孔乙己的态度。

有论者说，"只有孔乙己到店，才可以笑几声，所以至今还记得"，[①]这句话表明了叙述者在回忆时依然把孔乙己当作笑料，因而认为两个时期的"我"在对待孔乙己的态度上没有差异。把握叙述者主体或人物主体的声音或态度，既需要联系文本上下文具体把握，更需要联系

[①] 鲁迅：《孔乙己》，《鲁迅全集》第1卷，人民出版社2005年版，第457—458页。

第五章 一般叙述学理论框架中的叙述主体与主体声音

文本整体进行总体把握,哪怕其态度是矛盾的。以此思路看,这句话可作两个层面的解释。第一层,联系这句话前面语句的语义表达,这句话既是一个事实陈述,也是一个隐含的价值判断。陈述了一个事实,孔乙己与酒店众人的关系,仅仅是一个可以取乐的笑料而已;隐含的价值判断,作为"小伙计"的"我"与大家一样,都以孔乙己为乐子,都是"看客"。第二层,联系整个文本叙述者的价值取向,这句话主要是一个事实陈述,对于回忆的"我"来说,这件事是一个印象很深的记忆,"所以至今还记得",并拿出来讲述。当然,也可以说这句话同时隐含了一种价值判断,但这需要从进行回忆的叙述者"我"、甚至《孔乙己》这个叙述文本的"源初"构思者与创作者的"写作作者"对叙述内容的潜在选择、整体选择来考察。这一点,会在下文的相关论述中得到解释。

有论者认为,"孔乙己刚用指甲蘸了酒,想在柜上写字,见我毫不热心,便又叹一口气,显出极惋惜的样子"[①] 这句话表明了"我"这个叙述者回忆时对孔乙己的同情,这种理解不恰当。联系上下文,这句话要表达的主要意思,是孔乙己的迂腐。这无法否认。但是,也完全可以把这句话理解为"回忆"时的"我"对自己过去简单粗暴对待孔乙己的悔意,"我"现在对孔乙己的同情。事后回忆无疑首先面临回忆内容的选择。一般来说,只有那些给自己留下较深印象,有着不寻常意义的事件或细节才值得回忆。这句话表现的是一个细节,主要目的是强化孔乙己的酸腐,但这个细节的选择对于讲述回忆的叙述者"我"来说,无疑具有潜台词的含义,客观上也表达了回忆时的"我"的悔意与同情。其潜台词是,那时的"我"多么不懂事呀:已无大人理睬,只能在逗弄小孩中自慰其读书人的一点点自尊,现在已无人关心其死活、可怜的孔乙己!需要注意的是,这种同情绝不属于做小伙计时的"我"。那时的"我"与大家一样,都是"看客"。而潜

---

① 鲁迅:《孔乙己》,《鲁迅全集》第 1 卷,人民出版社 2005 年版,第 459 页。

藏这两者之间、不同时期的主体声音差异，恰恰体现了人类回忆哲学在思维、情感维度上的丰盈、辩证法与思想深度。值得一提的是，有论者认为这句话纯粹是回忆时的"我"的回忆，说是"我愈不耐烦了，努着嘴走远"，因而不可能看见这句话表达的内容。我们只能说，这里的"走远"，也不过是酒店里，在人的感知觉范围内，这样的细节完全可以察觉与感受到。

严家炎认为，"孔乙己是这样的使人快活，可是没有他，别人也便这么过"[①] 这句话最能表明回忆时的"我"的意识与心智，理由是20多年前的"我"说不出这样的话来。[②] 这种说法有道理。但还需要弄清楚的问题是，既然是从回忆时的"我"的角度说出来的话，它在上下文的功能是什么，尤其表明了回忆时的"我"什么样的态度。从语句在上下文的功能来说，这句话单独成段，具有种种意义之承上启下的作用。从文本内容或意义表达上说，这句话既是对上文孔乙己与众人第一重关系的一个小结：只有他到店，做"小伙计"的我"才可以笑几声"，大家也可以寻他开心，"店内外充满了快活的空气"；也是对下文孔乙己与众人另一重关系的预示：对众人来说，他来不来店里，生活照样过，他可有可无。从文本整体来说，这句话又是对孔乙己与这个世界的关系的精练概括，从中折射了他生活的那个环境周遭、那个世界的人情淡漠与世态炎凉。概言之，这句话既是一种生活事实的客观陈述，也隐含了回忆时的"我"一种不动声色的深沉感叹与悲悯、悲愤。下文的叙述既是对这个小结的照应，也是对它的深化。孔乙己好多天没有来，大家根本不关心。掌柜与"我"想起他没来，也只是因为他在粉板上赊账名单未除，大家提到他，也只是以继续寻他开心的角度数落已生活于冰窖般寒冷的他。最后，他到底是死是活，没有人关心，也没有人知道。从孔乙己的个人形象、命运转折来说，

---

① 鲁迅：《孔乙己》，《鲁迅全集》第1卷，人民出版社2005年版，第460页。
② 严家炎：《复调小说：鲁迅的突出贡献》，载严家炎《论鲁迅的复调小说》，北京大学出版社2011年版，第72—73页。

第五章 一般叙述学理论框架中的叙述主体与主体声音

这段话也颇富转折含义。这段话之上，孔乙己还多少保留着底层读书人的傲气与骨气，他不屑与非读书人辩论——尽管内心深处对自己连秀才都没捞到充满无奈，从不赊欠，逗弄孩子，使人快活，还保留一点点穿着长衫，站着喝酒，甚至要一碟茴香豆之类的下酒菜的自我安慰的虚幻荣光；这段话之下，他窃书被打，开始赊欠直到最终赊欠，不知死活。从文风来说，这段话之上，由于孔乙己这个"乐子"——他还能充当"乐子"，文本故事世界总有笑声，叙述总有一点点轻快之感；这段话之下，文风如文本故事世界中的秋风，越发萧瑟，凄冷悲凉，直至寂冷，分外凝重。那么，这句话隐含了回忆时的"我"什么样的态度呢？答案是，对孔乙己可有可无的喟叹。

到底怎么理解"见他满手是泥，原来他便用这手走来的"①这句话，尤其是其中的"原来"一词？表现的是做"小伙计"的"我"的怜悯，还是回忆时的"我"的怜悯？同样，这既是一种客观陈述——表现当时"我"的惊讶，亦无不可——也是做"小伙计"的"我"对孔乙己的态度：孔乙己落难如此，颓唐狼狈如此，旁人产生怜悯，在所难免。问题是，为啥文本中的其他人，比如掌柜、旁人，还是依然那样说笑孔乙己呢？只能说，那时做"小伙计"的"我"还涉世未深，"童心"还没有被炎凉世态完全磨灭——毋宁说，这也是该文本叙述策略的一种选择，以此形成该文本多个层次的主体声音。简言之，这句话既然是再现当年事件中"小伙计"的"我"怎么接待已彻底颓唐的孔乙己，就最好作此理解。

最能体现叙述者"我"回忆时对待孔乙己态度的语句，莫过于文本末句。"大约""的确"含义矛盾，两词并置，含义颇深。一方面，因为没有直接证据，故强调真不确定。另一方面，也在没有直接证据之下强调"确定"，其意蕴当在句意之外。关键是，在这种没有直接证据真不确定、最后也确定之中，"终于"一词的含义得到解释：在

---

① 鲁迅：《孔乙己》，载《鲁迅全集》第1卷，人民出版社2005年版，第461页。

众人都对孔乙己是生是死漠不关心的社会中,如此潦倒落魄、如此狼狈的他的死,既是一种必然,也是一种解脱。对他而言是一种解脱,对回忆的"我"来说,也是一种解脱。

从上文讨论可以看出,叙述者"我"在叙述20多年前的往事时,采取了两个主体相对分离的两种态度(声音),做小伙计的"我"对孔乙己的"看客"态度,一个涉世不深、心智粗浅、惯于"从众"又"童心"未绝灭的底层"小伙计"的心智状态,以及20多年后对世道人心具有一定认识,回忆时的"我"对孔乙己的怜悯与悔意。同时,上文的讨论,总是在句子或段落与文本整体的循环观照中,即对语句在上下文中或显或隐的语义、段落在文本结构中不同性质的含义、叙述者对叙述内容(回忆内容)的潜在选择之于文本意蕴释读的考察中,把握两个主体的态度距离、甚至同一主体之主体声音的不同侧面。

然而,本部分开头提出的第三个问题,实在无法在叙述者层面得到根本解决。答案只能从"写作作者"鲁迅,以及与写作直接相关呈现于《孔乙己》这个书面文字文本中的副文本信息那里寻求。

(三) 写作作者、副文本信息与《孔乙己》思想与叙述语言风格阐释

从经典叙述学完全排除"写作作者"的立场看,虚构叙述文本涉及的一切,无论内容还是形式,都是叙述者的选择。这些选择本身就具有意义,能或隐或显体现叙述者的声音或态度。直接一点说,叙述者选择某个事件、某种叙述角度、某种文风,都与其想要表达的意义、思想、主体态度等密切相关。它们似乎都能在文本内得到解释。前文提到"只有孔乙己到店,才可以笑几声,所以至今还记得"这句话所隐含的叙述者的价值判断,可能就隐含在叙述者对叙述内容的选择中。什么价值呢?理解了文本叙述者所采取的回忆时的价值取向,也就理解了其价值。很简单,如今翻晒这段回忆,正是因为当年那个可笑的孔乙己,那个同样可笑的做"小伙计"的"我"。在叙述者看来,就是这句话,包括这句话所从出的这一段,直接体现的这两点,值得回

忆并讲述。再强调一下，说"同样可笑的小伙计"，当然是已成年、思自己过去可笑、有悔意的"我"的看法。这个后来作为叙述者回忆过去的"我"，到底有多深沉，如果把整个叙述方式、整个文本文风等都看成他的叙述行为的结果，似乎也能说，这个"我"很深沉。但是，这个说法缺乏文本内有力的证据支撑。他后来从事什么，经历了什么，是否读过书，是否由少不更事的小伙计成长为一个对世事敏锐、思考深刻的人，文本并没有直接叙写，也没有暗示。文本呈现出来的，倒是 20 多年前做小伙计时的"我"的一些基本信息，出身底层，样子太傻，有初步的等级观念，读过一点书，知道茴香豆的一种写法，对读书人也不太尊敬，看人看事基本"从众"，等等。那么，问题来了，这样的人做叙述者，怎么可能以如此文风（用词贴切简练、表意深沉、文风冷峻冷漠）、如此叙述方式讲述出这样一个故事？站在经典叙述学的立场，这些问题都很可笑——事实上，基于其假定对叙述者的叙述行为与叙述文本内容、形式关系的阐释，往往不能较好落实叙述者主体特征的考察，不少考察较为牵强。人们或许会说，20 多年间"我"的生活空白，至少也没有完全根绝这种可能性。但"空白"不等于直接证明。因此，实在说来，这个问题，确实是排斥"写作作者"、广义文体分析的经典叙述学追问不起的。至少，经典叙述学对这个问题的解释相当有限。

再有，这个虚构叙述文本描写的社会历史背景比较模糊。一些文学虚构文本，尤其是那些注重较为抽象表达时代风尚、思想观念、社会生活状态的文学文本（如一些荒诞派文学文本），其深刻性往往与其背景模糊有关。对这类文本来说，似乎背景越模糊，文本表现的思想反而越深刻越具有普遍性。然而，这个文本基本不属于这个类型。同时，不少思想没有语境性，问题没有针对性，也会出现其所揭示的思想或问题的深刻性打折扣的情形。海德格尔的基础存在论，是公认的前所未有的深刻，但对于身陷集中营的利科来说，却显得过于抽象。集中营极端、具体、紧迫的此在境遇，使他深深体会到了基础存在论对个体具体生存的疏忽，从而激发了他终其一生都把存在问题放在一个具体的、甚至身体化的境遇中思考，而不是放在一个抽象的、理想主义的框架中思考，他始终关注个体生存、身体感觉、经验、境遇等[1]。因此，仅就《孔乙己》这个文本呈现或折射的社会语境来说，要想说该文本表达了多么深刻的思想，恐怕还是比较困难的。

于是，笔者将讨论推进到上文开头提出的第三个问题。

前文提到，叙述文本涉及的一切都是叙述者的选择，但说到底还是"写作作者"的谋划与操作。关于"写作作者"与写作、作品的关系，本书相关章节已有较深入的讨论，不再赘述。这里只就"写作作者"作为一个专门理论概念的理论意义作点补充。首先，它能够与非写作时的作者或作家区别开来。处于构思、写作时的作者或作家的心理、精神与人格状态，一般说来会与现实生活俗事俗务中作家其人的心理、精神与人格状态有所不同，"写作作者"构思、写作这一文本时的心理、精神与人格状态，完全可以不同于其构思、写作另一文本时的相关状态。这种理解，基于人格人性的多重性，人格人性在不同社会语境中的变动性、角色扮演性（表演性、面具性）等。这些都是现代人性人格理论的常识。其次，这个概念弥补了布斯创造的"隐含作者"这一概念的局限，可以使我们从写作方向讨论"写作作者"、副文本信息与（虚构）叙述文本的关系具有合法性。实际上，在《小说修辞学》一书中，布斯是在先提到"写作时的作者"（The author as he writes）这一表达后，才从"文本中心"立场、从读者接受的角度把它称为"隐含作者"的。隐含作者只是读者从文本信息中综合反推出来的意识形态等价值倾向。利用"写作作者"为文本留下的副文本等伴随文本信息，能辅助甚至深化文本理解与解释。书面文字文本的符号形态呈现特点，决定了文本中出现的一切并非都是叙述者的讲述——在书面文字戏剧文本中，这一点体现得尤其明显。不过，在利

---

[1] L. Dornisch, *Faith and Philosophy in the Writings of Paul Ricoeur*, Lewiston: The Edwin mellen, 1990, p. 24.

第五章　一般叙述学理论框架中的叙述主体与主体声音

用"写作作者"、副文本信息解读叙述文本时，依然要以叙述文本本身提供的信息作为基本的判断标准。

事实上，无论是钱理群、严家炎，还是其他学者，他们在阐释《孔乙己》的叙述形式、意义或思想时，都直接考虑到了这个书面文字文本标题下"鲁迅"这个署名以及其他一些副文本或伴随文本信息，差别只在于提供实证材料的多少，怎么利用这些材料，以及基于这些材料对文本叙述做出了什么样的阐释。严家炎强调"这是二十多年前的事，现在每碗要涨到十文"[1] 这句插话的重要性，认为它"交代出故事发生在戊戌变法之前亦即科举制度尚未废除之前，而不在说明酒的涨价"[2]。怎么单凭这句话就能如此推断故事世界外的历史时间与社会语境呢？故事世界并没有其他相对具体一点的社会语境交代。显然，他运用了鲁迅发表该文时留在文本末尾"附记"中的附记写作时间这个副文本信息，"一九一九年三月二十六日"[3]。这个时间，当然不是叙述者留下的，即不属于《孔乙己》叙述者叙述行为的结果，不属于该文本的叙述内容。该文本不属于书信体叙述等可以写下书信写作时间或故事讲述结束时间的文体——无论口述还是书面文字叙述，一般情况下都不会出现叙述者说出或写下故事讲述结束时间这样的结构：口述者一般不会对听众提及故事讲述的结束时间，书面文字虚构叙述文本的叙述者一般也不会把故事讲述结束的时间单独附在文末。一般情况下，没有这个必要。这个由作家鲁迅留下的写作时间（"附记"说是1918年冬天[4]），后来被编入各种版本，放在正文末尾。他就是按照这个时间推算出该文本故事的历史背景的。这种参照与推理，已经没有像经典叙述学那样简单排除作者，而是对文学虚构叙述文本作了历史实证的考察。

---

[1] 鲁迅：《孔乙己》，载《鲁迅全集》第1卷，人民出版社2005年版，第457页。
[2] 严家炎：《复调小说：鲁迅的突出贡献》，载严家炎《论鲁迅的复调小说》，北京大学出版社2011年版，第72页。
[3] 鲁迅：《孔乙己》，载《鲁迅全集》第1卷，人民出版社2005年版，第461页。
[4] 鲁迅：《孔乙己》，载《鲁迅全集》第1卷，人民出版社2005年版，第462页。

这种考察有其合理性。无论怎么强调文学叙述的虚构性，强调不能把文学虚构世界与生活世界等同，也没有人能否认两者的"可通达性"。赵毅衡专门讨论过文学虚构世界与实在世界的"通达"问题。他认为，"任何叙述文本，包括虚构叙述文本，都是跨世界的表意行为。任何叙述文本中都有大量的跨界成分"①。换言之，虚构文本世界本身就是一个"三界通达"的混杂世界，混杂了可能世界、不可能世界、实在世界的一些因素（赵毅衡后来把"可能世界"修改为"准不可能世界"，认为它才是文艺虚构世界的基本特征②）。这两个世界的通达规律，表现为"可能世界的人与物，都是实在世界中有对应"，或者说，文学虚构叙述作为心灵想象的产物，总有经验背景。

对于文学史上注重描写各个阶层的生活与精神状态，揭示社会与文化问题的文学创作模式来说，文学虚构世界与实在世界的可通达性就更加明显。从鲁迅发表《孔乙己》时文末的"附记"可知，作者当时是想通过该文本"描写社会上的或一种生活"③。同时，鲁迅1922年为其短篇小说集《呐喊》写的"自序"，则从较为具体的实证材料角度，强化了读者对《孔乙己》进一步作社会历史批评的可能性。鲁迅写这个"自序"时的人格、精神状态，肯定与其写《孔乙己》时的有所差异，但这个"自序"提供的材料，呈现了鲁迅这个时期小说写作的基本精神状态，勾勒了他写作《孔乙己》等多篇小说的"意图"：为改变愚弱、麻木、习惯作"看客"的国民精神，"不免呐喊几声"，即使是"铁屋子"里的寂寞呐喊，只惊醒几个较为清醒的人，"使这不幸的少数者来受无可挽救的临终的苦楚"，即使是用曲笔为某些小说文本平添一抹希望的亮色，也要"聊以慰藉那在寂寞里奔驰的猛士，使他不惮于前驱"④。简言之，这个"自序"无疑可以成为解释

---

① 赵毅衡：《三界通达：用可能世界理论解释虚构与现实的关系》，《兰州大学学报》（社会科学版）2013年第2期。
② 赵毅衡：《论艺术中的"准不可能"世界》，《文艺研究》2018年第9期。
③ 鲁迅：《孔乙己》，载《鲁迅全集》第1卷，人民出版社2005年版，第461页。
④ 鲁迅：《孔乙己》，载《鲁迅全集》第1卷，人民出版社2005年版，第437—442页。

第五章　一般叙述学理论框架中的叙述主体与主体声音

《孔乙己》的有效"伴随文本"。再者，基于大家对鲁迅其人其作关系的总体了解（新时代精神的先驱、以"文化启蒙"为己任的思想家与文学家、"文如其人"等），也容易在解释《孔乙己》时，联系他一贯的生活、基本思想与总体写作风格。

钱理群也正是在对鲁迅其人其作的整体观照中对《孔乙己》的叙述艺术、整体思想进行阐释的。他特别强调鲁迅特有的观察世事与人的方式及其艺术构思特点，即把人置于与他人（社会）的关系，首先是"思想关系"中来观察与表现，并由此揭示出《孔乙己》表现出的三个层次的"看"与"被看"的叙述模式。由于他未能准确确定该文本的叙述者，我们应该在本文提出或强调式引用的概念及其理论框架下，如主体声音、"写作作者"、叙述角度、态度距离等，对他的这三个层次有所完善。以聚焦者为中心，大体如下：第一个层次，20多年前做小伙计的"我"、酒客、掌柜、不出场的丁举人等与孔乙己之间的"看"与"被看"；第二个层次，20多年后作为叙述者的"我"以回忆时的态度对当时做小伙计的"我"自己、酒客、掌柜如何"看"孔乙己的"看"；如果我们承认作为叙述者的"我"之回忆时的"看"与文本隐含作者的态度还有一定距离，就会出现第三个"看"与"被看"的层次，即隐含作者，准确地说，是"写作作者"对回忆的叙述者"我"的"看"之潜在的"看"。上述几种情形，J.卢特用"态度距离"这一概念来概括[1]。第一个层次的看与被看，表现的是科举对孔乙己的毒害，国民，不管是什么阶层的人，对穷困潦倒的读书人之普遍麻木的"看客"状态。在这个层次里，"我"、短衣帮、孔乙己都处于社会底层，却并不相互取暖与慰藉，相反都嘲笑比自己更落魄的人，都对社会较高等级（比如掌柜、丁举人）有所仰慕、畏惧甚至敬畏。酒客对丁举人之类的畏惧或敬畏不用说，就是作为小伙计的"我"虽然同样受掌柜怠慢、被他瞧不起，自己也觉得与掌柜有较大

---

[1] ［挪威］J.卢特：《小说与电影中的叙述》，徐强译，北京大学出版社2011年版，第36页。

等级差距，却也不但瞧不起孔乙己与短衣帮，也仰慕掌柜的等级。文本以这样的"我"作为被聚焦的人物，其揭示社会之痛的深度，批判的力度，实在深广。文本没有直接表现这两个阶层之间的看与被看，但总是潜在地存在于文本中。如前文所论，第二个层次表明，回忆时的"我"的"看"，与当年同样作为"看客"的"我"的"看"拉开了距离，因而也与其他看客的"看"拉开了距离。但是，这个有距离的"看"应该与"写作作者"，与作为思想家、文学家整体的鲁迅的"看"有距离，多年后的"我"的"看"，只是觉得自己过去可笑，有悔意，但到底有多深沉，并不确切。也就是在这个意义上，这个层次潜在的"看"与"被看"，体现出作者文风，或者说"写作作者"对于该文本最深刻的构思所在。可以想象，写作《孔乙己》时的鲁迅就是在表现、审视文本中多年后的"我"的"看"，也希望读者通过阅读去审视这个"看"。既然如此，叙述者不通过评论干预发表自己多年后的见解这个叙述策略，与其说是叙述者的安排，还不如说是文本故事世界外的"写作作者"鲁迅的有意安排，通过这种安排，留给读者一个思考：对多年后的"我"的"看"的程度进行反思，在反思中深化国人的社会批判、文化批判意识。

　　前文提到一个问题，以《孔乙己》提供的叙述者情况来说，他怎么可能以如此文风讲述这样一个故事——尤其是文本开端的构思与"极简"描写。在以前的讨论中，有学者甚至提出"超叙述者"的概念（与赵毅衡所说的"超叙述层"不一样），认为有一个隐匿在文本之外的叙述者在"说话"，似乎能以这种方式解释该文本的叙述语言风格问题。这是有悖叙述者常识的。任何叙述者，都必须在文本内或隐或显地存在。叙述学提出的"代言叙述者"概念，能部分解释一些叙述者的叙述语言的风格问题，比如认为这样的代言叙述者的语言风格是隐含作者或"写作作者"的。但这种解释很多时候显得很牵强，尤其是叙述者的身份与"写作作者"或隐含作者有明显差异的时候。叙述学解决这个问题的常见方案，是假定对叙述者或人物的思维、语言等的模仿,但更多时候是"不模仿",或模仿失败。因此,要想有效解决这个问题,恐怕还是需要在叙述文本之外,在"写作作者"那里寻求。简言之,《孔乙己》这个文本的叙述语言风格,基本就是"写作作者"鲁迅的语言风格,这完全可以从作为文学家的鲁迅之主要的写作语言风格的总体观照中得到互文的解释。

小 结

对国人来说,《孔乙己》早已成为公民教育的教科书,正因为如此,该文学文本长期以来深受学界关注。除钱理群、严家炎、王富仁、汪辉、王晓明、吴晓东等鲁迅研究专家外,叶圣陶等教育界、叙述理论界的知名专家、学者都对该文本的叙述形式、整体思想的阐释倾注了心血。他们的思考与论述,不少堪称经典,后学难以企及。

本文讨论与前贤有所差异的地方,主要体现在《孔乙己》文本阐释的思路上,体现在对该文本一些具体语句意蕴、一些疑难问题、整体思想的阐释上。这个思路源于对前人相关讨论困境或问题症结的考察:解释框架的不完善或粗疏。通过对中西叙述学界有关叙述者、叙述视角、叙述声音、叙述眼光讨论的梳理,笔者把叙述者、叙述角度与主体声音确定为较好阐释叙述文本的概念工具。应当说,本文从叙述者就叙述内容选择所体现的主体声音的角度对《孔乙己》一些具体语句意蕴的释读,对叙述者"我"回忆时的声音与做小伙计时"我"的声音的态度距离的区分,对做小伙计的"我"不同主体声音侧面的揭示,就是基于这个概念框架的尝试。

然而,若局限于经典叙述学封闭文本的视野,主体声音也只能推及布斯所说的"隐含作者"那里。而"隐含作者"这一概念工具实在无法解决从写作方向实证讨论与文本构思、写作有关的副文本信息与文本的形式、意义与思想的联系。不少书面文字虚构叙述文本思想的深度、广度阐释,其叙述语言风格的主体归属,文本中出现的一些难以确定归属的符号标记的解释等，往往需要结合这些能体现写作作者主体声音的副文本信息。在此意义上，笔者充分运用了"写作作者"这一概念。这样，主体声音自然延伸到"写作作者"那里——这个概念，对于戏剧、影视等演述类型，也基本适合，只是其构成与形态更为复杂多样。引入"写作作者"可以发现，《孔乙己》的叙述语言风格，并非叙述者的，而是"鲁迅式"的；该文本末出现的时间，也并非叙述者的故事讲述时间，而是作家鲁迅写作该文本的时间；《孔乙己》的深度思想阐释与富于力度的社会、文化批判，不回溯到作为思想家与文学家的鲁迅的基本思想与一贯创作，实在无法进行。本文对钱理群提出的《孔乙己》三个层次的"看"与"被看"叙述模式的完善，则是综合了叙述者、叙述角度、主体声音、"写作作者"、态度距离这些概念及其理论框架。

第六章 亚里士多德《诗学》中的模仿与"情节化"

一直以来,中西学术界都认为亚里士多德的《诗学》表达了诗学模仿论(本书只在引用汉译原文时保留"摹仿"这种使用,其他地方统一使用"模仿"一词),并把这种模仿论推向极端,即认为文艺就是描摹生活,甚至复制生活。利科对《诗学》的创造性,或者说解放性释读,无疑打破了这种误读。细读《诗学》,会发现,亚里士多德的确继承了他那个时代的传统,认为文学具有模仿现实生活的一面。但是,从根本上说,《诗学》着重讨论的,还是艺术自身的特点或标准。亚里士多德主要从艺术效果,或者说艺术的伦理教益目的探讨了艺术自身的特性。这种特性就是强调其必然性或可然性之逻辑。同时,古希腊语的"模仿"一词的含义,模仿与行动、事件以及与情节化塑形的关系,都从概念意义与概念之间的关系的角度表明了模仿与情节化对于生活的再塑形特点。

但是,利科从情节化模仿论出发建构的情节化叙述诗学,即"三重模仿论",也表现出保守的倾向。日常生活本身就是符号意义化的,甚至在某种意义上是事件化的、情节化的,从这个意义上说,它很可能就是一种广义的叙述形态,具有自身的叙述性。这一点,整个学术界还没有充分意识到。另外,利科的"情节变形"概念,对行动概念的拓展,对于解释现代小说实验中的所谓"情节淡化"说,具有较强的有效性。

第一节 对《诗学》中的模仿的解释

早在1975年，利科在《活的隐喻》一书中就从隐喻话语，或者说话语的创造性角度提到了情节问题。隐喻创新意义的功能，还只是从句子层面上说的。利科的目标，是在大于句子的话语层面，即作品或文本整体层面探讨话语创新意义的情形。于是，虚构话语进入了他的探索视野。他发现，虚构话语无疑是体现话语创新意义之品质与力量的主要领域。在他看来，虚构话语的基本特点，就是重新描述现实，而虚构话语创新意义的主要方式之一，就是"情节化"（employment）。实际上，这种发现，源于他对亚里士多德《诗学》中有关情节与模仿之间的联系的重新释读。他认为，后人对亚里士多德关于情节与模仿的关系的论述，多有误读：过分强调诗学话语对现实的模仿功能，而忽视了情节重新描述现实的品质与能力。他直接说到，语言的创造性（poiêsis）就是源于情节与模仿之间的联系[①]。

这种探讨，延续到80年代初《时间与叙述》（1983、1984、1985）三大卷有关"情节化诗学"与"三重模仿"理论的系统建构。甚至，也延续到其晚期颇负盛名的代表作《作为他者的自身》（1990）有关叙述同一性的著述中。概言之，利科对情节与模仿的关系讨论，基本渗透到了他的叙述诗学的建构中。

一 《诗学》中诗艺模仿生活的一面

亚里士多德的时代，艺术模仿生活的观点已经相当流行，和他同时代的演说家鲁库耳戈斯（Lukourgos）说过，诗人"摹仿生活"，他

[①] Paul Ricoeur, *The Rule of Metaphor*, trans. Robert Czerny, Kathleen McLaughlin, John Costello, SJ, University of Toronto Press, 1977, p. 7. Poiêsis 为希腊文，"原意为'制作'，亦指'诗的制作'或'诗'"（陈中梅：《译者注解》，载［古希腊］亚里士多德《诗学》，陈中梅译注，商务印书馆1999年版，第29页）。

第六章 亚里士多德《诗学》中的模仿与"情节化"

本人也引述过阿尔基达马斯（Alkidarnas）的话，《奥德赛》是生活的镜子①。受此影响，亚里士多德在他的模仿理论构建中，也呈现出承袭传统的一面，即认为艺术模仿现实生活。

《诗学》第四章提到，诗艺产生的根源，在于人的模仿本能并通过模仿获得最初的知识，能从模仿的成果中得到快感。这无疑是德谟克里特模仿说名言的翻版，"从蜘蛛我们学会了织布和缝补；从燕子学会了造房子……"。知识与快感的获得，在于人们在观看逼真的"艺术再现"如动物形体的具体形象时，能学到知识，产生惊异感，并通过推论认出它们是现实生活中的某某②。这也难怪，后世学者普遍认为，亚里士多德的模仿说预设了忠于现实、追求现实逼真性的诗学真实观。不过，需要指出，这里意译的"艺术再现"一词，希腊文为εικόναs，S. H. 布切尔（S. H. Butcher）用 reproduce 这个完全具有机械复制含义的英文词来翻译③，而陈中梅则用含义广泛的"形象"一词汉译④。从亚氏对古希腊绘画艺术逼真效果的继承（宙克西斯画葡萄引飞鸟啄食的故事）来说，布切尔的英译倒也无可厚非，但我们也不能由此得出结论说，他的模仿说完全是机械反映论的、复制式的。事实上，正如下面即将展开的，我们更能在亚氏的《诗学》中释读到他对模仿之重新描述现实、创造新义的强调。

艺术模仿生活，也暗含在亚里士多德对"悲剧对行动的摹仿"的理解上。在直接讨论这个问题之前，首先需要弄清楚亚里士多德悲剧观对行动的强调的真实内涵。他的确认为，行动才是悲剧模仿的对象或情节模仿的对象，没有性格，只要模仿了行动，悲剧或情节就能进行。表面看来，行动就是一切，实质却不是这样。其中缘由，在于他对行动与人

---

① 陈中梅：《译者注解》，载［古希腊］亚里士多德《诗学》，陈中梅译注，商务印书馆1999年版，第70页。
② 陈中梅：《译者注解》，载［古希腊］亚里士多德《诗学》，陈中梅译注，商务印书馆1999年版，第47页。
③ Aristotle, *The Poetics*, trans. S. H. Butcher, Oxford: Clarendon Press, 1902, pp. 14 – 15.
④ ［古希腊］亚里士多德：《诗学》，陈中梅译注，商务印书馆1999年版，第49页。

的性格、思想、命运，进而与人的生活目的的深刻理解。他这样说道：

> 既然悲剧是对行动的摹仿，而这种摹仿是通过行动中的人物进行的，这些人的性格和思想就必然会表明他们的属类（因为只有根据此二者我们才能估量行动的性质［思想和性格及行动的两个自然动因］，而人的成功与失败取决于自己的行动）。……所谓"性格"，指的是这样一种成分，通过它，我们可以判断行动者的属类。"思想"——我的意思是——体现在论证观点或述说一般道理的言论里。①

为什么说悲剧是行动的模仿呢？因为，只需对行动进行模仿，悲剧就能展示人物的人生结局或命运。为什么这么说呢？因为行动本身蕴含了行动的性质或动因，行动的性质与动因本源自人物的性格与思想。关于它们的含义及相互之间的关系，陈中梅有着较为清晰的解释：(1)这里的"思想"（dianoia）可作推理、思想、思考解，一般指悲剧人物通过言论表达出来的对于生活经验或教训的观点或道理，它们告诉人们如何为人处世；(2)同时，它也指得体、恰如其分表述见解的能力；(3)它与性格及其抉择有关系，性格展示抉择的性质，人物表述的思想也可表现性格，显示抉择；(4)在亚里士多德那里，它与感觉、欲望一起构成引发人的行动的三个成分②。反推就是：性格（高贵、低劣）决定了行动的性质，行动的性质决定了行动的结果，即人生命运或结局。其逻辑简图为：人物性格（高贵、低劣）→行动的性质→行动/人的命运（成功或失败）。如此看来，行动成为思想、性格与命运几者关系的基本连接点与表现方式。

根本而言，亚里士多德行动论的悲剧观，完全基于他非常注重的"实践智慧"（Phronesis），即基本伦理观。在《诗学》中，他还说到，

---

① ［古希腊］亚里士多德：《诗学》，陈中梅译注，商务印书馆1999年版，第63页。
② 陈中梅：《译者注解》，见［古希腊］亚里士多德《诗学》，陈中梅译注，商务印书馆1999年版，第69页。

第六章 亚里士多德《诗学》中的模仿与"情节化"

人的幸福与否体现在行动中，生活的目的在于幸福，而不是品质，性格决定（行动的）品质，幸福与否则取决于行动。看起来只是简单强调行动而不注重性格（或思想），实质上却完全是一种古希腊式的"性格决定命运"观。这里强调的性格，是指富于积极思想指导、具有肯定价值的悲剧性的性格。这种观念不同于中国历史文化、社会现实语境中流俗之见的模糊是非观念，过分强调（甚至无原则）适应社会几近犬儒的性格——这种意义上的"性格决定命运"，往往是另外一种人生价值取向、生存策略与现实境遇。

既然亚里士多德的行动悲剧观基于其"实践智慧"，他就必然以现实生活中的人物为原型参照建构他的悲剧模仿论。他提到三类被模仿的人物，"要么比我们好，要么比我们差，要么是等同于我们这样的人"[①]。所谓模仿比我们好或差的人，是指艺术作品侧重表现气质好精神好的人物，或者表现滑稽可笑的人物。所谓"等同于我们这样的人"，是指表现和生活中的人不会有实质性的区别的普通人[②]。"比我们今天好一些的人"，的确多来自神话题材，因为古希腊是一个崇尚力量与英雄的时代，但也并非都是高大上的人物——这有违古希腊人对神与英雄的看法（神人同形同性）。其他两类，则很难说他们与现实生活中的人有什么大的差异。很大程度上，由于作者过分强调艺术对于城邦公民正面教育的伦理意义，而过分强调对高贵者的书写，也在此意义上贬低、放逐了喜剧。或者说，只是强调写人好的一面，而抑制不好的一面而已。而且，作者还把这种模仿好人或坏人与现实中作者性格的好坏直接联系起来。他说，"诗的发展依作者性格的不同形成两大类。较稳重者摹仿高尚的行动，即好人的行动，而较浅俗者则摹仿低劣小人的行动"；甚至与作品体裁直接挂钩，"前者起始于制作颂神诗和赞美诗，后者起始于制作漫骂式的讽刺诗"[③]。这再一次印

---

① ［古希腊］亚里士多德：《诗学》，陈中梅译注，商务印书馆1999年版，第38页。
② ［古希腊］亚里士多德：《诗学》，陈中梅译注，商务印书馆1999年版，第114页。
③ ［古希腊］亚里士多德：《诗学》，陈中梅译注，商务印书馆1999年版，第47页。

证了上面说到的观点。

《诗学》第十五章还说到性格刻画注意事项的第三点，也强调被刻画的人物性格要与生活中的人，即与生活原型相似（亦参见"译者注解"）[1]。进一步，被模仿人物的好与坏，也完全依从现实生活的伦理标准：高贵与低劣。所谓高贵者，指注重品行、有责任心和荣誉感、认真对待生活的人；所谓低劣者，指能力与品行欠佳的人。亚氏认为，"人的性格几乎脱不出这些特性，人的性格因善与恶相区别"（亦参见"译者注解"）[2]。以生活伦理标准划分文学人物性格好坏，也表明了虚构话语与生活实践的密切联系。

上述讨论可知，亚里士多德的《诗学》的确存在明显的艺术模仿自然、模仿现实生活的一面，行动→人物性格→人生结局或命运，现实作家性格→人物性格→悲剧、喜剧或讽刺诗等体裁，这两条线无不体现了作者明确参照现实、模仿现实的基调。这种调子，被后世学者作了无限放大的理解，常常直接把他的悲剧或喜剧模仿论放大成其诗学模仿论。当然，作者本人的论述，无疑存在这种放大或依次类推的基础或嫌疑。

二 《诗学》中诗艺模仿之创新意义的一面

在亚里士多德那里，时代中流行的模仿论又表现出理论家独立思考与创新传统的一面，即模仿具有重新描述现实、艺术创造新义的特点。

后世学者多提到古希腊人不把"诗艺"看成严格意义上的"创作"或"创造"，而是把它看成如鞋匠做鞋子一样的"技艺""制作""生产"。《诗学》第一章首次提到的"诗艺"概念，对应于 poiētikē（等同于 poiētikē tekhnē）一词，汉译为"制作艺术"[3]，《诗学》著名

---

[1] ［古希腊］亚里士多德：《诗学》，陈中梅译注，商务印书馆1999年版，第112、114页。
[2] ［古希腊］亚里士多德：《诗学》，陈中梅译注，商务印书馆1999年版，第38—39页。
[3] 陈中梅：《译者注解》，载［古希腊］亚里士多德《诗学》，陈中梅译注，商务印书馆1999年版，第28—29页。

的"S. H. Butcher 英译本"直接把"诗艺"翻译为"treat of Poetry"①。但是，这种理解还是比较片面的。利科在重新释读亚里士多德的《尼各马可伦理学》一书的基础上指出，"制作"与"实践"都属于"可变化的事物"，但"制作"不同于"实践"在于，第一，二者的逻各斯品质不一样，第二，两者不互相包含。技艺的品质来自制作的品质，"如果没有与制作相关的品质，就没有技艺"，"所以技艺都使某种事物生成，学习一种技艺就是学习使一种可以存在也可以不存在的事物生成的方法"，"技艺同存在的事物，同必然要生成的事物，以及同出于自然而生成的事物无关，这些事物的始因在它们自身之中"，技艺与运气相通②。利科对此作了如下解释。

> 有多少技艺（tecbnai），就有多少创造行为。与其说技艺是一种按照常规进行操作或经验化的实践，还不如说它是某种优雅化的事情。尽管它集中在制作，却包含了思辨的因素，即包含了对制作方法的理论探索。这一特点，使它更接近理论知识而不是常规化的日常工作。③

在亚里士多德那里，诗学当然不同于理论科学与应用科学，但他强调只有"制作"才存在模仿有其深意，因为自然中不存在模仿，不存在观念的模仿④。而"制作"始终是生产独一无二的事物，"正如在

---

① Aristotle, *The Poetics of Aristotle*, ed./tran., S. H. Butcher, London: Macmillan and Co., Limited, 1898, p. 7.
② ［古希腊］亚里士多德：《尼各马可伦理学》，廖申白译注，商务印书馆 2003 年版，第 171 页。
③ Paul Ricoeur, *The Rule of Metaphor*, trans. Robert Czerny, Kathleen McLaughlin, John Costello, SJ, University of Toronto Press, 1977, p. 28.
④ 利科认为，"模仿自然"中的自然，在古希腊时代有其特殊意义，即对古希腊人来说，phusis 不等同于惰性的被给予性，自然对他们来说是有生命的。伽达默尔也提到过自然的"自我更新性"："就自然不带有目的和意图，不具有紧张感，而是一种经常不断自我更新的游戏而言，自然才呈现为艺术的蓝本"（［德］汉斯-格奥尔格·加达默尔：《真理与方法》（上卷），洪汉鼎译，上海译文出版社 1999 年版，第 135 页）。

其他艺术里，一部作品只模仿一个事物，在诗里，情节既然是对行动的模仿，就必须模仿一个单一而完整的行动"①。

说到亚里士多德的模仿论，不得不提 mimêsis 这个古希腊术语。尽管很少有现代批评家赞同亚里士多德将悲剧诗、史诗定义为模仿的做法，但利科依然认为，mimêsis 这个词体现了古希腊人的原罪，尤其在柏拉图等人那里。进一步的问题是，后世西学把 mimêsis 这个词简单翻译成 imitation（复制，甚至就是简单复制）的做法，无疑加深了对 mimêsis 原来意义的遮蔽与误读。mimêsis 这个词在古希腊的具体使用与意义并非可以简单等同于反映自然事物的简单复制。

利科从词根学角度发现，-sis 这个词根强调了 mimêsis、susssasis、poiēsis（制作）等术语之行为动词"过程性""主动性"的特征，"不管我们怎么说摹仿，必须理解的是摹仿行动（mimetic activity），它是摹仿或描绘某物的主动过程"。就是说，模仿这个概念，"必须在进行描绘的动态意义上，在置换为象征性作品的动态意义上得到理解"②。正是基于这种理解，利科用 mimetic activity（模仿行动）而不是用 imitation（模仿）去翻译 mimêsis，用 empotment（情节化）而不是用 plot（情节）去翻译古希腊的 muthos。

无疑，亚氏对艺术模仿的理解，既基于他对"技艺"的理解，也基于古希腊时代对 mimêsis 的理解。其实，在他那里，"行动的摹仿"与"事件"之间的等值，就已经排除了把模仿理解为对既成东西完全相同的复制。因为，模仿是一种行为，它创造某种东西，即事件通过情节化而被组织。在利科看来，与柏拉图的模仿概念相比，亚里士多德的模仿只有一个空间，在那里，人类的制作，即艺术创作得以展开。

亚里士多德关于人物性格刻画的理解，也是如此，"刻画性格，就像组合事件一样，必须始终求其符合必须或可然的原则"，"性格应

---

① [古希腊] 亚里士多德：《诗学》，陈中梅译注，商务印书馆 1999 年版，第 78 页。
② Paul Ricoeur, *Time and Narrative*, Vol. I, trans. K. Mclaughlin and D. Pellauer. Chicago: University of Chicago Press, 1984, p. 237.

第六章 亚里士多德《诗学》中的模仿与"情节化"

该一致,即使被摹仿的人物本身性格不一致,而诗人又想表现这种性格,他仍应做到寓一致于不一致之中"①。这明显打破了文艺简单复制现实的逻辑,使人物刻画遵从了诗学文本自身的艺术原则。作者直接提到了这种原则:必然性或可然性的原则。必然性或可然性原则,贯穿了整部《诗学》。亚里士多德在提到性格刻画的必然性或可然性原则时,完全是以情节安排,即事件组合作为类比,"性格刻画,就像事件组合一样,必须始终求其符合必然或可然的原则"。他认为,人物性格按照必然性或可然性原则——文本中人物说的话或做的事,与某一类人相符,"才能使事件的承继符合必然或可然的原则";同时,也才能使人物性格(言行)在文本中具有前后一致性(这里的性格有类型化的特点与局限,这些类型遵从了作者对现实生活中的人的判断,这些类型往往与人的身份、等级、性别直接挂钩甚至画等号。比如,作者提到让女性表现男子般的勇敢或机敏是不适宜的。也提到了女人的低劣,奴隶的下贱等)。显然,诗学文本中人物性格一致的逻辑,全然服从人为的文本目的论的整体意义或主题意义,文本塑形世界或生活之必然性或可然性的逻辑,这种意义逻辑较之现实生活中人物性格具体表现逻辑(不一致性、碎片性等),明显具有理想性构想或诗性塑形的特征。艺术的标准,成为《诗学》的标准,必然性或可然性,是其最为核心的特征。这种必然性或可然性,使诗成为远远高于历史的存在,"诗是一种比历史更富哲学性,更严肃的艺术。因为诗倾向于表现带普遍性的事,而历史却倾向于记载具体事件。所谓'带普遍性的事',指根据必然或可然的原则某一类人可能会说的话或会做的事"。②

对于悲剧模仿的对象与生活原型的关系,亚里士多德这样说到,"既然悲剧摹仿比我们好的人,诗人就应当向优秀的肖像画家学习。他们画出了原型特有的形貌,在求得相似的同时,把肖像画得比人美。同样,诗人在表现易怒的、懒散的或性格上有其他缺陷的人物时,也

---

① [古希腊]亚里士多德:《诗学》,陈中梅译注,商务印书馆1999年版,第112页。
② [古希腊]亚里士多德:《诗学》,陈中梅译注,商务印书馆1999年版,第81页。

应既求相似，又要把他们写成好人"，又说，"生活中或许找不到宙克西斯画中的人物，但这样画更好，因为艺术家应该对原型有所加工"①。对原型有所加工，相似中求更美，或者在纯粹虚构中求更好，虽然有伦理目的的一面，但更有艺术自身目的的一面，前者是借助后者实现的。换言之，悲剧模仿使人高尚的对象旨在强调，模仿不仅旨在恢复人的本质，而且是恢复其更伟大、更高尚的方面。两者构成了模仿的张力。

摹仿的独特张力是双重的：一方面，摹仿既是一种对人类现实的描绘，也是一种原创性的创作，另一方面，它忠于它所描绘的事物，也在更高更好的层面上描绘它们。②

换言之，诗学的 mimêsis（模仿），既有对现实的初级参照，也有与现实的距离，即虚构，两者不可分割。正因为如此，利科说，"从亚里士多德的'模仿'中看到的是想象物的真实性，是诗之存在论上发现的能力"③。应该说，这也是亚里士多德所说的"诗人因为模仿而成为诗人"④ 和"用模仿造就了诗人"⑤ 所要表达的意思。更进一步，这种虚构创作从本质上说是对现实、世界的变形。利科从艺术话语固有特点的角度强调了这一点。他以绘画艺术为例说到，绘画似乎只是在生产，不是复制，它只是捕捉现实的构成要素，而对荷兰大师来说，"绘画既然不是世界的复制，也不是对其生产，而是其变形"⑥。总之，

---

① ［古希腊］亚里士多德：《诗学》，陈中梅译注，商务印书馆1999年版，第113页。
② Paul Ricoeur, *The Rule of Metaphor*, trans. Robert Czerny, Kathleen McLaughlin, John Costello, SJ, University of Toronto Press, 1977, p. 40.
③ Paul Ricoeur, *The Rule of Metaphor*, trans. Robert Czerny, Kathleen McLaughlin, John Costello, SJ, University of Toronto Press, 1977, pp. 42–43.
④ ［古希腊］亚里士多德：《诗学》，陈中梅译注，商务印书馆1999年版，第82页。
⑤ ［古希腊］亚里士多德：《诗学》，陈中梅译注，商务印书馆1999年版，第180页。
⑥ Paul Ricoeur, *Interpretation Theory: Discourse and the Surplus of Meaning*, the Texas Christian University Press, 1976, pp. 41–42.

他认为，诗歌对人类行为的模仿"经过了情节化的创造，以及对传说的创造，这种创造显示了创造的印记，显示了日常生活戏剧所缺少的秩序"①。

最后，有一点值得一提。亚里士多德在《诗学》第四章讨论模仿带来的快乐时提到，若是观赏者没有见到作品的原型，他们就不会从作为模仿品的形象中获得快感，在此种情况下，他们就从作品技术处理，色彩等方面获得快感②。《诗学》第六章提到，"一幅黑白素描比各种最好看的颜料的胡乱堆砌更能使人产生快感"③，其直接强调的是情节组织的重要性，这里可解读为广泛意义上的艺术的结构构造的重要性，即艺术形式处理的重要性。显然，这里的快感源于艺术感或审美感。《诗学》中涉及艺术（技术）处理的地方很多，作者也多从艺术性角度或审美角度立论。

第二节 《诗学》中的"情节化"

一 《诗学》中模仿与情节的关系

在《诗学》一书中，情节概念与模仿概念基本同义。从第六章可知，悲剧模仿行动，情节也模仿行动，因此，两者几乎等同，"既然悲剧是对行动的摹仿，而这种摹仿是通过行动中的人物进行的，……因此，情节是对行动的摹仿；这里说的'情节'指事件的组合"（Hence, the Plot is the imitation of the action: —for by plot I here mean the arrangement of the incidents④）。其中逻辑，在亚里士多德看来，明

---

① Paul Ricoeur, *The Rule of Metaphor*, trans. Robert Czerny, Kathleen McLaughlin, John Costello, SJ, University of Toronto Press, 1977, p. 244.
② ［古希腊］亚里士多德：《诗学》，陈中梅译注，商务印书馆1999年版，第47页。
③ 陈中梅：《译者注解》，见［古希腊］亚里士多德《诗学》，陈中梅译注，商务印书馆1999年版，第65页。
④ Aristotle, *The Poetics of Aristotle*, ed./tran., S. H. Butcher, London: Macmillan and Co., Limited, 1898, p. 25.

明白白：行动是悲剧模仿的基本对象，行动体现在事件中，而情节就是"事件的组合"，因此，情节是悲剧模仿行动的灵魂，情节等同于模仿。换言之，对行动的模仿需要情节对事件的组织来完成。当然，在《诗学》中，情节往往是作为悲剧六大成分中最重要的部分来处理的，"在悲剧里，情节是第一，也是最重要的成分"[①]。作者正是通过这种重要性，具体通过行动、事件组织概念的替换达到模仿与情节两个核心概念的替换。那么，情节概念是否也有模仿概念所具有的所谓"复制"现实的一面呢？

顺着《诗学》一书模仿概念的逻辑，情节模仿的人物自然也有来自现实生活的，前文提到的对"与我们一样的人"的模仿就是著例。另外，对"滑稽人物"的模仿也属此列。在具体讲到情节模仿的事件时，作者还直接提到了完全可以对现成的故事（第十七章），过去的或当今的事件（第二十五章）进行模仿。

但是，细细品读《诗学》，我们更多体会到作者对情节之艺术虚构品质与创造能力的强调，尽管这一切最终被统合在作者宏大的伦理、政治目标上（这只是从"最终"的社会意义来说的，作者并没有如后世不少时代那样为了政治、伦理目的而把文艺当成教条化的工具，相反，如他所作的，文艺自身的品性坚持了，其政治或伦理目的自然会最终达到，也会根本达到）。完全可以这样说，如果说《诗学》中的模仿理论主要是从观念上突出了其重新描述世界、创新世界的品质与能力的话，那么，其"情节"观就是实现这种品质与能力的具体方式。

二 《诗学》中情节创新意义的品质

亚里士多德对情节之创新意义品质的强调，首先可以从他对 mushos

[①] ［古希腊］亚里士多德：《诗学》，陈中梅译注，商务印书馆1999年版，第74页。

第六章　亚里士多德《诗学》中的模仿与"情节化"

这个古希腊词的正名看出来。

据陈中梅考证，mushos 这个古希腊词的词义在古希腊时代经历了不断演化。最初具中性色彩，表"叙说""谈论""话语"等，至公元前 5 世纪时表"离奇的""不真实的"故事或传说，带上贬义色彩。柏拉图就认为 mushos 可能包含某种真理，但总的来说它只是"虚构的故事"①。在《诗学》中，亚里士多德基本保留了 mushos 这个词传统的"故事"或"传说"义，但不再赋予其贬义色彩，而是从诗艺创新的角度赋予其肯定的价值。更多时候，mushos 这个词在《诗学》中指的是作品的"情节"。

Mushos 这个古希腊术语本身的"创造性"特征，在利科的释读中体现得尤为明显：

> 我保留了亚里士多德《诗学》中的情节化（emplotment）这个核心概念。在希腊语中，这一概念是迷所思（muthos），它既指寓言（一种想象的故事）也指情节（一种精心构建的故事）。这是亚里士多德的迷所思（muthos）的第二个方面，它是我的研究指南。②

他主张用 emplotment 而非 plot 翻译 mushos 这个术语，emplotment 汉译为"情节化"③。在他看来，同《诗学》中的"模仿"是一种动态的、主动的"模仿行动"一样，《诗学》中的"情节"概念所表达的意思，也是其主动的、动词性的对"事件的安排"。相反，用英语 plot 一词翻译 mushos，完全无法体现这一点。他说：

---

① 陈中梅："附录"，载［古希腊］亚里士多德《诗学》，陈中梅译注，商务印书馆 1999 年版，第 197 页。
② Paul Ricocur, "Life in quest of Narrative", David Wood, ed., *On Paul Ricocur: Narrative and Interpretation*, London and New York: Routledge, 1991, pp. 20 – 21.
③ Paul Ricoeur, *Time and Narrative*, Vol. Ⅰ, trans. K. Mclaughlin and D. Pellauer. Chicago: University of Chicago Press, 1984, p. 32.

用定义者定义被定义者，当亚里士多德说到情节是"事件的组织"时，我们一定不要在"系统"（结构）的意义上理解它，而要在"把事件组织成一个系统的主动的意义上"理解它，以便表明《诗学》中所有概念的生产性。这就是从第一行起，情节就作为动词的修饰语，意为"创造"的原因。因此，《诗学》被干脆看成"创造情节"的艺术。①

《诗学》中的"情节化"到底是怎么一回事呢？《诗学》第 25 章，作者直接说到，情节模仿的事件，可以是"传说或设想中的事""应该是这样或那样的事"②。这里既涉及情节事件的虚构，也涉及如何处理虚构之事的基本原则，即事件组合或情节安排的诗艺原则。

虚构人物或事件，或者说虚构情节，在《诗学》中得到明确倡导。除了前文已经提到的，亚里士多德在题材选择上有非常鲜明的态度，"没有必要只从传统故事寻找题材"③。他认为，在悲剧里，诗人可沿用历史人名，即使用了一两个大家熟悉的人名外，其余可取自虚构。在喜剧里，诗人先按可然的原则编制情节，然后任意给人物起名字，而不像讽刺诗人那样写具体的个人。总之，在他看来，"故事，既可是利用现成的，也可诗人自己编制"④。他直接表扬了荷马，认为他是教诗人以合宜的方式讲述虚假之事的主要诗人⑤。

的确，以合宜的方式讲述虚假之事，即如何选择与组织人物、事件，成为《诗学》的一个核心论题。普遍性，成为合宜的基本标准。普遍性，就是必然性或可然性。这里存在人物的"普遍性"与事件的普遍性的关联问题。正如前文已提到的，在亚里士多德那里，没有人物性

---

① Paul Ricoeur, *Time and Narrative*, Vol. I , trans. K. Mclaughlin and D. Pellauer, Chicago: University of Chicago Press, 1984, p. 33.
② ［古希腊］亚里士多德：《诗学》，陈中梅译注，商务印书馆 1999 年版，第 177 页。
③ ［古希腊］亚里士多德：《诗学》，陈中梅译注，商务印书馆 1999 年版，第 81 页。
④ ［古希腊］亚里士多德：《诗学》，陈中梅译注，商务印书馆 1999 年版，第 125 页。
⑤ ［古希腊］亚里士多德：《诗学》，陈中梅译注，商务印书馆 1999 年版，第 169 页。

第六章 亚里士多德《诗学》中的模仿与"情节化"

格,或者人物性格处理得差一些,悲剧依然成立,因为只要有行动,有事件组合,也能达到悲剧的同情、怜悯、恐惧的效果,"既然诗人通过摹仿使人产生怜悯和恐惧并从体验这些情感中得到快感,那么,很明显,他必须使情节包蕴产生效果的动因"。甚至,情节组织得好,观众只听故事讲述无须表演,也会对事件的结局感到惊悚与产生怜悯之情[①]。

利科认为,行动优先于人物(性格)的逻辑,自然带出情节即事件的组织的普遍性导致人物的普遍性,因为某一类人可能或必然做的事、说的话,只能在情节化的事件组织中寻求,而事件与事件之间的关系,也必须是必然的或可然的,即使人物有特别的名字[②]。《诗学》在这些方面都有基本的要求,"编组故事不应用不合情理的事""编制出能反映普遍性的剧情,即情节"[③]。如此看来,"情节化"是落实普遍性,即必然性或可然性的逻辑的基本方式。普遍性,体现在"情节化"的方方面面,比如"整体性"。《诗学》非常重视情节行动的整体性:

> 根据定义,悲剧是对一个完整的、具有整体性的、具有一定长度的行动的摹仿。因为有的事物虽然具有整体性,却没有足够的长度。整体性的事件由起始、中段和结尾组成。起始指不必承继它者,但要接受其他存在或后来者的出于自然之承继的部分。与之相反,结尾指本身自然地承继它者,但不再接受承继的部分,它的承继或者因为出于必须,或是因为符合多数的情况。中段指自然地承上启下的部分。因此,组合精良的情节不应随便地起始和结尾,它的构合应该符合上述要求。

这个经过修改的翻译(不完全等同于陈中梅翻译《诗学》相应段落的译文),参照了 S. H. Butcher 的英译版与利科在《时间与叙述》中

[①] [古希腊] 亚里士多德:《诗学》,陈中梅译注,商务印书馆1999年版,第105页。
[②] Paul Ricoeur, *Time and Narrative*, Vol. I, trans. K. Mclaughlin and D. Pellauer, Chicago: University of Chicago Press, 1984, p. 41.
[③] [古希腊] 亚里士多德:《诗学》,陈中梅译注,商务印书馆1999年版,第170、58页。

的英译①。改动的原因，一是《诗学》第七章讨论的是"事件组合"，因而把原汉译本的"事物"改为"事件"，二是这里不是谈"完整性"，即不是谈有无某一部分（如头或尾）的问题，而是"整体性"的问题。下面来看看 S. H. Butcher 对相应段落的英译。

> Now, according to our definition, Tragedy is an imitation of an action that is complete, and whole, and of a certain magnitude; for there may be a whole that is wanting in magnitude. A whole is that which has a beginning, a middle, and an end.

对照之下，complete（完整的），whole（整体性的），magnitude（长度），这三个关键词在原汉译本（陈中梅的《诗学》译本）、英译本的第一句都有体现，但原汉译本从第二句开始，就用 complete（完整的）置换了 whole（整体性的），因而也在某种意义上删除了"整体性"这个如此重要的关键词。"完整性"与"整体性"，在这里是含义完全不同的两个词。整体性问题，首先体现为起始、中段和结尾之间的逻辑关联问题，它们的出现与存在必须符合必然性或可然性。因此，亚里士多德说，"组合精良的情节不应随便地起始和结尾"②。非常明显，这种理解完全是诗学式的，而非属于生活实践的领域。利科就强调指出，"仅仅借助诗学创作，某个事情才被视为有一个开端、中间和结尾"③。

从实质上说，情节或行动的整体性问题，就是强调事件之间的必然性或可然性关系。亚里士多德强调，"事件与事件之间的关系，是

---

① Aristotle, *The Poetics of Aristotle*, ed. /tran., S. H. Butcher, London: Macmillan and Co., Limited, 1898, p. 31; Paul Ricoeur, *Time and Narrative*, Vol. I, trans. K. Mclaughlin and D. Pellauer, Chicago: University of Chicago Press, 1984, p. 38.

② ［古希腊］亚里士多德：《诗学》，陈中梅译注，商务印书馆1999年版，第74页。

③ Paul Ricoeur, *Time and Narrative*, Vol. I, trans. K. Mclaughlin and D. Pellauer, Chicago: University of Chicago Press, 1984, p. 38.

第六章 亚里士多德《诗学》中的模仿与"情节化"

前因后果,还是仅为此先彼后,大有区别"①。作者借诗文与历史所叙之事的差别进行解释:"诗人的职责不在于描述已经发生的事,而在于描述可能发生的事,即根据可然或必然的原则可能发生的事。诗是一种比历史更富哲学性,更严肃的艺术,因为诗倾向于表现带普遍性的事,而历史却倾向于记载具体的事件。"② 实际上,历史记载之事,多是个别化(具体化)的事,往往不能像显示普遍性的事件那样体现事物存在和变化的因果,"普遍高于具体,在于普遍展现了事物存在和变化的原因"③。甚至,作者还就此拓展到了对史诗写作与历史书写差异的讨论,史诗不应像历史那样编排事件,历史记载的不是一个行动,而是发生在某一时期内的、涉及一个或一些人的所有事件——尽管一件事情和其他事情之间只有偶然的关联;历史事件有时间上的先后顺序,一件事在另一件事后,没有导出同一个结局④。显然,这是作者所认为的"编制戏剧化的情节"的应有之义。

亚里士多德还从另一个角度谈到了情节行动或事件的整体性(英文亦为unity)。他认为,一个人会经历无数行动或事件,有的缺乏整体性,若无条件组合它们,也并不组成一个整体性(统一性)的行动⑤。这种整体性——"单一而整体性的行动",其"事件的结合要严密到这样一种程度,以至若是挪动或删减其中的任何一部分就会使整体松裂和脱节"。也就是说,无论哪件事的发生都不会必然或可然地导致另一件事的发生,能够删减的,就说明不是其中的一部分。另外,作者之所以主张悲剧对单一情节(即单一行动)的模仿,反对史诗式的复杂情节安排,也是从事件安排的必然逻辑来说的,他认为,穿插一些无法从必然性或可然性角度能够连接的事件,是最糟糕的⑥。

---

① [古希腊] 亚里士多德:《诗学》,陈中梅译注,商务印书馆1999年版,第88页。
② [古希腊] 亚里士多德:《诗学》,陈中梅译注,商务印书馆1999年版,第81页。
③ 陈中梅:《译者注解》,见 [古希腊] 亚里士多德《诗学》,陈中梅译注,商务印书馆1999年版,第84页。
④ [古希腊] 亚里士多德:《诗学》,陈中梅译注,商务印书馆1999年版,第163页。
⑤ [古希腊] 亚里士多德:《诗学》,陈中梅译注,商务印书馆1999年版,第78页。
⑥ [古希腊] 亚里士多德:《诗学》,陈中梅译注,商务印书馆1999年版,第82页。

以上所论，无疑强调了诗学文本情节安排的必然性或者可然性逻辑，文本世界意义的整体统一性或目的论主旨。这是对一些生活事件的偶然性、非连续性（碎片性）等无统一主题或意义的超越或"收编"，使诗学文本世界的意义空间与意义逻辑，较之现实生活的实然状态显示出应然的性质。

其次，情节的整体性问题，还体现在起始、中段、结尾三个部分的比例与长度上。亚里士多德谈到，活的动物与任何事物要显得美，就必须各部分排列适当，要符合一定的体积或长度，太大太小都不美。情节的长度也是这样，要适宜，他直接提到作品的长度不能以现实实践之比赛的需要和对有效观剧的时间来考虑，而是要以艺术的标准来衡量[①]。这种标准无疑需要对现实生活实践进行变形。

"事件组合"的必然性或可然性，渗透到了亚里士多德对具体情节处理的讨论上。对悲剧中最打动人心的情节部分，突转与发现的处理，也要符合必然性、可然性。作者认为这体现了情节编排能力的高低，熟手与生手的区别。作者对突转、发现的种类及其艺术手法优劣方面进行了探讨。优劣的标准，只有一条，事件出现必须符合必然或可然的原则，"在所有的发现中，最好的应出自事件本身。这种发现能使人吃惊，其导因是一系列按可然的原则组织起来的事件"[②]，突转也是这样。另外，"出人意外之事，但仍能表明因果关系，往往能给人惊异感"[③]。而情节的"结"与"解"，也应是情节本身发展的结果，而不应借机械的作用（事件中不应有不合理的内容，即使有，也应放在剧外）[④]。

此外，亚里士多德对可能之事，甚至对不可能却可信的事也作了辩护。"可能发生之事是可信的……已发生之事显然是可能的。"[⑤] "一

---

① ［古希腊］亚里士多德：《诗学》，陈中梅译注，商务印书馆1999年版，第74—75页。
② ［古希腊］亚里士多德：《诗学》，陈中梅译注，商务印书馆1999年版，第119页。
③ ［古希腊］亚里士多德：《诗学》，陈中梅译注，商务印书馆1999年版，第82页。
④ ［古希腊］亚里士多德：《诗学》，陈中梅译注，商务印书馆1999年版，第112—113页。
⑤ ［古希腊］亚里士多德：《诗学》，陈中梅译注，商务印书馆1999年版，第81页。

第六章 亚里士多德《诗学》中的模仿与"情节化"

般说来,为不可能之事的辩解可用如下理由:做诗的需要,作品应高于原型,以及一般人的观点。就做诗的需要而言,一件不可能发生但却可信的事,比一件可能发生却不可信的事更为可取。"① 陈中梅注解道:"可信的重要性超过真实性。"② 当然,亚里士多德对此也有所保留,认为"这样做是为了实现诗艺的目的,能使诗的某一部分产生更为惊人的效果"是对的,但依然是个过错③。

总之,亚里士多德基本是从艺术的标准在看待情节化的问题,他明确说道,"衡量政治与诗优劣、其他技艺与诗的优劣,标准都不一样""对诗的评判,要从诗艺本身考虑出发"④。这一切,使诗艺释放了前所未有的创造力,真正挖掘了情节化的本质特点与功能,从而摆脱了诗简单复制现实的传统,为诗艺正了名。

从上文讨论中可知,叙述模仿,其实质就是指情节化的模仿,而情节化(或情节)又基本上与故事、"事件组合"同义。其实,在古希腊,muthos(情节)有时就作叙述解⑤。这表明,在古希腊时代,情节已经与叙述同义。更有意思的是,希罗多德把自己的历史著述叫作 logos 或 logoi,以此与不真实可信的传说区别,柏拉图也用 logos 指"故事"或一般的叙述,在亚里士多德那里,logoi(理性,理法,logos 的变形)既可作故事讲,也可作情节讲⑥。这说明,古希腊时期的人已经强调情节或故事的理性法则或逻辑。

这样,我们就完全了理解了《诗学》中的诗艺模仿的实质为什么就是情节论的原因,理解了西方诗学史上"模仿→情节(化)——事

---

① [古希腊]亚里士多德:《诗学》,陈中梅译注,商务印书馆1999年版,第180页。
② 陈中梅:《译者注解》,见[古希腊]亚里士多德《诗学》,陈中梅译注,商务印书馆1999年版,第175页。
③ [古希腊]亚里士多德:《诗学》,陈中梅译注,商务印书馆1999年版,第177—178页。
④ [古希腊]亚里士多德:《诗学》,陈中梅译注,商务印书馆1999年版,第177页。
⑤ 陈中梅:《译者注解》,见[古希腊]亚里士多德《诗学》,陈中梅译注,商务印书馆1999年版,第108页。
⑥ 陈中梅:《附录》,见[古希腊]亚里士多德《诗学》,陈中梅译注,商务印书馆1999年版,第197—198页。

件组合→叙述"这个逻辑的历史渊源。这个逻辑，至今仍为现代叙述诗学所遵从。

三 对利科"情节变形"观念的简要讨论

在利科看来，情节或情节化就是叙述文类的标志，换言之，叙述性就是由情节或情节化体现的。在人类叙述智力的发展过程中，情节模式并非一成不变，但万变不离其宗。情节模式的可变性，即"情节变形"的能力实是叙述智力发展的标志而已。

之所以引出这个问题，首要的原因是回应西方现代小说叙述模式的演变。与古希腊悲剧情节模式重视行动模仿，把人的性格放在第二位不同，甚至与西方文艺复兴以来多数叙事文学重视纯粹的故事讲述、人物经历演绎、强调思想宣传与教化不完全一样，西方现代小说的人物塑造，即性格刻画，已经处于第一位。这样，文本世界中故事人物性格的形成，性格与其大小生活环境的关系，人物自身成长的心路历程，成为小说叙述的中心。这样，小说文本不再是简单对人物行动或事件的组织。叙述文类出现了按照亚里士多德《诗学》一书的标准来说的复杂情节与枝蔓的插曲。尤其是，随着20世纪西方意识流小说、超现实主义小说等实验性的叙述模式的出现，即叙述文体向人物内在意识心理，甚至潜意识心理聚焦的转向，传统情节化模式受到了严峻的挑战。一时间，有不少西方评论者，尤其是中国文艺学术界的评论者，大谈特谈情节淡化论。他们所谓的情节淡化论，意思就是，现代小说等叙述文类已经不讲情节甚至没有情节了。

对此，利科的态度是，现代性格小说没有逃脱虚构叙述塑形的形式原则，即没有逃脱情节化的观念。他这样说道：

> 然而，在这些连续不断以损害情节为代价的性格扩展中，没有什么逃脱了塑形的形式原则，从而也没有逃脱情节化概念。我

第六章 亚里士多德《诗学》中的模仿与"情节化"

们甚至敢说，我们一点也没有离开亚里士多德对情节所下的定义，即"行动的摹仿"。①

之所以这样说，在于他对"行动"这一核心概念的含义作了扩展，即行为包括人物精神上的变化，在更微妙的意义上，也包括纯粹的内心变化。实际上，这种看法，在20世纪初叶的俄国形式文论学派重要人物什克洛夫斯基那里，就已经提出了。在他那里，行动的概念得到延伸，外在的、内心的都可以算②。以此逻辑，问题不在现代小说的新实验逃逸出传统概念定义，而在于传统的"行动模仿"概念本身的偏狭，尤其是，我们没有适时拓展这个概念的含义。

笔者同意利科这种看法。传统的情节（化）概念，的确受限于亚里士多德《诗学》中的整体理论框架。把模仿定义为对行动的模仿，然后再使情节与模仿等值，无疑限制了诗艺创造的空间，或者说违背了诗艺的本质。当然，正如任何文体或对该文体的理解都具有特定的历史文化语境一样，亚里士多德的时代，准确地说他那个时代的故事（叙述）文类对神话人物、半神半人的历史人物的塑造，无疑还不可能像西方现代性格小说那样，突出在人物性格与社会语境的关系中塑造人物的性格与人生际遇。因为，他那个时代，还是集体英雄或者需要集体英雄的时代，他们的个人性格当然有一定程度的觉醒，但还无法超越时代特点与时代需要。

同时，行为概念，本来就不仅仅局限于人的外在举止行动。意识行为、潜意识行为，这些在现代人那里都已经成为行为概念的常识。而且，笔者想说的是，人类对自身认识的深化，往往就体现在由外向内的进展。这也是儿童与成人的一种区别。就在古希腊，苏格拉底对人物内心的重视，已经开启了西方"认识你自己"的一次转向。自此

---

① Paul Ricoeur, *Time and Narrative*, Vol. II, trans. K. Mclaughlin and D. Pellauer, Chicago: University of Chicago Press, 1984, p.10.

② [俄] 维·什克洛夫斯基等：《俄国形式主义文选》，方珊等译，生活·读书·新知三联书店1989年版。

以后，西方文艺开始注意对人物内心的描写。以此视角重新审视西方文学的发展，我们完全能够完整勾画出这次转向之后的历程。因此，说人的行为不仅仅指外在举止，还有其历史进程为证。审视这个进程，我们只能说，西方现代小说的情节化模式，的确不同于包括《诗学》在内的传统情节模式。你甚至可以在对比中说它"淡化"，但不能说没有。因为，到目前为止，我们还无法完全解构以情节化为标志的叙述性概念，后者是叙述的基本品质。

因此，情节化概念的包容性，情节化的种种模式，才是我们应该花大力气研究的东西，而不是为了学术热点，炒作一些虚假概念与虚假问题。

附　录

附录一　汉语学界"叙述"与"叙事"术语选择再辨析

早在 2008 年，笔者曾向导师赵毅衡先生诉苦：不少汉语学术论著叙述与叙事混乱使用，上下文很难分清两者的区别，严重影响了文意理解。赵先生颇有同感，决定发专文澄清一下。2009 年，他发表《"叙事"还是"叙述"？——一个不能再"权宜"下去的术语混乱》一文（以下简称"叙述"）①，主张统一使用叙述。同年，申丹发表《也谈"叙事"还是"叙述"》（以下简称"叙事"）②一文作为回应，力主叙述与叙事区别使用。两位前辈的论争已过去 10 年有余，我国文艺学术界的相关情况是否有所好转呢？总的来说，非常不容乐观。有的著述主要使用叙述，有的著述侧重使用叙事，大量著述依然混乱并用。

鉴于此，笔者继续这个讨论，以期能对一些疑难问题做出进一步的澄清，能促进问题解决③。

---

① 赵毅衡：《"叙事"还是"叙述"？——一个不能再"权宜"下去的术语混乱》，《外国文学评论》2009 年第 2 期。
② 申丹：《也谈"叙事"还是"叙述"》，《外国文学评论》2009 年第 3 期。
③ 在汉语文化中，叙述与叙事为同义词，人们可根据自己的语言习惯或偏好自由选择其中一个。就此而论，实在没有展开学术讨论的必要。另外，就意指"叙述事件"而言，叙事比叙述一词更直接明白，因而使用叙事一词更符合简易方便的语言使用的经济原则，更符合社会大众的习惯（"从众"）。但问题是，叙述与叙事术语的选择，不只是汉语学术圈的事情。这个问题的缘起，在于如何处理西文中表"叙述事件"含义的近义词。西文文献中表"叙述事件"含义的词异常杂乱，它始终需要我们面对与处理。而"叙述"在表达"叙述事件"时的造词、造句能力与灵活也是常识。

一　术语混乱使用的例子与简析

为了让大家对这两个术语的混乱使用有切身感受，先简析两个例子。

> 叙述是一种言说方式，同语言本身一样普遍，而叙事则是一种言语再现方式，表面上对于人类意识非常自然，说它是一种问题似乎很学究气。①

这里明确在说叙述与叙事的区别，但从语段本身很难看出两者的区别："言说方式"与"言语再现方式"有明显区别吗？的确，英文原文明确使用了 narration 与 narrative 这两个英文词语：

> Narration is a manner of speaking as universal as language itself, and narrative is a mode of verbal representation so seemingly natural to human consciousness that to suggest that it is a problem might well appear pedantic.②

到底该如何理解并汉译这个文段呢？该书汉译本的译名对照表只列出了 narrative 词条，译为"叙事"。对照整个汉译本与英文原著会发现，译者的术语统一意识、规范化使用意识非常强：narrative 译为"叙事"，narration、to narrate 译为"叙述"，narrator 译为"叙述者"，narrativity 译为"叙事性"，narrativize 译为"叙事化"，narrative form 译为"叙事形式"，等等。但是，又怎么会出现这种情况呢？我们到哪里能寻找到这两个概念区别的线索呢？

---

① ［美］海登·怀特：《形式的内容》，董立河译，文津出版社 2005 年版，第 33 页。
② Hayden White, *The Content of the Form: Narrative Discourse and Historical Representation*, Baltimore: The Johns Hopkins University Press, 1987, p. 26.

附　录

在该文的一个注释中，作者在归纳克罗齐的历史观时，暴露了他对叙述（narration）一词的特殊理解：历史学家不可能根据"文献的叙述"（narrations about documents）书写真正的历史，编年史只是"空洞的叙述"（narrazione Vuota）①。联系上下文只知道：编年史没有以讲述故事的形式书写历史，因而是"空洞的叙述"。这样看来，"文献的叙述"中的"叙述"，是与以讲故事的形式言说历史事件有区别的一种方式。至于说它到底属于一种什么样的方式，在上下文中无法明确。查阅这个论文集，倒是在另一篇文章中找到了答案。作者在评价现代历史编纂学时说道：

  对于他们感觉或自己认为感觉存在于他们早已考察过的证据之中或背后的实在，这些历史学家当然给出了自己的陈述（narrated their accounts），但他们并没有将这种实在叙事化（narrativize），没有为之强加一种故事的形式。他们的例子允许我们去区别一种叙述的历史话语（a historical discourse that narrates）和一种叙事化的话语（a discourse that narrativizes），区别一种公开采用某种观点来看待世界并叙述（reports）它的话语和一种想像着、使世界言说自身并且作为一个故事来言说自身的话语（英文系引者所加）。②

这里明确把历史编纂学的历史书写形式定性为"叙述的历史话语"，把以故事形式书写历史的话语形式定性为"叙事化的话语"，而"叙述"的含义，不过就是指陈述、记叙、记载、描述，即通常意义上的"言说"义。紧接上述引文，作者还这样说道，"与其把叙事（narrative）视为一种再现的形式，还不如把它看成谈论诸事件的方

---

① Hayden White, *The Content of the Form: Narrative Discourse and Historical Representation*, Baltimore: The Johns Hopkins University Press, 1987, p. 218.
② ［美］海登·怀特：《形式的内容》，董立河译，文津出版社2005年版，第3页；Hayden White, *The Content of the Form: Narrative Discourse and Historical Representation*, Baltimore: The Johns Hopkins University Press, 1987, p. 2.

式,不管这些事件是实在的,还是虚构的"(出处同上。行文需要,笔者暂时把 narrative 译为"叙事")。

自此,我们完全理解了前述引文中"叙述"与"叙事"概念含义的区分。但是,代价也不小。单独阅读前述引文所从出的论文,读者很难完全弄明白两个概念的区别。作者对"叙述"这种完全个人化的理解,实在有违西方 20 世纪 60 年代"经典叙述学"产生以来的常识。这说明,汉语学术界"叙述"与"叙事"并用甚至混乱使用,本身有着西方学术的源头。那么,怎么处理这类文献的汉译呢?笔者主张,统一使用叙述,同时,根据概念或术语在上下文中的具体含义灵活汉译,必要时加括号附上文献原文术语,或者注释,比如,前述引文汉译就可以这样处理:

> 陈述(narration,此处非指通常的"叙述"之意)是一种言说方式,同语言本身一样普遍,而叙述(narrative)则是一种言语再现方式。

而上述汉译引文把 reports 译为"叙述",无论如何只会乱上加乱。把 reports 译为"记叙"似乎更恰当些,也减少了术语混乱。

对于海登·怀特这篇论文来说,"叙述"概念使用的混乱还表现在,他有时又把"叙述"一词的含义等同于他所理解的讲述故事意义上的"叙事"。这体现在他对黑格尔历史叙述理论认同式的考察与引证中:

> 历史学家的论说是对他认为是真实故事的一种解释,而叙述(narration)则是对他认为是真实故事的一种再现。[1]

---

[1] [美]海登·怀特:《形式的内容》,董立河译,文津出版社 2005 年版,第 36—37 页;Hayden White, *The Content of the Form: Narrative Discourse and Historical Representation*, Baltimore: The Johns Hopkins University Press, 1987, p. 28.

这种含义的"叙述"术语，不断出现在该论文后面的论述过程中。这当然容易把读者搞晕。

说到汉语学术界"叙述"与"叙事"并用甚至混乱使用的外国学术根源，有必要举一个汉语叙述学界都熟悉的例子。

> 对我们而言，故事和叙述只通过叙事存在。但反之亦然，叙事、叙述话语之所以成为叙事、叙述话语，是因为它讲述故事，不然就没有叙述性（如斯宾诺莎的《伦理学》），还因为有人把它讲了出来，不然它本身就不是话语（例如考古资料文集）。……
> 所以对我们而言，分析叙述话语主要是研究叙事与故事，叙事与叙述，以及故事与叙述（因为二者是叙述话语的组成部分）之间的关系。①

单独读这两段话，很少有人不被绕晕。就是在阅读整本书时读到这里，也难免说不遇到理解障碍，能理出头绪来。耐心的读者，会时不时去参阅一下该书其他地方。但是，耐心总是有限的，何况该书不少地方都有类似的情形。

热奈特到底怎么区分故事、叙事、叙述这三个概念的呢？先来看看该书汉译：

> 为了避免一切混乱，避免一切用词上的含糊不清，我们从现在起就必须用单义词来表示叙述现实的这三个侧面，我不多谈选择词语的明显的理由，建议把"所指"或叙述内容称作故事（即使该内容恰好戏剧性不强或包含的事件不多），把"能指"，陈述，话语或叙述文本称作本义的叙事，把生产性叙述行为以及推而广之，把该行为所处的或真或假的总情境称作叙述。②

---

① ［法］热拉尔·热奈特：《叙事话语》，王文融译，中国社会科学出版社1990年版，第9页。
② ［法］热拉尔·热奈特：《叙事话语》，王文融译，中国社会科学出版社1990年版，第7—8页。

这段话还是大体说清楚了这三个概念的基本含义。但是，读者容易记住吗？从笔者的阅读体验与教学经验来说，绝大多数读者总是出现似乎记住了区别又在具体阅读该书之际时时弄混。这种情形，估计热奈特压根就没有想到。因为，他在该书中如此重视概念区分。那么，问题出在哪儿呢？

先说汉语译文。对照上述汉译的法文原文与英文译文，总观热奈特在《叙述话语》一书"导言"开篇对基本概念的解释，会发现：他不过是把 récit（英文 narrative）看成叙述行为的产品，即叙述一个事件或系列事件时所说的话，口头或书面的，把 narration（英文 narrating）看成对事件进行叙述的行为，或者说生产性叙述的行为（l'acte narratif producteur, the producing narrative action）[1]。既然如此，把 récit（narrative）译为"叙述文本"（作者就直接把它指称为"叙述文本""叙述陈述""叙述话语"），把 narration（narrating）译为"叙述行为"（作者直接把它指称为"叙述行为"，l'acte narrative/narrative action），岂不是直接明白，区别自现？

也许，译者过多考虑了术语或概念使用的经济（简练）原则。但是，代价也是巨大的。无论如何，在一般读者眼中，"叙述"与"叙事"这两个汉语概念，基本就是同义词。正因为如此，我们可以追问：难道"叙事"一词就只是表示"叙述文本"的含义，"叙述"就只是表示"叙述行为"的含义？关键在于，把 récit 译为"叙事"，把 narration（英文, narrating）译为"叙述"，从法文原文来说，找不到依据。在法语中，récit 与 narration 两个词本来就属于同义词。

查阅法语原文文献，笔者会发现，热奈特本人在使用概念时，也有着现代叙述理论初创时期的不甚严谨之处。

作为一个理论家，热奈特的概念意识倒是异常自觉，在《叙述话

---

[1] Gérard Genette, *Figures Ⅲ*, Paris: Ed. Du Seuil, 1972, pp. 71 – 72; Gérard Genette, *Narrative Discourse: An Essay in Method*, trans., Jane E. Lewin, New York: Cornell University Press, 1980, pp. 25 – 27.

语》"导言"中，他就对基本概念作了明确解释与区分。10年后，他在《新叙述话语》中依然对这些概念耿耿于怀，并作了进一步的讨论。他指出，récit这个词含义较为"含混"（其实就是"复义"而已），因此强调用三个单义词分别表示它所具有的三种含义：用histoire指"所叙之事"（所指层面，叙述内容，即"故事"）；用récit指叙述事件时所说的话（口头或书面的，能指层面，即"叙述文本"）；用narration指叙述事件的行为（即"叙述行为"）。对于后面两个词，热奈特信心满满，在注释中特别强调不需要再作说明。但是，问题就出在这两个词上——就是第一个词的使用，从作者有意识地与俄国形式主义文论的"情节诗学"的"法布拉"的对应来说，或者就叙述理论本身来说，也有严重的问题。

首先，热奈特最终用récit这个词特指"叙述文本"，本身就冒着大大缩减该词多重含义的风险。而且，该词此种用法，也与同时代其他法国叙述理论家不太相同。在热奈特的梳理中，第一层含义，récit所指"故事"含义在现代最通用，因而是该词最主要、最明显的含义；第二层之"叙述文本"的含义不太普遍，主要为现代叙述学家所采用；第三层"叙述行为"的含义最古老[1]。也就是说，他把récit的含义最终限定在第二层含义，有着时代的理论语境。受结构主义、俄国形式主义、新批评等西方现代思潮的影响，法国经典叙述学理论家，如罗兰·巴尔特，托多罗夫，格雷马斯等，非常重视对叙述文本本身的叙述结构（叙述语法）、叙述技巧等的研究，主要把récit理解为"叙述文本"（不少学者汉译为"叙述作品"）。但是，这并不意味着这些理论家完全把该词含义局限在特指"叙述文本"这一义项下。在《文学叙述文本的范畴》一文中，托多罗夫就在既作为故事又作为话语方式的意义上使用récit一词（le récit comme histoire, le récit comme discours）[2]。在

---

[1] Gérard Genette, *Figures Ⅲ*, Paris: Ed. Du Seuil, 1972, p. 71.
[2] Tzvetan Todorov, "Les Categories du Recit Litteraire", *Communications*, 1966 (8), pp. 125–151.

《叙述文本结构分析导论》一文中,罗兰·巴尔特也用 récit 意指叙述形式或行为这种人类普遍的现象(作者也在该文中明确使用 narrtion 意指叙述行为)①。

其次,正如上文所指出的,这两个词在法语中属于同义词。récit 作为名词,源于 réciter(朗诵、记诵,该法语词又源自拉丁语词 recitare),表达的含义较宽泛,表示口头的或书面的,纪实的或虚构的叙述(行为或文本)或故事;narrtion 一词的含义相对较窄一点,作为名词,源于拉丁词 narratio(讲述、叙述、故事)②,主要表示对一系列事件进行细节性叙述的行为,即叙述,但同时也表示叙述类的文体③。

如此看来,这两个法语词的多义性、近义性,理论家具体用法的复杂性,都会导致翻译的难度。

上述两个例子发生在赵毅衡与申丹发专文讨论之前,因此,还无法体现汉语文艺学术界近 10 年来叙述与叙事两个基本术语使用的混乱。为此,有必要再举一例:

> 热奈特的《叙述话语》共有五章,前三章探讨的都是时间结构,即叙述者在话语层次上对故事时间的重新安排。后两章则以"语式"和"语态"为题,探讨叙述距离、叙述视角和叙述类型。由于布思关注的是叙述交流和伦理修辞效果,因此没有探讨文本的时间结构,而是聚焦于叙述者的声音和立场、各种叙事距离(包括隐含作者与人物之间、隐含作者与读者之间)、叙述视点和叙述类型等范畴。④

---

① Roland Barthes, "Intrduction à l'analyse Strucrale des Récit", *Communications*, 1966 (8), pp. 1 – 27.
② 谢大任主编:《拉丁语汉语词典》,商务印书馆1988年版,第361页。
③ 薛建成等编译:《拉鲁斯法汉双解词典》,外语教学与研究出版社2001年版,第1308、1644页。
④ 申丹、王丽亚:《西方叙述学:经典与后经典》,北京大学出版社2010年版,第174页。

这段话出现在作者发表专文强调"叙述"与"叙事"区别使用之后,其中的"叙述距离"与"叙事距离",明显是有意为之的区别使用。但是,对于不谙叙述理论却细心的大众读者来说,无疑会犯糊涂。短短的一段话,怎么会出现这种不同的措辞,它们有差别吗,差别是什么呢?毕竟,很难从这段话中辨析出区别使用这两个术语的理由。且不说,根据作者关于"叙述"与"叙事"区别使用的规则来说,这段话后半部分似乎应该用"叙述距离",因为其表述似乎在强调布斯(布思)《小说修辞学》在讨论话语层面的技巧,相反,这段话的前半部分应该用"叙事距离",因为那里既强调了话语层面的技巧,又提到了(时间)结构。

二 叙述技巧与叙述结构的关系

"叙事"一文区分使用"叙事"与"叙述"的学理标准主要基于,在对故事层次的结构进行研究时,或者在对既涉及故事层次的结构又涉及话语层次的表达技巧进行研究时,使用"叙事"这一术语;在对话语层次的技巧进行研究时,使用"叙述"这一术语;在遇到难以兼顾的情况时,可用注解加以说明,同时保持文内的一致性。这个标准的基础,则是西方叙述学界广为采用的"故事"与"话语"这个二元区分假定。

"叙事"一文作者认为,热奈特的《叙述话语》属于"将叙述'话语'而非所述'故事'作为研究对象"的典型代表,因而主张把该书涉及的相关概念汉译为"叙述学""叙述话语""叙述时间"等。然而,这并不符合热奈特写作该书的初衷与实际。热奈特指出,书名"叙述话语"(discours du récit, narrative discourse)似乎暗示只讨论"叙述文本",但对"叙述文本"的讨论,不可能不涉及对"所叙之事"及"叙述行为"的讨论[①]。作为一种方法论讨论,作者不过是借

[①] Gérard Genette, *Narrative Discourse: An Essay in Method*, trans., Jane E. Lewin, New York: Cornell University Press, 1980, pp. 26–27.

对普鲁斯特《追忆似水年华》这个具体叙述文本的讨论，归纳出一般小说叙述文本基本的构成要素、叙述结构或语法、叙述技巧，或者各要素之间的结构关系。在该书中，对叙述技巧或叙述机制的讨论，基本就是对结构主义语言学之语法或结构模式的借鉴，而这种讨论，也就或明或暗涉及对故事时间与叙述时间等的结构关系、叙述层次（结构）的讨论，涉及对叙述与元叙述、叙述者与受叙者、叙述者与主人公、叙述者与故事之间的结构关系进行研究。它们都属于作者在该书"引论"中提到的叙述行为与故事、叙述文本与叙述行为、叙述文本与故事三大关系的范围。简言之，这些结构或结构关系也必然在话语技巧的讨论中涉及，或者作为其潜在参照，类似于罗兰·巴尔特、格雷马斯所强调的故事的深层结构，并自然呈现出来。质言之，作者对叙述技巧的论述，不可能不涉及两种文本（前/潜叙述文本与叙述文本）之结构的潜在参照。在此意义上，话语层面的叙述技巧与故事层面的叙述结构，是一体两面的东西。也许，正因为如此，雅各布森把"手法"看成"结构的同义词"[1]。

在此，仅以作者在前三章对故事时间与叙述时间二者关系的研究为例作一点说明。在前三章，作者对普鲁斯特《追忆似水年华》的时间结构进行了宏观分析。显然，两种时间结构的对照，才能把这种关系说清楚，尽管作者主要讨论导致这种时间结构差异的话语手段。生活事件的自然时间顺序，与在书面文字叙述文本中提到的事件的时间顺序，一般有差异。有些日常生活事件完全是同时发生的，但在叙述文本中，就只能有先有后地进行叙述，所谓一张嘴不能同时说两家话。于是，会出现诸如倒叙、插叙、预叙等叙述时间模式，或者说关于时间的叙述技巧。如作者所说，叙述时间，是叙述手法的组成部分[2]。这些关系，本身就是一种结构关系，是对事件时间与在叙述文本中呈

---

[1] 王文融：《译者前言》，载［法］热拉尔·热奈特《叙事话语》，王文融译，中国社会科学出版社1990年版，第1页。

[2] Gérard Genette, *Narrative Discourse: An Essay in Method*, trans., Jane E. Lewin, New York: Cornell University Press, 1980, p. 34.

现的叙述时间两种结构的一种形式化观照。法国学者罗歇·法尧尔这样评价热奈特的《叙述话语》："热奈特在研究中也运用简单的语法模式，并制定出一个'叙述语法'，即把叙述看成是动词的扩展形式。他因此把动词的各个范畴用于整个叙述文本、时况（包括时序、时长、频率）、时式和时态。这样，《追忆似水年华》就被当作下面一句话的扩张变体……来研究：'马赛尔成为作家'。热奈特揭示了普鲁斯特式叙述的特性，……他还提出了一个今天任何批评家在细致描写小说结构时都不能不重视的研究纲领。"[1] 就此而言，"叙述语法"不是一种结构关系研究，还能是什么呢？

事实上，叙述手法与叙述结构之间不可分割的关系，叙述理论界一直以来都有着比较自觉的认识。

格雷马斯的夫人这样评价他的学术："未来的学术研究从此获得了语义分析的先例和叙述性的概念，格雷马斯把后者定义为深层句法（和抽象语义）层面与表层句法（和形态）层面两个不同层面的有序转换。"[2] 叙述的深层句法与表层句法和形态两个层面的转换也表明，叙述技巧与叙述结构并非决然分割，而是互为表里。我们来看一下格雷马斯本人对结构的思考。从意义角度，他这样定义结构：（1）"两个项及两个项之间的关系显示"（普遍使用的定义）；（2）"可以说结构是意义的存在方式，其特征是两个义素之间的接合关系的显示"[3]。这种语义结构观，成为格雷马斯建构其叙述理论的基石。具体到其叙述理论，他基本上把结构理解为"骨架"，即具有相对稳定性的叙述结构框架，也就是叙述模型。在谈及"叙述及其表达"时，他把叙述划分为两个层次，一个是表象（表面）层次，"叙述通过语言之物质

---

[1] ［法］罗歇·法尧尔：《叙事作品分析》，黄晓敏译，载张寅德编选《叙述学研究》，中国社会科学出版社1989年版，第451—452页。

[2] ［法］T. K. 格雷马斯：《前言》，载［法］A. J. 格雷马斯《结构主义语义学》，蒋梓骅译，百花文艺出版社2001年版，第3页。

[3] ［法］A. J. 格雷马斯：《结构语义学》，蒋梓骅译，百花文艺出版社2001年版，第21、36页。

实体进行表达，叙述的表现受制于实体的种种特殊要求；另一个构成了某种共同结构主干的内在层次，这是叙述在显现之前的层次，也是对叙述进行先期组织的层次"。"在显现（表达）层上，同叙述结构相应的是叙述文本的语言结构；话语分析是叙述分析的必然结果。"①"表达"相当于后来查特曼所说的"话语"，是表层的。深层的，则是潜在的、共同的结构。至于说这种结构是先在的，还是伴随表达生成的，则是另一回事。在具体讨论"叙述的戏剧张力"时，他说到，"如果说考验独自规定了叙事的历时性，那么叙事的时间展开还要依靠一定数量的手段，这些手段是叙事技能的组成部分。该叙事技能组成叙事的'二次转化'（被称为戏剧情节、悬念、动力和张力），可定义为功能分隔，也就是说，把属于同一意义结构的义素内容分散于叙事功能链中"。技巧与结构的相互依存关系，由此可见一斑。

当然，我们也必须清楚，格雷马斯对作为深层结构的叙述结构的重视远高于叙述表达。这是"经典叙述学"的基本特征，是其直接运用结构主义语言学范式的逻辑结果。过于重视的后果，就是对二者辩证关系的讨论很不够。相反，那个时期的理论家都把建构或发现深层叙述结构或叙述模式作为构建叙述理论的最终目标。罗兰·巴尔特就认为："不参照潜在一个由单位与规则组成的系统，就不可能组合或创造一个叙述文本。"② 格雷马斯在为尤瑟夫·库尔泰新书写的"代序"中，还抱怨某些符号学家不懂得杜梅泽尔或列维－斯特劳斯研究成果的重要性："揭示了话语的有组织的、但潜在于表层叙述性的表现活动中的深层结构的存在。"③ 作为他的学生，库尔泰则较好解释了表达（话语）与结构的关系：叙述单位（相当于格雷马斯所说的"义

---

① ［法］A. J. 格雷马斯：《论意义——符号学论文集》（上），吴泓缈、冯学俊译，百花文艺出版社 2005 年版，第 166 页。

② Roland Barthes, *Image Music Text*, trans. Stephen Heath, London: Fontana Press, 1977, p. 81.

③ ［法］A. J. 格雷马斯：《成果与设想》（代序），载［法］尤瑟夫·库尔泰《叙述与话语符号学：方法与实践》，怀宇译，天津社会科学院出版社 2001 年版，第 2—3 页。

子",整体的"形态"结构就是由"义子"组成的内在世界)"接续构成叙述文本的故事","但这种接续不是阐述叙述文本组织方式的足够的标准,只有对聚合投射的辨认才可以让我们谈论叙述结构的存在问题"[①]。叙述文本呈现出的纵横轴之相互关系表明,结构与表达(技巧)似乎是一体两面的关系。

认真说来,明确提出"故事"与"话语"二元区分的查特曼本人,倒是异常重视这两者的联系,以前人们过于关注他对这两者的区分了。"话语"涉及内容传达的方式,但在他的理论框架中,作为话语传达方式之一的"叙述形式"(另一个是传达媒介),其含义却是"叙述传达的结构"[②]。在这里,如何叙述的形式问题,既涉及叙述结构,也涉及叙述技巧。他在该书序言中明确表示只关心形式,但也同时强调内容并非只是内容——内容也可表现为形式。因此,他所理解的叙述结构的具体内涵,"表达"与"内容"都涉及形式,反过来说,"形式"也同时涉及"表达"与"内容"[③]。这一切,都具体体现在他所作的具体讨论中。第二章讨论故事时间与话语时间差异时,既从顺序、时长与频率角度讨论了二者的结构关系,同时也讨论了体现这些差异的表现方式(技巧)。第五章讨论视点与叙述声音的关系,表面看来是对叙述技巧的讨论,实际也是对叙述文本之基本结构的讨论,视点涉及聚焦者,而聚焦者与叙述者之间,总构成为一种结构关系。

对于经典叙述学理论家们到底如何处理所谓"故事"与"话语","叙述结构"与"叙述技巧"二者关系这个问题,当代叙述学新领军人物 J. 费伦与 D. 赫尔曼都作了总结。J. 费伦认为,"结构主义叙述

[①] [法]尤瑟夫·库尔泰:《叙述与话语符号学:方法与实践》,怀宇译,天津社会科学院出版社 2001 年版,第 6—7 页。

[②] Seymour Chatman, *Story and Discourse: Narrative Structure in Fiction and Film*, New York: Cornell University Press, 1978, p. 20.

[③] Seymour Chatman, *Story and Discourse: Narrative Structure in Fiction and Film*, New York: Cornell University Press, 1978, p. 24.

学"（即经典叙述学）的主要关注点，在于发现叙述的基本元素，以及这些元素之间的关系——关注呈现这些元素的手段（话语），叙述手段不同，这些元素之间的关系就会发生极大的变化①。他特别提到热奈特对时间性的研究，认为他把时间看成一种功能：体现了"叙述什么"（what，内容）与"如何叙述"（how，形式）二者之间的关系，更明确一些说，体现了"故事的事件与在话语中呈现这些事件之方式的关系"②。D. 赫尔曼在总结现代叙述理论史上三个研究领域时这样说：

> 三个领域讨论叙述结构的三个不同层面。第一，V. 普洛普、C. 布雷蒙、A. J. 格雷马斯、C. 列维-斯特劳斯、T. 托多洛夫、罗兰·巴尔特等理论家对叙述学、叙述语法，或者叙述语言的研究。用洛奇自己这个时候都不使用的术语来说，这类研究着重探讨被叙内容或故事的组织，即"素材"（fabula）在"情节"（sjuzhet）中不同实现方式所依据的结构。第二个领域研究属于小说诗学研究，即"对小说再现技巧进行描述和分类"。在洛奇看来，W. 布斯和G. 热奈特的著作属于此类。这种比如对叙述者讲述故事之事件的次序的研究，主要处理被叙述世界与叙述行为之间的关系，或者说处理"故事"（fabula）与"话语"（sjuzhet）之间的关系。第三个领域研究是小说的修辞性分析，"分析叙述文本的表层结构"，这个表层结构显示了故事的语言使用如何决定其意义与效果。③

需要特别指出，包括戴维·洛奇（David Lodge）、D. 赫尔曼、托

---

① Robert Scholes, James Phelan and Robert Kellogg, *The Nature of Narrative* (Fortieth anniversary ed., rev. and expanded), New York: Oxford University Press, 2006, pp. 287–289.

② Robert Scholes, James Phelan and Robert Kellogg, *The Nature of Narrative* (Fortieth anniversary ed., rev. and expanded), New York: Oxford University Press, 2006, p. 315.

③ David Herman, "Introduction: Narratologies", David Herman, ed., *Narratologies: New Perspectives on Narrative Analysis*, Columbus: Ohio State University Press, 1996, p. 7.

多罗夫、热奈特等在内的绝大多数欧美叙述理论家,完全误解了俄国形式主义文论家对于"法布拉"与"休热特"的理解。这两个术语根本就不对应于"故事"与"话语"。这里分别把 fabula 与 sjuzhet 汉译为"素材"与"情节",以及"故事"与"话语",只是为了适应上下文的需要。S. 查特曼是"故事"与"话语"这对术语的主要倡导者。他的相关理解,包括这个二元术语,严重误导了其他叙述理论家。这种误解,几乎被汉语叙述学界照单全收,包括这对术语的汉译,以及由此演绎出的叙述分层等理论。这个问题需要专文讨论。

回到这里的问题。按照洛奇的看法,布斯和热奈特主要讨论叙述技巧,但也属于对"叙述结构"某个方面的探讨。这表明,他也认为结构与技巧之间具有潜在关系。说格雷马斯等关注"'故事'在'情节'中的各种实现方式所依托的结构"这个表述,也说明了不参照结构就不可能讨论技巧,即使是潜在地参照。因此,我们只能说,D. 赫尔曼与洛奇对这三个领域研究焦点的概括,只是突出了其侧重点而已。同时,他的概括本身也并不全面与准确,不必奉为圣旨。这一点,前文也有所分析。

韦恩·布斯自己承认,他的《小说修辞学》主要研究小说技巧[1],但我们也必须看到,与热奈特的《叙述话语》一样,他也免不了受结构主义、新批评思潮的影响,该书对小说技巧的讨论,自然也涉及了作者、隐含作者、叙述者、人物和读者等之间的结构关系或结构性的距离。

以上讨论说明,"叙事"一文以故事结构与话语技巧作为叙事与叙述差别化使用的标准,学理上的依据并不充分,其实践可操作性也并不大。自此,"叙述"一文的相关说法还是值得重视的,"结构与技巧的区分,实际写作中无法判别,也就很难'正确'使用"。这种理解完全可以延伸到文学理论与批评中。这一点,尤其体现在

---

[1] Wayne C. Booth, *The Rhetoric of Fiction* (2nd ed.), Chicago: The University of Chicago, 1983, p. xiii.

20世纪中后期受结构主义影响建构的各种文论模式。其实,在《西方叙述学:经典与后经典》一书中,作者也几次出现"结构技巧"连用的情况[1]。而且,其所作区分的第三点,更少操作性。翻阅近10年来出版或发表的有关叙述理论研究或叙述实践批评的文献,不难发现,很少有人在注解中区别使用叙事与叙述这两个术语。普遍的现象是,或者主要使用叙述,或者主要使用叙事,降低混乱性,但混淆依然不同程度存在。不少主要使用叙事或叙述的语段,其在上下文中的意指并不明确,经常让读者分不清作者到底想侧重论述故事或话语哪个层面,还是两个层面的组合。同时,依然有不少学者继续使用叙事者、叙事性等概念,有一些学者依然把热奈特的"Discours du récit"汉译为"叙事话语"等。

三 "叙述"与"叙事"的含义与用法辨析

为什么对故事结构进行研究,或者既对故事结构又对话语技巧进行研究的这些情形就应该使用"叙事"?"叙事"一文提出的理由也涉及"叙事"这个汉语词的基本含义:"'叙事'一词为动宾结构,同时指涉讲述行为(叙)和所述对象(事)。"然而,这种理解过于表面化。的确,仅从构词法理解"叙述",它无疑属于典型的并列式,"叙"+"述",它们都主要表示叙述的行为:"叙:动词,记述,一事/一述""述:动词,陈说/叙述。"[2]《现代汉语词典》这个大众化的解释,基本沿袭了这两个单字词的古代汉语用法,只不过古代用法更丰富、也更具体一些:"叙"的一个含义为"陈述,述谈","述"的一个含义为"记述、陈述";它们是近义词,"叙"是叙说事情的原委,重在次第,"述"是述说有过的事、说过的话,重在遵循陈迹[3]。

---

[1] 申丹、王丽亚:《西方叙述学:经典与后经典》,北京大学出版社2010年版,第173页。
[2] 《现代汉语词典》第5版,商务印书馆2005年版,第1539、1269页。
[3] 王力主编:《王力古汉语字典》,中华书局2000年版,第409、1424页。

问题在于,"叙述"一词的含义并非"叙"与"述"字面含义的叠加。《现代汉语词典》也给出了"叙述"一词的解释:"叙述,动词,把事情的前后经过记录下来或说出来。"[①] 该解释,抛开囿于传统知识谱系的"天真"、强调话语或言说的透明性、追求表达的"真实性",同时,也表明了所叙(述)行为的对象:"事情"。"事情"属于不甚严谨的用语,但它也与现代汉语、现代文艺中"事件"(events)这一概念的含义大体接近。至少,它包含了一般意义上的"事件"义,即"伴随着行为过程的发生之事或某种情境"。叙述的这种含义,与《现代汉语词典》对"叙事"一词的释义基本相近,"叙事,动词,叙述事情(指书面的),一文/一诗/一曲"[②]。

简言之,"叙述"的基本含义就是对事件的"叙"或"述",口头的或书面的。这说明,对语词的释义,蕴含了词所从出的文化传统与文化成规。在中国文化传统与文化成规中,"叙述"在事实上已经属于一个文类概念。在杨义的梳理中,"叙述"这一个双音节词并没有出现在中国古代文体发展史中,大体贯穿中国古代"语文"史的,倒是"叙事"一词。作为一种文类术语,"叙事"一词在其历时性的语义流变中,基本的语义渐渐趋向并固定于"记事"[③]。鉴于现代汉语中"叙述"与"叙事"同义,且可互换,我们完全有理由把"叙事"一词的古代语义看成"叙述"一词的语义。在中国现代文体划分中,在写作学对写作方式或表达方式的划分中,叙述都被明确为"叙述事件"的文学类型,或"对事件进行叙述"的表达方式。

如此看来,我们主要还是在文化传统与文化成规中理解"叙述"这一汉语核心概念。与"叙事"一词直接指称"叙述事件"相比,"叙述"这一概念对事件的指称是间接的,即通过文化成规暗示的。既然如此,认为叙述只是涉及叙述行为的理解,尤其把对故事结构进

---

① 《现代汉语词典》第 5 版,商务印书馆 2005 年版,第 1539 页。
② 《现代汉语词典》第 5 版,商务印书馆 2005 年版,第 1539 页。
③ 杨义:《中国叙事学》,人民出版社 1997 年版,第 10—13 页。

行研究，或者既对故事结构又对话语技巧进行研究作为"叙事"术语选择的标准，就不能成立。我们断不能简单化地认为"叙述"这一概念只表示叙述这一行为，认为它不适合用于"对故事结构进行研究，或者既对故事结构又对话语技巧进行研究"的情形。

那么，到底该如何使用这两个概念呢？笔者的主张是，统一使用"叙述"这一概念。一则"叙述"与"叙事"属于同义词，二则"叙述"一词在不少层面较"叙事"一词具有优势。

从构词造句（短语搭配、构造句子）的能力上说，"叙述"明显优于"叙事"。"叙事"一词的动宾结构，使其表义具有完整性、限定性，即构成一个行为与对象完整的意义闭合体，从而成为一个固定搭配。相反，正因为"叙述"一词从单纯的字面含义来说只表示一种行为或动作，它完全可以再构成一种动宾式的词组或短语，完全可以在句子中灵活使用。我们可以说"叙述一个或一系列事件""被叙述的事件"，却不能说"叙事一个或一系列事件""被叙事的事件"。

纯粹从概念能力的角度说，叙述也是一个极具涵括力的理论概念。当使用"叙述"一词时，不可能仅仅提到它的"叙述行为"义项。从逻辑上说，叙述行为自然涉及该行为的结果，即产品，于是"叙述文本"的概念自然被潜在包含或预设。同样，在提及"叙述"一词时，事件概念、故事概念、情节概念、都会被预设。因为，它们都是叙述这一概念的"题中应有之义"。

对于一般说到的概念使用的从众原则，其实也就是惯例或习惯而已。查阅百度、CNKI 等网站会发现，使用"叙述文""叙述诗""叙述曲"的人也不少，并非如《现代汉语词典》"叙事"词条那样，必须使用"叙事文/诗/曲"。大众习惯并非一成不变，何况，"叙述文""叙述诗"之类的词组表达，并不影响该词的含义，也不影响大众或专业读者的理解。而且，笔者认为，对于专业问题来说，恐怕不是一般所说的语言从众原则可以完全敷衍的。日常生活用语，可以不用那么专业严谨，但是，对于学术问题来说，术语或概念不专业，过于迁就大众，结果就是许多问题无法从学理上深入下去。这一点,恐怕也是常识。

说到这里,顺便提一下有学者提到的"叙事"向"叙述"的转向,"叙述"向"叙事"的转向这样的"学术话语"。《叙事》一文从"叙事"与"叙述"区分使用角度赞成这种提法,并作了解释:"第一次世界大战以后,西方小说艺术首先出现了由'叙事'向'叙述'的转向,不少作品淡化情节,聚焦于叙述表达的各种创新,有的甚至成了纯粹的叙述游戏,而近期又出现了由'叙述'向'叙事'的转向,回归对故事的重视。"赵毅衡反对这种提法,认为"这个说法似乎有点自我矛盾,小说本来就是叙述"①。下面先来看一下赫尔曼对新旧小说模式变化的总结。

> 现实主义小说通常隐藏它的再现程式。为了创造完全拟真的体验,它把自身视为一扇看待世界的透明之窗,其建构性被置于背景之中。相反,实验小说则把叙述结构突出显现出来,从而突出其故事的建构性。因此,这种有着艺术自觉的小说明显需要叙述分析的工具。②

现实主义小说隐藏故事再现方式,结果就是,读者阅读作品时一般不会注意到这些再现方式,而是直接沉浸到小说所讲述的故事中。实验小说则突出故事再现程式,因此,读者阅读作品时,无法完全沉浸到小说所讲述的故事中,而是在体验故事的同时,又很难避免对叙述程式本身的关注与欣赏。其实,换一个角度,无非是说,两种小说模式由于追求的艺术效果不同,期待读者接受文本的方式不同,因而讲述故事或故事呈现的方式不同。但无论如何,两种小说模式都在讲述故事这一点却是一样的——尽管有些西方学者认为把小说视为"讲

---

① 赵毅衡:《"叙述转向"之后:广义叙述学的可能性与必要性》,《江西社会科学》2008年第9期。

② David Herman, "Introduction: Narratologies", David Herman, ed., *Narratologies: New Perspectives on Narrative Analysis*, Columbus: Ohio State University Press, 1996, p. 6.

故事"已经是一种落后的观念,甚至不承认西方一些现当代小说家在"讲故事"。总的来说,现代主义文学不再像传统那样素朴、直观理解社会外在的、表面的生活事件,而是重视这些事件在人的心理留下的印象或影响;也不再看重素朴、直观理解人的外在行为,而是看重人的心理行为;不再刻意书写人的活动连续性,而是试图还原人的一生、人的活动或行为的断裂性、偶然性;等等。这其中任何一点的改变,都可能导致现代小说或叙述文学书写形态的变化。但不管怎么说,它们都属于人的"行为"。利科就对行动(行为)概念发表了不同于传统的一种理解,这种理解,能帮助我们以新的方式理解现代主义文学新的故事讲述模式,尤其是其新的"情节模式":

> 我们一定不要把它仅仅理解为主要人物在他们的境遇与命运中引起明显变化的举止,即所谓人物的外在行为。行动也包括人物精神上的变化,他们的成长和教育,他们对精神生活与情感生活复杂性的初步认识。在更微妙的意义上,也包括纯粹的内心变化。这些内心变化影响了感觉与情绪的时间流程,并最终走向内心能抵达的最少组织、最少意识的层面。[1]

对行动的理解发生变化,对情节模式的理解也随之发生变化。用他的话来说,就是"行动场与情节场一同扩展"。

因此,笔者赞同赵毅衡的看法,并作一点补充。无论"一战"后西方小说创作对传统的巴尔扎克式小说故事模式的反叛,"淡化情节"而聚焦叙述技巧或故事讲述方式,还是20世纪70年代以后西方小说写作的"故事回归",也就是说,无论西方现代小说写作有什么创新或变异,它们都属于"对事件进行叙述"的叙述类文学体裁。我们很难否认这一点。这也体现在近几十年来对"叙述"这一概念的定义:

---

[1] Paul Ricoeur, *Time and Narrative*, Vol. II, trans. K. Mclaughlin and D. Pellauer, Chicago: University of Chicago Press, 1984, p. 10.

无论站在什么角度定义"叙述","对事件进行叙述"始终是其核心。既然如此,所谓"叙事"向"叙述"的转向,或者相反,实在是对概念本身理解不严谨而引发的讨论意义不大的问题。这样说,并非简单否定这种讨论的价值,而是说,我们完全可以不在"叙述""叙事"这样的相近概念上兜圈子的情形下,回到中西小说叙述艺术演变的讨论上,其演变既是事实,也是学术界需要密切关注的。

附录二　再现或表象：representation 汉译争论再思考

2017 年，赵毅衡有感于学术界近年来大有用"表征"术语替代"再现"术语，过分拔高霍尔"表征理论"（伴随汉译术语"表征"的出现）的趋势，发表《"表征"还是"再现"？一个不能再"姑且"下去的重要概念区分》（以下简称《再现》）一文[①]，主张采用不同术语汉译霍尔的 representation 一词。在其表达"符号赋予经验以意义"这种符号常规含义时，继续用"再现"一词汉译；在其表达"社会、文化中携带了权力之话语知识生产与交流"的含义时，用"表征"一词汉译。2018 年，徐亮发表《representation 中译名之争与当代汉语文论》（以下简称《表征》）一文作了回应[②]。该文明确反对"再现论"，反对用"再现"一词去汉译 representation 一词，主张一般用"表征"、有时用"表象"来汉译该词。

本文通过回到亚里士多德、胡塞尔、康德、霍尔思想本身，试图阐明：根据具体语境，representation 一词宜汉译为"再现"或"表象"。

一　如何看待文艺史上的"再现论"

《表征》一文明确反对"再现论"，认为它具有机械唯物主义反映论色彩，其学理上的要点是"客体对象的再次出现或呈现"，即强调"再一次"，类似拷贝，因而只能对应英文词 reproduction（复制），而不是 representation。

以机械唯物主义反映论为基础的复制式的"再现论"，无论如何都不是中西文艺史上"再现论"家族中的"独苗"。从"再现论"所

[①] 赵毅衡：《"表征"还是"再现"？一个不能再"姑且"下去的重要概念区分》，《国际新闻界》2017 年第 8 期。

[②] 徐亮：《representation 中译名之争与当代汉语文论》，朱志荣主编：《中国美学研究》第十二辑，商务印书馆 2018 年版。

涉及的几个核心概念即模仿、再现、真实、现实主义等来看西方从古至今的"再现论"观念史与实践史，可以发现各种各样的"再现论"与再现实践。这些观念与实践，既体现了对艺术与世界关系的不同理解，也体现了对人与世界关系的不同认识。我们很难简单断言：一种再现论完全取代了另一种再现论，或者其他非再现论完全替代了再现论。这是学界基本公认的具有普遍性的文艺史现象，即层叠或累积，而非取代。亚里士多德的模仿说就可以论证：再现论本质上并不等同于机械唯物反映论的复制①。

二 从胡塞尔现象学看"再现"与 representation 汉译

按照《再现》一文对"再现"的理解，它就是"符号化再现"或"符号再现"："再现是用一种可感知的媒介携带意义，成为符号载体"，即"用某种媒介再次呈现事物的形态"。其逻辑为事物直接呈现（显现），但它尚未媒介化为符号，因而无法传达意义。因此，事物要传达意义，必须经过"符号再现"的行为。事物经过"符号媒介化"过程的再现，表现为传达意义的"重新呈现"，因而已经不是对原物的复制。这是一种符号哲学立场的再现观，与各种传统的"再现观"都不太一样。其哲学基础主要基于胡塞尔现象学对"再现""表象"等的理解。

胡塞尔直接讨论了"再现"。在他看来，在感知（知觉）行为中，对象本身于本己个人中当下存在，生动地直接显现，置于眼前（部分显现，其他部分"共现"），被原造，因而被标示为"体现"或"自身展示"（presentation）；而在想象行为中，感知行为中被原造的对象被再造，属于一种较为狭窄意义上的"再现"（re-presentation），被标识为"代现"（representation）②。倪梁康强调指出，胡塞尔特别突出 re-

---

① 请参见本书第六章第一节，该节已对亚里士多德《诗学》中的模仿论作了系统的解释。
② ［德］胡塞尔：《逻辑研究》第二卷第二部分，倪梁康译，商务印书馆 2015 年版，第 955 页。

presentation 这一概念的前缀"re-",强调对原造对象的"再造":"因为是'再造',因而可译作'再现'。"[①] 其实,对胡塞尔来说,没有强调"re-"这个前缀的 representation 一词,基础含义依然是对原造对象的"再造"或"再现"。这可以从附表 1 中看出来。

附表 1　"再现"与 representation 在其不同概念系统中的关系

表象行为（广义）Vorstellung（德语）objectivation（英语）représentation（法语）	客体化行为	称谓行为即狭义表象行为	直观行为	本真表象	设定	感知表象	感知	当下拥有	体现/展示 presentation 对象直接显现。对象是被表象的对象本身
					设定	回忆表象	狭义想象	当下化 representation（映像）对象以被回忆、想象等方式被意指	再现（代现）re-presentation 对象是被表象的图像或映像
						期待表象			
						真实性想象表象			
					不设定	单纯想象			
						图像表象	广义想象	统一的整体复合行为。主导行为非对图像或语词符号的当下直观,而是"含义意向"（意向意指性质改变或转向,仅朝向意义给予行为、朝向被意指的实事或图像即符号被标识的东西）。"含义意向"可在直观中得到充实（一棵树）或得不到充实（10^3）。一旦充实,即为认识	
		符号行为		非本真表象		非纯粹符号的符号表象			
						纯粹符号表象	单纯臆想	空乏意指。仅被体验、意指,不包含	无、悖谬（无对象）
		判断行为				作为论题（命题）行为,它以表象作为基础。其意向行为的对象是知识,关于对象的知识			

---

　① 倪梁康:《胡塞尔现象学概念通释》,生活·读书·新知三联书店 2007 年版,第 417 页。

联系胡塞尔的相关论述，可以作以下解释：其一，广义上，Vor-stellung 指"表象行为"，对更高行为起奠基作用，可用于表达各种"表象"类型的场合，比如"感知表象""单纯表象""本真表象"等等，在本质含义上，Vorstellung 指一种"客体化行为"（objectivation），即能被赋予质料（给予意义），构造自己对象的行为（与情感、意愿等无法构造自己对象的非客体化行为相对）①；其二，representation（re-presentation）含义较明确，即"当下化"（representation），"再现"或"代现"，此时，对象以被回忆、想象等表象方式被意指，成为被表象的映像或图像（在感知表象中，对象既在"在图像中"显现出来，更是"自身"显现出来，它与"想象"的区别在于，它"是通过实事的同一性综合而得到充实"）。

附表1中的"图像表象"与"符号表象"，需要作进一步的辨析与修正。在《逻辑研究》中，胡塞尔把"图像表象"（照片、塑像、绘画等，非指广义想象行为中的"图像"）行为看成一种"直观行为"，一种当下化的再现。倪梁康在《通释》一书对"表象"词条的解释中，也把它归为"直观表象"。但是，胡塞尔在后来的手稿中，又把"图像表象"与"符号表象"一起看成"非本真表象"："现实自我在帮助想象自我沉溺于想象世界（例如看电影、读小说等等）。"② 同样，倪梁康有时把图像意识与符号意识一并看成非直观行为，有时又认为图像意识属于直观行为③。此种犹疑或矛盾，至少说明，这两个问题还需要作进一步思考。

在"图像意识"中，我们直接感知的是一张照片或一幅画，这张照片或这幅画，当然不是它们所意指的事物本身，它们只是其意指事物的替代性符号。站在认识论现象学立场，我们并不停留在对这些物质性符

---

① ［德］胡塞尔：《逻辑研究》第二卷第一部分，倪梁康译，商务印书馆2015年版，第716—870页。
② 倪梁康：《胡塞尔现象学概念通释》，生活·读书·新知三联书店2007年版，第500页。
③ 倪梁康：《意识的向度：以胡塞尔为轴心的现象学问题研究》，北京大学出版社2007年版，第203—204页。

号载体的感知直观上，而是借助此感知直观，进入到对这些符号所指称的对象或事态的立义行为中（在符号行为中，被表象的主要对象，是符号意指中显现或标识的对象或事态），进入到对这些符号显现的图像的直观充实行为中，如果这些符号显现图像与显现对象（被指称之物）一致，就达成一种认识，反之，则不能达成一种认识。胡塞尔之所以把图像意识看成一种直观行为，关键在于他完全以理想化的方式在看待图像意识，即如倪梁康所说的那样，"图像意识"的三个客体，图像事物、图像客体和图像主题，悉数在场。但问题在于，在具体实践中，很少能做到这一点，比如看一个去世的人的照片，看古代人物肖像画，等等。况且，无法保证图像与原物的相似性程度，也无法保证所有图像都是对实存事物的描画。不错，理论上的、理想化的图像意识完全属于一种直观行为，一种当下化再现行为，尽管它与回忆表象、真实性想象表象所体现的当下化再现在意向意识立义方向（顺序）与具体程序上很不一样，或按列维纳斯的说法，意识活动的性质不一样（对图像符号的直观感知→对图像符号指称对象的立义→寻求对图像符号显现的图像与所对应的实存事物的直观充实；感知实存事物→回忆、真实性想象再现、再造对象事物）。简言之，作为一种统一的复合行为，理想化的图像意识中总是伴随着对图像表象的直观充实行为。

胡塞尔对符号行为的理解，既贯穿了他的认识论现象学立场，也渗透了他潜在的语音语言中心观。后者使他完全以符号能指与所指关系的任意性原则看待符号问题，从而不把图像看成一种符号形式，进而单列出一个实践性并不强的图像论。在《逻辑研究》中，他特别强调"图像意识"与"符号意识"的本质差异：前者表现为它与其所描绘的对象之间具有必然相似性，尤其是"每当它的充实得以可能，它的显现为'图像'的对象便通过相似性而被认同为在充实行为中被给予的对象"；后者表现为符号意识中的显现对象（能指载体或名称）和充实行为的显现对象（被指称之物）相互间本质上"没有关系"，即使有相似性（甚至完全相似），也是偶然相似性。其实，我们完全可以把"图像意识"看成是"符号意识"的一个特殊种类（上文表述已经这样做了）。这样做的好处，一方面，区分了真正能实现的"图像意识"与不可实现的、虚假的"图像意识"，从而以"符号意识"的名义涵括图像不能得到直观充实的那一部分；另一方面，也拓展了以相似性为基础的"图像意识"，即广大的符号能指与所指之间具有相似性的符号形式，比如人类早期的图画符号、图形文字、类文字符号、身体符号、行为动作符号、现代影像、实物符号等。事实上，在胡塞尔那里，"图像意识"与"符号意识"的立义方式有着本质的相似，他对大理石胸像立义方式的描述，充分说明了这一点。关键在于，任何一种"符号意识"（符号行为），作为一种统一的复合行为，一种客体化行为，也通过想象材料构造自己的事物，也完全可能伴随对事物表象（意指对象）进行直观充实并可能达成直观充实的行为，即胡塞尔所强调的明见地被给予、真正意义上真实被给予[1]。以此观之，符号意识与当下呈现可以有某种本质关联，即可以属于一种直观化的当下化再现。当然，必须指出，与许多前辈一样，胡塞尔也坚决反对心理主义的意义图像论，反对把意义还原为广义想象的心理图像，认为语言符号表达伴随的想象表象并不构成意义的基础，意义属于抽象一般、本质之物的范畴，对于个体化感性经验来说具有超越性。这种反对，无疑是合理的。但正如有学者指出，胡塞尔在反对心理主义想象图像论时显得过于极端，一方面，他自己也承认，"语词图像特别容易通过被给予的直观而被再造"，表述在意指某物时，"对象性之物或者由于有直观相伴而显现为现时当下的，或者至少显现为被当下化的（例如在想象图像中）"；另一方面，必须承认，即使图像意向的充实只是部分说明的直观，也需要这种直观作为意义一般性的当下化例示，我们的所有意指意识或含义意向既不可能完全是一片空白空无所指，也需要"相应的直观；在这直观中，人们把握到这个表述所真正

---

[1] ［德］胡塞尔：《现象学的观念》，倪梁康译，人民出版社2007年版，第63页。

意指的东西"（胡塞尔语）①。

至此，我们可以得出这样的结论："符号行为"中意指对象（事物表象）能得到直观充实的部分，包括上述真正实现的"图像表象"，完全属于一种直观化行为，一种当下化的再现，尽管它们的立义方向（顺序）与具体程序与回忆、真实性想象不同，后者体现为某种意义上的直接再现。

那么，如何看待那些意指对象或事物表象无法得到直观充实的"符号行为"（比如文艺虚构符号行为）呢？显然，从认识论现象学立场来说，它们是不能称为当下化再现的。胡塞尔在《现象学的观念》一书中专门提到了不设定的"单纯想象"中的虚构。他举了在想象中虚构骑士圣·乔治在杀一条龙的例子。他的理解是，这想象现象所展现的圣·乔治并不是整个明见的，但这个对象时而这个方面、时而那个方面出现在当下化中，这个对象具有现象的意义，在显现中符合现象地表明为"被给予性"却是明见的。这说明，虽然从实证论指称角度来说，"单纯想象"中的虚构形象（表象）不容易找到完全对应的现实实存，但它也并非完全凭空捏造而没有一点点感知直观的基础，不然，文艺虚构世界将是一个无法想象、无法沟通的世界。退一步说，从与事物直接被感知直接呈现，未经符号媒介化因而无法传达意义相比较的角度来说，我们也可以把这种行为称为符号化再现，即相对于非符号化的感知呈现而言的"符号再现"。这也符合语言符号的基本特征，事物或意义不在场，才需要语词符号，语言符号都指向不在场的东西。当然，此时的再现，已经是广义的"再现"。从本质上说，古今中外的所谓文艺再现论，也就是符号哲学意义上的广义符号再现论。

三 从康德、霍尔、汉语文化传统看 representation 的汉译

上文讨论已基本明确，根据 vorstellung 在具体语境中的含义，可

---

① 高秉江：《图像、表象与范畴——论胡塞尔的直观对象》，《哲学研究》2013 年第 5 期。

以分别汉译为"表象"或"再现"。同时，已基本回应了《表征》一文认为vorstellung这个德语词没有"再"的意思的看法。同时，从上文讨论可以看出，胡塞尔认识论现象学中的"再现"，是相对于知觉直观中事物的直接显现来说的，而符号哲学意义上的"符号再现"也是以此为基础所作的推演。凡此两者，是该"再现"之"再"的基本含义。以此来看待康德对"表象"的理解，似乎可以发现，也有"再"的含义。

康德对"表象"（vorstellung，英译为presentation）一词的理解非常宽泛，"凡是出现在心灵面前的东西，都是表象，感性直观、范畴、理念，各种各样的原理等等都可以被称为表象"[①]。简单看一下感性表象、知性表象与判断表象。对象（物自体）刺激感官，产生经验性直观，感性通过主体（主观）先天直观形式把物体对象表象为空间和时间形式的现象，形成感性表象：体现为未被规定的质料和形式的统一体（包括现象质料、内容，以及作为主体接受能力的先天直观形式赋予现象的方式、形式），属于个别的、偶然的、无条理的、杂多的感官印象材料，即"表象的杂多"[②]。在这里，想象力已经参与到感性直观中，想象中再生的综合保证了现象显现的可再生性。知性表象，是主体知性自发性的表象能力通过概念或范畴对杂多感性表象进行联结、思维、综合把握的结果，即以一般概念对经验性的纯直观表象再表象（表象再造），此时，主体与现象（对象）已作区分，主体已达成对现象一定的认识。而判断表象，只是把概念表象作为谓词去赋予作为直观表象的对象。当然，这是从静态角度对认识过程的划分，从动态角度说，一个对象的直观表象已经有知性思维的参与。非常明显，感性直观给予的表象才与对象发生直接的关系，对象就体现在直观中（对象和直观未有区分），知性不能直观，不与对象直接发生关系，知性表象表现为对感性表象再做表象，以达成表象与对象的区分，达成对

---

① 邓晓芒：《〈纯粹理性批判〉演讲录》，商务印书馆2013年版，第57页。
② ［德］康德：《纯粹理性批判》，邓晓芒译，人民出版社2004年版，第87页。

对象的认识:"由于除了单纯的直观之外,没有任何表象是直接指向对象的,所以一个概念永远也不和一个对象直接发生关系,而是和关于对象的某个另外的表象(不论这表象是直观还是本身已经是概念)发生关系。所以判断就是一个对象的间接的知识,因而是对于对象的一个表象的表象。在每个判断中都有一个适用于许多表象的概念,而在这许多表象中也包括有一个给予的表象,它才是直接与对象发生关系的。"[1]

可以看出,在康德那里,对现象的表象也区分了层次。感性表象,对感性表象再表象(再造)的区分等。这与胡塞尔讨论的广义想象表象行为并非没有一点相似之处,即我们可以在广义上把知性表象看成一个对象(现象)的"再造"或"再现",只是现象的这种表象"再造"或"再现"中渗透了主体诸多先天、先验的东西,这些东西,刚好是胡塞尔现象学要悬隔的。不过,也要注意的是,康德本人在批判时期也是反对客观主义、实在论的表象说即表象图像论的,他主张"整分论",将整体与部分之间的整分关系奠基在主体本身的综合行为的组合关系中[2]。从这个意义上说,我们的确不能把他的知性表象等简单看成对现象的心理图像再现。但也正如该文作者所指出的,尽管图像与对象所表象的不能等同,也"只有通过图型构造出来的心理图像,纯粹概念或范畴才能表象对象"。

再来看一下《表征》一文坚持"表征"汉译所依据的汉语文化传统。其实,以金绍城一例说明用"表征"表示"用符号表达意义"并非当代新创,很难成立,一则孤例难以为证,二则金绍城(1878—1926)与王国维(1877—1927)、梁启超(1873—1929)等属同时代人,为近代人,而不属于古人,其学问也主要在20世纪20年代前后做出。相反,"表征"一词在汉语文化传统中主要表"显示出征兆"或"显示出征象"之意,也无争议。关键是,这种传统常用含义,与

---

[1] [德]康德:《纯粹理性批判》,邓晓芒译,人民出版社2004年版,第63页。
[2] 袁建新、向桂珍:《康德的表象说及其哲学意义初探》,《理论与现代化》2011年第2期。

霍尔使用 representation 术语表示的基本意思并不吻合。以此观之，汉语学术界目前大量使用的"表征"一词，只能说是在旧词强赋新义的意义上。

霍尔主要讨论 representation 如何运作的问题，从动词角度说，它的含义有两层：第一层，符号层面的意义生产与交流；第二层，话语层面渗透了权力的知识生产，渗透了权力的知识的社会运行，话语主体性、自我认同等。在他看来，representation 通过这两个层次的运作，建立起一种能共享理解并因此能以大致相同的方式解释世界的文化，从而形成"文化的循环"。这两层含义，又分别对应两种研究路径（方法）：符号学路径与话语理论路径。

符号学路径基于索绪尔的结构主义符号学范式，以及霍尔所认同的意义构成主义立场。粗略地说，在我们赋予事物以意义使我们理解人、物、事的世界时，卷入了两个意义生产与交流的系统，两个过程。第一个系统，某一语言社群共享的代表或象征世界的概念系统，和组织、安排、分级、分类这些概念，以及在这些概念间建立复杂联系的方法或原则，我们运用这些概念去赋予事物、世界以意义。这里涉及事物与概念联系的过程。第二个系统，某一语言社群共享的符号系统，它在"概念地图"与一系列符号间建立一系列的联系（霍尔说建立相似性，太狭隘），我们运用这些联系进行意指实践。这里涉及概念与符号联系的过程。简言之，符号学的意义生产与交流就是把事物、概念、符号三者联系起来的过程。霍尔认为，"意义并非事物、世界本身所固有。它是被构建出来的，被生产出来的。它是意指实践的产物。意指实践生产出意义，赋予事物以意义"。[1]

话语理论路径，基于福柯的话语理论。意义生产将意义和语言符号同文化联系起来，文化领域的意指实践，是意义生产与交流更为广泛的层次。但是，索绪尔结构主义符号学把符号意义生产局限在符号

---

[1] Stuart Hall, ed., *Representation: Cultural Representations and Signifying Practices*, London: Sage Publications, 1997, p. 24.

系统内，并且放逐了主体，因而无法有效解释文化领域的意义生产。在文化实践领域，意义生产常常依靠更大的分析单位，如叙述、陈述、形象群，所有运行于文本中的话语，以及各个获得了广泛权力关于某主题的知识的领域①。在霍尔看来，福柯的话语理论适合用来解释文化领域的意义生产与交流，因为"人们认为他为解释意义生产问题贡献了一条崭新的、重要的普遍路径（方法）"。具体一点说，就是福柯围绕话语、知识和权力之间的关系所作的研究，标志着意义生产之构成主义解释模式的新发展，使意义生产从纯形式化的符号学模式中解放出来，给予意义生产、知识生产一个历史的、实践的、"俗世的"运作语境②。福柯赋予话语不同于语言学的理解，认为它不仅涉及语言符号，更涉及实践。话语范围的广义的意义生产，主要涉及知识，也涉及权力："话语定义与生产了我们知识的对象，支配着话题被有意义地谈论和推理的方式，也影响着观念进入实践及其被用来规范他人行为的方式"，而知识一旦被用于组织、规范社会行为，就与权力有着纠缠不清的关系。同时，话语层面广义的意义生产与交流，也涉及在其意义实践中构建自我主体性、自我认同、族群归属感等。

如此看来，霍尔对 representation 一词两层含义的理解，并没有一点"显示征兆或征象"的意思。汉语文化传统中通常所说的表征之"显示征兆或征象"义，指能揭示国家、社会盛衰等具有普遍趋势、类似规律的东西，如刘勰所说的史书书写要从历史现象的描述中"表征盛衰，殷鉴兴废"。以此审视现代科技论文对汉语"表征"一词的使用会发现，那完全是望文生义、拆字解意"误读"的结果，即把"表征""误读"为"表现或显示出特征"或"特征表现或显示"（现代科技论文用"表征"方法分析、检测研究对象的大小、物相、尺寸、分布等形式及表现征象）。这当然与该词古代常用意义相背。

---

① Stuart Hall, ed., *Representation*: *Cultural Representations and Signifying Practices*, London: Sage Publications, 1997, p. 42.

② Stuart Hall, ed., *Representation*: *Cultural Representations and Signifying Practices*, London: Sage Publications, 1997, p. 47.

附 录

相反，从霍尔对 representation 一词基本含义的理解来看，完全可以把它汉译为"再现"。霍尔引用《英语简明辞典》给出 representation 两层含义是："描述或刻画某物，或在头脑中通过描述、描摹或想象想起它；在我们头脑或感官中把该物的相似物置于我们面前"；"象征、代表、替代某事物"[1]。这个定义，就是在说符号的两种基本功能，都可纳入上文所说的符号学层面的意义生产与交流（但不能把这两层含义简单对应于上文所说的两条运作路径），表达的就是一种"再现观"。霍尔对此也没有完全否定。他认为，representation 与语言的模仿论，无疑体现了某种显而易见的真理。他提到了视觉符号的例子，认为这种符号承载了对象的外形与质感的一些关联。当然，他最终从符号二维、现实事物三维差异的角度，从符号可以虚构一种世界而无现存事物可模仿的角度等，否定了模仿论或反映论。霍尔的这种否定，有着现代极端语言建构论的背景。从根本说，则是没有理解模仿——尤其是符号再现的实质。柏拉图早说过，没有完全模仿，完全模仿就等同于原物或现实[2]。也就是说，只有不完全模仿。另外，从符号哲学的角度说，任何事物一旦经过符号媒介的再现，都不可能呈现出等同于原物的模样。再现不等于复制，符号再现，更与复制有着本质的不同。杜夫海纳认为，复制不会涉及本体论的问题[3]。尽管他把本体论局限在艺术性（审美性）层面，但无疑可以借用来讨论符号再现的本体论问题。伽达默尔（加达默尔）强调，艺术模仿在其真理中对实在（被规定为未转化的东西）进行扬弃，经历了一种再认识，脱离其偶然性，把握其本质，甚至体现了某种"神性"[4]。也就是说，

---

[1] Stuart Hall, ed., *Representation: Cultural Representations and Signifying Practices*, London: Sage Publications, 1997, p. 16.

[2] Gerard Genette, "Boundaries of Narrative", trans. Ann Levonas, *New Literary History*, Vol. 8, No. 1, Autumn 1976.

[3] ［法］M. 杜夫海纳：《审美经验现象学》，韩树站译，文化艺术出版社1996年版，第64—67页。

[4] ［德］汉斯-格奥尔格·加达默尔：《真理与方法》（上卷），洪汉鼎译，上海译文出版社1999年版，第146—149页。

他的模仿论也涉及经验世界与再现的新生事物的本质差异问题。赵毅衡也提到了符号再现与经验世界的不同，"经验世界拥有三个本体性的特点：不同主体共享的同一性，细节无限性，直观可验性"。其实，霍尔对此也有强调，符号或语言不像镜子那样运作，语言符号当然不是事物与意义之间的透明中介，在符号与现实之间，不存在简单的反映、模仿或一对一相称的关系。这些理解，既是现代符号哲学再现论的常识，也是其实质，而非其局限。简言之，我们完全可以批评某些再现论的幼稚，却不能因此完全否定再现论。联系赵毅衡的区隔理论，则可以这样说，符号再现中的"再次呈现"，指的是用符号区隔直接感知经验意义上的、符号媒介化（中介化）的"再次呈现"。

其实，霍尔的构成主义符号意义生产观，有着明显的局限性。其局限性，是他简单否定符号再现论的根本原因。可以说，索绪尔结构主义语言学范式具有的缺点，在他的意义构成主义观中得到了夸大式的发挥。符号能指与所指之间的任意性关系，这个索绪尔结构主义语言学的重要原则，完全是语音语言观的产物，它已在当代符号学的发展中得到修正。霍尔简单应用了索绪尔的能指与所指二元模式，认为符号（能指）与意义或概念（所指）之间不存在任何本质的联系，并由此进一步认为意义与对象无关。他的意义构成主义，只承认事物的存在，完全不承认意义与事物本身有关，"意义取决于我们在世界上的人、物和事与概念系统之间建立的联系，这些概念作为这些事物的心理表象发挥作用，也不管这些事物是真实的，还是虚构的"[1]。意义只是"representation 系统"运作的结果，这已经把意义构成论（语言建构论）发挥到了极致。更极端的，是他引用德里达对意义的彻底解构。从胡塞尔、梅洛-庞蒂等人的现象学，海德格尔的存在论的角度讨论意义的发生，意义也并非如霍尔所说的与对象的呈现无关，与"物性"无关。胡塞尔的知觉意义论，充分重视意向意识与意向相关

---

[1] Stuat Hall, ed., *Representation: Cultural Representations and Signifying Practices*, London: Sage Publications, 1997, p. 18.

项的关系，后者向前者的呈现，完全介入了意义的发生。梅洛-庞蒂的身体知觉意义论，强调了事物感性材料向身体知觉的呈现，知觉对意义的发现（而非建构）。海德格尔的知觉-领悟意义论，更是强调事物自身的开启、持存与"道出"，只是该事物并非现存之物，而是被筹划之物。在此意义上，霍尔对意向性意义发生论的批评显得过于简单化与草率。

另外，有必要指出，国内学术界有过分夸大霍尔符号理论成就之嫌。实际上，至少就上文所讨论的部分来说，他不过是为教学目的，以通俗方式在对索绪尔符号学及福柯话语理论的综合中解释 representation，谈不上他自己多么明显的原创性贡献。况且，如前文所论，他们所存在的局限，在他的运用与解释中也基本存在。

综上所述，笔者认为，把 representation 这一西文词汉译为"再现"或"表象"，无论在文艺领域还是在哲学领域，都具有相当充分的学理依据。

参考文献

一 中文文献

（一）专著

［美］阿尔伯特·贝茨·洛德：《故事的歌手》，尹虎彬译，中华书局2004年版。

［奥］阿尔弗雷德·舒茨：《社会世界的意义构成》，游宗祺译，商务印书馆2010年版。

［法］A. J. 格雷马斯：《结构语义学》，蒋梓骅译，百花文艺出版社2001年版。

［法］A. J. 格雷马斯：《论意义——符号学论文集》（上、下），吴泓缈、冯学俊译，百花文艺出版社2005年版。

［美］阿瑟·阿萨·伯格：《通俗文化、媒介和日常生活中的叙事》，姚媛译，南京大学出版社2006年版。

［美］爱德华·萨丕尔：《语言论》，陆卓元译，商务印书馆1985年版。

［德］艾利卡·费舍尔-李希特：《行为表演美学：关于演出的理论》，余匡复译，华东师范大学出版社2012年版。

［加］安德烈·戈德罗、［法］弗朗索瓦·若斯特：《什么是电影》，刘云舟译，商务印书馆2018年版。

［法］保罗·利科：《论现象学流派》，蒋海燕译，南京大学出版社2010年版。

［法］保罗·利科：《哲学主要趋向》，李幼蒸、徐奕春译，商务印书馆

2004年版。

［古希腊］柏拉图：《理想国》，顾寿观译，吴天岳校注，岳麓书社2018年版。

［古希腊］柏拉图：《柏拉图全集》，王晓朝译，人民出版社2003年版。

［意］卜伽丘：《十日谈》，方平、王科一译，上海译文出版社1988年版。

［法］茨维坦·托多罗夫编选：《俄苏形式主义文论选》，蔡鸿滨译，中国社会科学出版社1989年版。

［意］但丁：《神曲》，黄国彬译注，外语教学与研究出版社2009年版。

［丹麦］丹·扎哈维：《主体性和自身性：对第一人称视角的研究》，蔡文菁译，上海译文出版社2008年版。

邓晓芒：《〈纯粹理性批判〉讲演录》，商务印书馆2013年版。

董乃斌主编：《中国文学叙事传统研究》，中华书局2012年版。

［美］恩斯特·卡西尔：《人论》，甘阳译，上海译文出版社2004年版。

［荷］F. R. 安克施密特：《叙述逻辑》，田平、原理译，大象出版社2012年版。

［法］M. 杜夫海纳：《审美经验现象学》，韩树站译，文化艺术出版社1996年版。

［英］弗雷德里克·G. 凯尼恩：《古希腊罗马的图书与读者》，苏杰译，浙江大学出版社2012年版。

［加］哈罗德·伊尼斯：《传播的偏向》，何道宽译，中国人民大学出版社2003年版。

［德］汉娜·阿伦特：《人的境况》，王寅丽译，上海人民出版社2009年版。

［德］汉斯-格奥尔格·加达默尔：《真理与方法》（上、下卷），洪汉鼎译，上海译文出版社1999年版。

［法］亨利·列菲伏尔：《日常生活批判》第一卷、第三卷，叶齐茂、倪晓晖译，社会科学文献出版社2018年版。

［德］胡塞尔：《逻辑研究》第二卷，倪梁康译，商务印书馆2015年版。

［德］胡塞尔：《纯粹现象学和现象学哲学的观念》第一卷，李幼蒸译，

中国人民大学出版社 2014 年版。

［德］胡塞尔:《现象学的观念》,倪梁康译,《胡塞尔文集》第二卷,人民出版社 2007 年版。

［美］海登·怀特:《形式的内容》,董立河译,文津出版社 2005 年版。

［美］海登·怀特:《元历史:十九世纪欧洲的历史想象》,陈新译,译林出版社 2004 年版。

［意大利］基尔·伊拉姆:《符号学与戏剧理论》,王坤译,(台北)骆驼出版社 1998 年版。

［法］加布里埃尔·塔尔德:《模仿律》,何道宽译,中国人民大学出版社 2008 年版。

［英］简·爱伦·哈里森:《古代的艺术与仪式》,吴晓群译,北京大学出版社 2011 年版。

［英］杰克·古迪:《神话、仪式与口述》,李源译,中国人民大学出版社 2014 年版。

［挪威］J. 卢特:《小说与电影中的叙述》,徐强译,北京大学出版社 2011 年版。

［美］杰拉德·普林斯:《叙述学词典》(修订版),乔国强、李孝弟译,上海译文出版社 2011 年版。

［美］杰罗姆·布鲁纳:《有意义的行为》,魏志敏译,吉林人民出版社 2008 年版。

［德］康德:《纯粹理性批判》,邓晓芒译,人民出版社 2004 年版。

［法］克里斯蒂安·麦茨:《电影表意泛论》,崔君衍译,商务印书馆 2018 年版。

［法］拉伯雷:《巨人传》,成钰亭译,上海译文出版社 1981 年版。

［美］雷·韦勒克、奥·沃伦:《文学理论》,刘象愚等译,生活·读书·新知三联书店 1984 年版。

［美］理查德·鲍曼:《作为表演的口头艺术》,杨利慧、安德明译,广西师范大学出版社 2008 年版。

李珮瑜：《西周出土铜器铭文之组成类型研究》，万卷楼 2018 年版。

李幼蒸：《理论符号学导论》，中国人民大学出版社 2007 年版。

鲁迅：《鲁迅全集》第一卷，人民出版社 2005 年版。

［美］罗伯特·斯科尔斯、詹姆斯·费伦、罗伯特·凯洛格：《叙事的本质》，于雷译，南京大学出版社 2015 年版。

罗念生、水建馥编：《古希腊语汉语词典》，商务印书馆 2004 年版。

马如森：《殷墟甲骨文实用字典》，上海大学出版社 2008 年版。

［加］马歇尔·麦克卢汉：《谷登堡星汉璀璨：印刷文明的诞生》，杨晨光译，北京理工大学出版社 2014 年版。

马原：《马原文集》卷一，作家出版社 1997 年版。

［捷克］米兰·昆德拉：《相遇》，尉迟秀译，上海译文出版社 2010 年版。

［荷兰］米克·巴尔：《叙述学：叙事理论导论》，谭君强译，中国社会科学出版社 1995 年版。

［法］米歇尔·德·塞托：《日常生活实践：实践的艺术》，南京大学出版社 2015 年版。

倪梁康：《胡塞尔现象学概念通释》（修订版），生活·读书·新知三联书店 2007 年版。

倪梁康：《现象学的始基——对胡塞尔〈逻辑研究〉的理解与思考》，广东人民出版社 2004 年版。

倪梁康：《意识的向度：以胡塞尔为轴心的现象学问题研究》，北京大学出版社 2007 年版。

浦安迪：《中国叙事学》，北京大学出版社 1996 年版。

［俄］普罗普：《故事形态学》，贾放译，中华书局 2006 年版。

钱理群：《名作重读》，上海教育出版社 2006 年版。

［英］乔·艾略特等：《小说的艺术》，张玲等译，社会科学文献出版社 1999 年版。

［法］热拉尔·热奈特：《叙事话语》，王文融译，中国社会科学出版社 1990 年版。

[美] R. 韦勒克：《批评的诸种概念》，丁泓、余徽译，四川文艺出版社1988年版。

孙惠柱主编：《人类表演学系列：人类表演与社会科学》，王璐璐、秦力译，文化艺术出版社2008年版。

孙惠柱主编：《人类表演学系列：谢克纳专辑》，秦力、王璐璐译，文化艺术出版社2010年版。

[英] 萨拉·B. 帕姆洛依等：《古希腊政治、社会和文化史》第二版，周平等译，上海三联书店2010年版。

[西] 塞万提斯：《堂吉诃德》（上、下），杨绛译，人民文学出版社1983年版。

申丹、王丽亚：《西方叙述学：经典与后经典》，北京大学出版社2010年版。

申丹：《叙述学与小说文体学》，北京大学出版社1998年版。

Б. В. 托玛舍夫斯基：《文学理论·诗学》，莫斯科、列宁格勒：国家出版社1925年版。

王本兴编著：《金文字典》，北京工艺美术出版社2016年版。

王力主编：《王力古代汉语字典》，中华书局2000年版。

汪景寿、王决、曾惠杰：《中国评书艺术论》，经济日报出版社1997年版。

王仁湘：《中国史前文化》，中国国际广播出版社2011年版。

王小盾：《中国早期思想与符号研究：关于四神的起源及其体系形成》，上海人民出版社2008年版。

[苏] 维·什克洛夫斯基：《散文理论》，刘宗次译，百花洲文艺出版社1994年版。

[俄] 维·什克洛夫斯基等：《俄国形式主义文论选》，方珊等译，生活·读书·新知三联书店1989年版。

[俄] 维·什克洛夫斯基：《列·托尔斯泰长篇小说〈战争与和平〉的素材和风格》，莫斯科：联邦出版社1928年版。

[美] 希拉·柯伦·伯纳德：《纪录片也要讲故事》，孙红云译，北京

联合出版公司 2015 年版。

《现代汉语词典》第 5 版,商务印书馆 2005 年版。

谢大任主编:《拉丁语汉语词典》,商务印书馆 1988 年版。

(汉)许慎著,(宋)徐铉校定:《说文解字》,中华书局 2013 年版。

徐中舒主编:《甲骨文字典》,四川辞书出版社 1989 年版。

薛建成等编译:《拉鲁斯法汉双解词典》,外语教学与研究出版社 2001 年版。

沈之瑜:《甲骨文讲疏》,上海书店出版社 2002 年版。

[美]沃尔特·翁:《口语文化与书面文化:语词的技术化》,何道宽译,北京大学出版社 2008 年版。

[法]雅克利娜·德·罗米伊:《古希腊悲剧研究》,高建红译,华东师范大学出版社 2017 年版。

[古希腊]亚里士多德:《诗学》,陈中梅译,商务印书馆 1999 年版。

[古希腊]亚里士多德:《尼各马可伦理学》,聊申白译注,商务印书馆 2003 年版。

严家炎:《论鲁迅的复调小说》,北京大学出版社 2011 年版。

杨燕:《什克洛夫斯基诗学研究》,社会科学文献出版社 2016 年版。

杨义:《中国叙事学》,人民出版社 1997 年版。

[法]尤瑟夫·库尔泰:《叙述与话语符号学:方法与实践》,怀宇译,天津社会科学院出版社 2001 年版。

袁国兴:《非文本中心叙事:京剧的"述演"研究》,广东人民出版社 2013 年版。

[美]约翰·迈尔斯·弗里:《口头诗学:帕里—洛德理论》,朝戈金译,社会科学文献出版社 2000 年版。

赵毅衡:《哲学符号学:意义世界的形成》,四川大学出版社 2017 年版。

赵毅衡:《广义叙述学》,四川大学出版社 2013 年版。

赵毅衡:《符号学:原理与推演》,南京大学出版社 2012 年版。

赵毅衡编选:《符号学文学论文集》,百花文艺出版社 2004 年版。

（二）期刊论文

［美］埃里克·哈夫洛克：《口承－书写等式：一个现代心智的程式》，巴莫曲布嫫译，《民俗研究》2003年第4期。

陈文忠：《本事·故事·情节》，《学语文》2005年第1期。

［丹麦］丹·萨哈维：《〈逻辑研究〉中的形而上学中立性》，段丽真译，载靳希平、王庆节等编《中国现象学与哲学评论——现象学在中国：胡塞尔〈逻辑研究〉发表一百周年国际会议特辑》，上海译文出版社2003年版。

董守志、唐志强：《"本事考"》，《兰台世界》2015年第33期。

傅修延、刘碧珍：《论主体声音》，《江西师范大学学报》（哲学社会科学版）2017年第3期。

高秉江：《图像、表象与范畴——论胡塞尔的直观对象》，《哲学研究》2013年第5期。

顾飞：《林兆华戏剧表演观念探析：叙事学视域下的"演员——叙述者"观》，《上海戏剧》2018年第2期。

胡一伟：《论戏剧演出的三类伴随文本》，《四川戏剧》2018年第6期。

黄益飞：《大河口西周墓地叔骨父簋铭文所见西周礼制考》，《中原文物》2020年第5期。

李铁秀：《〈孔乙己〉叙述人问题另论———种细读文本与理论兼商榷的新尝试》，载《叙事学研究：理论、阐释、跨学科— 第二届国际叙事学会议暨第四届全国叙事学研讨会论文集》，外语教学与研究出版社2013年版。

刘源：《逨盘铭文考释》，《中国史研究》2003年第4期。

康澄：《文本——洛特曼文化符号学的核心概念》，《当代外国文学》2005年第4期。

穆馨：《论洛特曼的行为符号学》，《北方论丛》2008年第6期。

袁建新、向桂珍：《康德的表象说及其哲学意义初探》，《理论与现代化》2011年第2期。

苏永旭：《导演文本，戏剧叙事学研究不可忽略的重要的中间转换》，《河南教育学院学报》（哲学社会科学版）1999年第2期。

申丹：《也谈"叙事"还是"叙述"》，《外国文学评论》2009年第3期。

［芬兰］塔拉斯蒂：《表演艺术符号学：一个建议》，段练、陆正兰译，《符号与传媒》2012年第5辑。

魏玮：《先秦史传的口头叙事研究》，博士学位论文，西北师范大学，2016年。

徐亮：《representation 中译名之争与当代汉语文论》，朱志荣主编：《中国美学研究》第十二辑，商务印书馆2018年版。

杨坤：《器、名与治道——论商至西周早期铜器铭文内容的转变》，《出土文献》2020年第2期。

张志娟：《口头叙事的结构、传播与变异——阿克塞尔·奥里克〈口头叙事研究的原则〉述评》，《民族文学研究》2017年第1期。

赵毅衡：《论艺术中的"准不可能"世界》，《文艺研究》2018年第9期。

赵毅衡：《"表征"还是"再现"？一个不能再"姑且"下去的重要概念区分》，《国际新闻界》2017年第8期。

赵毅衡：《论二次叙述》，《福建论坛》（人文社会科学版）2014年第1期。

赵毅衡：《演示叙述：一个符号学分析》，《文学评论》2013年第1期。

赵毅衡：《三界通达：用可能世界理论解释虚构与现实的关系》，《兰州大学学报》（社会科学版）2013年第2期。

赵毅衡：《论底本：叙述如何分层》，《文艺研究》2013年第1期。

赵毅衡：《"叙事"还是"叙述"？——一个不能再"权宜"下去的术语混乱》，《外国文学评论》2009年第2期。

赵毅衡：《"叙述转向"之后：广义叙述学的可能性与必要性》，《江西社会科学》2008年第9期。

赵毅衡：《小说中的时间、空间与因果》，《外国文学评论》1988年第2期。

（三）杂志

鲁迅：《新青年》第6卷第4号，1919年3月。

二 外文文献

（一）专著

Abrams, M. H., *Glossary of Literature Terms* (7th ed.), Boston: Thomson Learning Inc., 1999.

Aristotle, *The Poetics of Aristotle*, ed./tran., S. H. Butcher, London: Macmillan and Co., Limited, 1898.

Aristotle, *The Poetics*, trans. S. H. Butcher, Oxford: Clarendon Press, 1902.

Bal, Mieke, *Narratology: Introduction to the Theory of Narrative* (2nd ed.), Toronto: University of Toronto Press, 1997.

Barthes Roland, *Mythologies*, trans. Annette Lavers, New York: The Noonday press, 1991.

Barthes Roland, *Image Music Text*, Essays selected and trans. Stephen Heath, London: Fontana Press, 1977.

Boccaccio Giovanni, *The Decameron*, trans. J. M. Rig, the write direction. net, 2004.

Boisacq Emile, *Dictionnaire étymologigue de la langue grecque*, Heidelberg, 1950.

Booth, Wayne C., *The Rhetoric of Fiction* (2nd ed.), Chicago: The University of Chicago, 1983.

Brooks, C. and Warren, R. P., ed., *Understanding Fiction* (3rd ed.), New York: Prentke-Hall, 1979.

Bruner, J. S., *Actual Minds, Possible Worlds*, Cambridge and London: Harvard University Press, 1986.

Chatman Seymour, *Story and Discourse: Narrative Structure in Fiction and Film*, New York: Cornell University Press, 1978.

Dante Alighieri, *La Divina Commedia*, www.liberliber.it.

Dornisch, L., *Faith and Philosophy in the Writings of Paul Ricoeur*, Lewiston: The Edwin Mellen, 1990.

Erlich Victor, *Russian Formalism: History-Doctrine* (4th ed.), New York: Mouton Publishers, 1980.

Fisher, W. R., *Human Communication as Narration: Toward a Philosophy of Reason, Value, and Action*, Columbia: University of South Carolina Press, 1987.

Forster, E. M., *Aspects of the Novel*, Electronic Edition, 2002.

Gallie, W. B., *Philosophy and the Historical Understanding*, London: Chatto & Windus, 1964.

Genette Gérard, *Figures III*, Paris: Ed. Du Seuil, 1972.

Genette Gérard, *Narrative Discourse: An Essay in Method*, trans. Jane E. Lewin, New York: Cornell University Press, 1980.

Genette Gérard, *Narrative Discourse* (Revisited), trans. Jane E. Lewin, New York: Cornell University Press, 1983.

Goffman Erving, *The Presentation of Self in Everyday Life*, New York: anchor books, 1959.

Hall Stuart, ed., *Representation: Cultural Representations and Signifying Practices*, London: Sage Publications, 1997.

Herman David, ed., *Narratologies: New Perspectives on Narrative Analysis*, Columbus: Ohio State University Press, 1999.

Lanser Susan Sniader, *Fictions of Authority: Women Writers and Narrative Voice*, Ithaca and London: Cornell University, 1992.

Levinas Emmanuel, *The Theory of Intuition in Husserl's Phenomenology* (2nd ed.), trans., Andre Orianne, Illinois: Northwestern University Press, 1995.

Lotman Juri M., *Mind of the Universe: A Semiotic Theory of Culture*, trans. Ann Shukman, London: I. B. Tauris & Co. Ltd., 1990.

MacIntyre Alasdair C., *After Virtue: A Study in Moral Theory* (3rd ed.),

Notre Dame: University of Notre Dame Press, 2007.

Merleau-Ponty M., *Phenomenology of Perception*, trans. Donald A. Landes, New York: Routledge, 2012.

Phelan James and Rabinowitz Peter J., ed., *A Companion to Narrative Theory*, Oxford: Blackwell publishing, 2005.

Prince Gerald, *Dictionary of Narratology*, Aldershot: Scolar Press, 1987.

Prince Gerald, *A Dictionary of Narratology* (Revised ed.), Nebraska: University of Nebraska Press, 2003.

Prince Gerald, *Narratology: The Form and Functioning of Narrative*, Berlin: Walter de Gruyter Gmb H & Co. KG, 1982.

Wayne Booth C., *The Rhetoric of Fiction* (2nd ed.), Chicago: University of Chicago Press, 1983.

Wellek René and Warren Austin, *Theory of Literature*, New York: Penguin Books Ltd., 1982.

White Hayden, *The Content of the Form: Narrative Discourse and Historical Representation*, Baltimore: The Johns Hopkins University Press, 1987.

Wood David, ed., *On Paul Ricocur: Narrative and Interpretation*, London and New York: Routledge, 1991.

Rabelais Fransois, *Gargantua et Pantagruel, Tome 1, Gargantua*, Texte transcrit et annote par Henri Clouzot, Université d'Ottawa, 2010.

Ricoeur Paul, *Freud and Philosophy: An Essay on Interpretation*, trans. Denis Savage, New Haven: Yale University Press, 1970.

Ricoeur Paul, *The Conflict of Interpretations: Essays in Hermeneutics*, trans. Don Ihde, Evanston: Northwestern University Press, 1974.

Ricoeur Paul, *Interpretation Theory: Discourse and the Surplus of Meaning*, Texas: The Texas Christian University Press, 1976.

Ricoeur Paul, *The Rule of Metaphor*, trans. Robert Czerny, Kathleen McLaughlin, John Costello, SJ. University of Toronto Press, 1977.

Ricoeur Paul, *Hermeneutics and the Human Sciences: Essays on Language, Action and Interpretation*, ed./trans./intro., J. B. Thompson. Cambridge: Cambridge University Press, 1981.

Ricoeur Paul, *Time and Narrative*, Vol. I, II, trans. K. Mclaughlin and D. Pellauer, Chicago: University of Chicago Press, 1984.

Ricoeur Paul, *From Text to Action: Essays in Hermeneutics*, II, trans. Kathleen Blamey and John B. Thompson. Northwestern University Press, 1991.

Rimmon-Kenan Shlomith, *Narrative Fiction: Contemporary Poetics* (2nd ed.), London and New York, Routledge, 2005.

Russian Formalist Criticism: Four Essays (2nd ed.), trans. with an introduction Lee T. Lemon and Marion J. Reis, new introduction by Gary Saul Morson, Lincoln: The Board of Regents of the University of Nebraska, 2012.

Robert Scholes, James Phelan and Robert Kellogg, *The Nature of Narrative* (fortieth anniversary ed., rev. and expanded), New York: Oxford University Press, 2006.

Turner Victor Witter, Edward M. Bruner, ed., *The Anthropology of Experience*, Urbana and Chicago: University of Illinois Press, 1986.

（二）期刊论文

Barthes Roland, *Introduction à l'analyse Strucrale des Récit*, Communications, 1966 (8).

Genette Gérard, "Boundaries of Narrative", trans. Ann Levonas, *New Literary History*, Vol. 8, No. 1, Autumn, 1976.

Smith, B. H., *Narrative Versions, Narrative Theories*, Critical Inquiry, Autumn 1980.

Todorov Tzvetan, "Les Catégories du Récit Littéraire", Communications, 1966 (8).

Bruner, J. S., "Life as Narrative", *Social Research*, Vol. 71, No. 3, (FALL 2004).

后　记

伏飞雄

大约 10 年前，我为自己的求学问道按下了暂停键。面对周遭学术，困惑实在太多、太大。最大的困惑莫过于：我还能有提出、解决真正学术问题的能力吗？

长期主要从事西学的研习，多梳理、释读、传播大师的思想或理论，久而久之，我产生了腻烦的心理，总觉得脑袋不再属于自己。这与我的个人秉性与追求有关。我也明白，不少大师的思想深邃、复杂，甚至艰涩、玄奥，能基本读懂已是不易，因此，我分外敬仰那些能通透理解并平易阐释、传播大师思想的学者。有时候，我会较为灵活地运用大师思想或理论解释一些让人困惑的文艺、文化现象，从中也能找到一点点所谓"解决问题"的小乐趣，但这种乐趣的持续往往很短暂。

随着知识结构的优化、理论素养与问题意识的提升，系统研习某些学术领域，总会有所领悟，有一些新发现。渐渐地，我不再唯西学、大师马首是瞻，不再习惯"拿来主义"。我渴望能与西学、大师思想或理论展开哪怕微小的对话，能对其有所质疑，甚至有所小推进。

有一些哲学家或思想家对我影响颇大。胡塞尔"大钞票换小零钱"的治学主张，启发我培养自己尽量提出具体问题、有效解释具体问题的习惯与能力。海德格尔"问之所问""探源寻本"的"思问"

方式，让我懂得、学会"发问"是思之基础与开端，让我习惯审视思想或理论框架背后的前提或假定。利科对话式的治学之道，让我明白，许多问题的（部分）解决，需要跨学科的视野。他们三人都使我深深地意识到，思想或理论基于经验，学术需要回到现象与问题本身、需要致力于解决基本问题。

十多年前较为系统阅读的新儒家（如钱穆、牟宗三等）也给予我莫大的滋养，他们让我觉悟到，作为一个中国学者，始终需要面对与回答我们自己的思想、文化等问题。这一点，随着我的年岁渐长，越发成为一个问题。他们的学贯中西，我只能仰望了，不过，能在醒悟之余弥补性地研读一些自己国家的典籍，还不至于留下大遗憾。

这本小书，直接得益于导师赵毅衡先生给我带来的符号学、广义叙述学，它们具有比西方现代叙述学尤其经典叙述学更基础更开阔的学术视野。视野敞开了，问题意识就会不同，引发的具体问题、提出的概念、构建的理论框架也会不太一样。另外，感谢赵先生一直以来对学生寄予厚望与给予的宽容。没有他的激励，我早困厄于周围世界而不能自拔，没有他的宽容，这本如此风格的小书，注定不会出现。

这本小书中的部分章节，属于首次探索，有"冒天下之大不韪"之嫌，好在出版的书像漂流瓶，有它自己的命运。

重庆师范大学师大苑

2022 年 7 月 18 日